KB261436

제이코플래닛

판탄 판타지 장편 소설

FANTASY EXCITING STYLE

제이콥플래닛 1

판탄 판타지 장편 소설

초판 1쇄 찍은 날 § 2007년 8월 29일
초판 1쇄 펴낸 날 § 2007년 8월 31일

지은이 § 판탄
펴낸이 § 서경석

편집장 § 김대식
편집책임 § 조수희
편집 § 이환진

펴낸곳 § 도서출판 청어람
등록번호 § 제1081-1-89호
등록일자 § 1999. 5. 31
어람번호 § 제1-0877호

주소 § 경기도 부천시 원미구 심곡1동 350-1 남성B/D 3F (우) 420-011
전화 § 032-656-4452 팩스 § 032-656-4453
http://cyworld.nate.com/bluebook_
E-mail § blue_book@hanmail.net

ISBN 978-89-251-0880-3 04810
ISBN 978-89-251-0879-7 (세트)

판탄 판타지 장편 소설
FANTASY EXCITING STYLE

1

Jay Koplanit

제이코플래닛

BLUE BOOK
도서출판 청어람

CONTENTS

소설을 쓴다는 것은 짙은 안개가 끼어 한 치 앞도 보이지 않는 길을 걷는 것과 같다.

아무리 줄거리를 잡고 인물을 설정해 놓아도 길을 잃고 헤매기 일쑤고 힘들어 주저앉기 십상이다. 목표했던 곳에서 한참을 벗어나 다시 처음으로 돌아가야 하는 경우가 수도 없이 생기고 나의 피조물이 내 손길을 거부해 제 멋대로 사건을 만드는 일이 비일비재하다.

내가 왜 이 형극의 길로 들어섰을까 하고 몇 번을 자책했는지 모른다.

그럼에도 이렇게 글을 써 나가는 이유는 험한 길을 걷는 자에게 주어지는 달콤한 보상 때문이다.

　머릿속에서 흐릿하기만 했던 형체가 뼈와 살을 가진 사람이 되어 타인과 얽히고 삶의 무게에 버둥거리며 생생하게 살아가도록 만드는 일은 도저히 떨쳐낼 수 없을 만큼 매력적이다.

　가시밭길을 걸어 피가 철철 나도, 앞이 보이지 않는 안개에 둘러싸여 길을 잃어도, 사람과 세상을 만드는 이 일에 중독되면 가던 길을 포기하지 못한다.

　그토록 어렵다며 한숨을 내쉬면서도 우리 선배 작가들이 왜 이 일을 놓지 못하는지 아주 조금은 알 것도 같다.

　선배 작가에 비해 능력도 형편없이 떨어지고 자질이 뛰어난 것도 아니다. 하지만, 안개 끝에 무엇이 있는지 기어이 알아야겠다.

　그래서 오늘도 글을 쓴다.

　편집장 김대식 님, 이환진 님, 조수희 님의 조력이 없었다면 시작도 못했을 것이다. 지면을 빌려 감사 말씀을 드린다.

　항상 글을 갈고 닦느라 여념이 없는 연무지회의 작가 모두 안개의 끝을 보기를 소망한다.

프롤로그

스걱!

마지막 남은 붉은색 타이탄의 목이 떨어졌다.

쿵!

매끈한 붉은색 몸체가 땅과 충돌하며 흙먼지를 일으켰다.

최후의 적을 쓰러뜨린 타이탄은 승리를 만끽하며 여유를 부릴 만도 하건만, 기대를 저버리고는 곧장 전장 정리에 들어갔다.

붉은색 타이탄의 몸체를 바로 눕히고 강제로 가슴을 뜯어 기절한 조종사를 꺼낸 뒤 여기저기 흩어진 타이탄 잔해를 한데 모았다.

저 뒤에서 병사들이 승리의 함성을 지르든 말든, 영주가 승

리의 기쁨을 주체 못해 말을 몰아 질주하든 말든, 자신과는 전혀 상관없다는 듯 능숙한 손길로 운반하기 쉽게 타이탄 잔해를 들어 옮겼다.

전장 정리가 모두 끝나고, 승리한 타이탄의 가슴이 열리며 한 남자가 뛰어내렸다.

장시간 전투에 이어 전장 정리까지, 쉬지 않고 타이탄을 조종하여 마나고갈로 탈진한다 해도 전혀 이상하지 않을 터인데 남자에게서는 피곤한 기색조차 느껴지지 않았다.

남자는 무덤덤한 눈빛으로 자신의 타이탄 손상 여부를 살폈다.

팔다리와 몸체의 비율이 약간 어색하고 벗겨진 칠도 제멋대로인 자신의 기체.

오히려 쓰러진 붉은색 타이탄이 훨씬 강하고 멋져 보였다.

자신의 기체를 슥 훑어본 뒤, 기체 발등에 걸터앉아 모아놓은 타이탄 잔해를 둘러보았다.

'60억 두카는 되겠군.'

돈이란 참으로 대단한 것이다.

피식!

표정이라고는 없을 것 같은 남자의 입매가 슬쩍 올라가며 씁쓸한 미소를 지었다.

바람이 남자의 검은 머리카락을 스쳤다.

피 냄새 대신 금속 냄새가 가득했다.

CHAPTER 1

[타이탄 격투장]

파이널 파이트

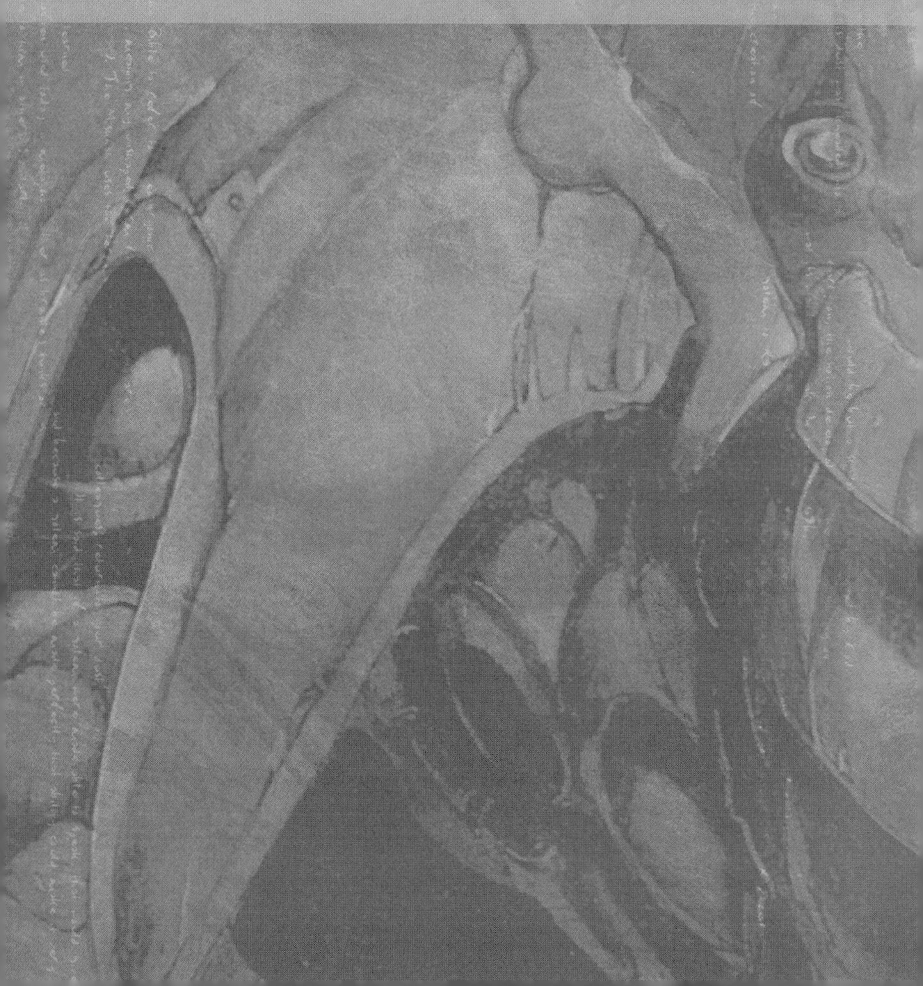

“이봐, 제이! 같이 가자고!”

검은 머리칼의 남자는 자신을 부르는 소리에도 뒤돌아보지 않고 가던 길을 갔다.

타이탄 격투가 있는 날이라 거리는 사람들로 넘쳐 났다.

사람들의 물결을 미안하다는 말도 없이 그저 웃음으로 무마하며 가볍게 툭툭 헤치고 다가온 티마이라는 금세 제이의 옆구리를 차지하고 나란히 걸었다.

“후유, 뭔 놈의 사람이 이렇게 많은지!”

티마이라는 이마를 쓸어내리며 흘리지도 않은 땀을 훔쳤다.

“격투장에 구경하러 가는 거야? 아니면, 출전하러 가는 거야?"

용병단의 오너들은 시간이 날 때마다 타이탄 격투장에 들르고는 했다. 주된 이유는 다른 타이탄의 움직임을 관찰하려는 것이었지만, 티마이라처럼 다른 이유로 가는 오너도 있었다.

"그건 그렇고, 크게 한 건 했다면서? 마호른 영감이 후려친 가격이 50억 두카를 넘었다면 말 다했지. 제대로 넘겼으면 6, 70억 두카는 족히 나갔을 텐데 말이야."

제 가격을 받지 못해 아쉽다며 입맛을 다셨지만, 정작 티마이라 본인도 전리품 대부분을 마호른에게 넘겼다.

"붉은색 트리오파가 대단했다며? 그놈 출력이 상당하지? 아! 나도 그놈 손맛을 봤어야 하는데, 하필 몸살감기에 걸릴게 뭐람. 지나가던 코볼트가 배꼽잡고 웃을 일이지. 타이탄 오너가 몸살감기라니 말이야. 하하하!"

과장된 어조로 끊임없이 말을 붙이는 티마이라에게 제이는 무대응으로 일관했다. 티마이라 역시 제이의 무반응에 별로 개의치 않았다. 한두 번 겪는 일이 아니기 때문이다.

전쟁의 최전선에서 살아온 용병들은 극단으로 치닫는 게 보통이다.

죽음의 그림자에서 벗어나기 위해 애써 밝은 상태를 유지하려는 모습, 죽음의 그림자 속으로 침잠하여 스스로가 어둠이 되어가는 모습.

대다수의 용병들은 이 두 가지를 모두 지니고 있었다.

술 한 잔에 웃통을 벗어젖히고 박장대소하며 온갖 욕설을

쩍쩍 달라붙게 퍼붓고는 낯선 이와도 금방 트다가도, 사소한 것에 쉽게 칼부림을 하는 게 용병들의 일상이었다.

물론, 타이탄 오너는 이러한 극단적 성격 변화의 문제를 나름대로 해소했기 때문에 일반 용병보다 훨씬 더 높은 경지에 도달한 것이지만, 죽음의 경계에서 살아온 용병 특유의 성향은 어느 정도 남아 있기 마련이다.

그러나 티마이라는 전혀 그렇지 않았다. 그저 성격 좋은 이웃집 청년 같았다. 지나치게 과장한다는 느낌없이, 정말 스스럼없이, 가벼운 듯 맹한 듯 자신을 그대로 드러내며 유쾌하게 사람을 대했다.

용병단에 들어온 지 얼마 되지 않은 티마이라의 이야기를 한 귀로 듣고 한 귀로 흘리며 나란히 걷는 와중에, 제이는 티마이라에게 아무 거리낌 없이 자신의 옆구리를 내주었다는 생각이 순간적으로 들었다.

상상하기 힘든 일이었다.

제이는 그 자리에 멈춰 섰다.

"뭐하는 거야, 길을 막고!"

뒤에 오던 사람들이 욕을 하며 거칠게 옆을 스쳐 지나갔지만, 제이는 꿈쩍도 하지 않았다.

제이는 고심어린 눈빛으로 티마이라의 뒤통수를 쳐다보았다.

몇 걸음 더 걷던 티마이라는 제이가 오지 않는 것을 보고 고개를 돌렸다.

“왜?”

제이는 가볍게 고개를 저었다.

‘정말 대단한 성격이군.’

이렇게 마음에 틈이 생긴 적이 언제였던가!

제이는 마음의 벽을 다시 점검했다. 벽에 난 구멍은 철저하게 메웠다.

동료들을 믿을 수 없다는 그런 얘기가 아니었다. 전쟁 경험만 7년, 칼 밥을 먹은 지 벌써 십수 년이 지났다. 동료에게 등을 맡기지 않고는 전장에서 살아남을 수 없다는 말은 이미 뼛속 깊이 각인되어 있었다.

다만, 어떤 사람에게 잠시나마 마음을 완전히 놓아버렸다는 사실은 참기 어려웠다.

제이는 한숨 대신 깊이 심호흡을 한 번 하고 다시 걸었다.

동부지구 중심부에 자리한 타이탄 격투장이 얼마 남지 않았다.

＊　　　＊　　　＊

하란 시에는 없는 게 없었다. 안되는 게 없었다.

인간이 원하는 모든 물건을 팔고, 인간이 상상하는 모든 서비스를 제공했다.

하란 시 전체가 상업지구라 할 수 있지만, 구역마다 나름의 특색이 있었다.

바다와 접한 남부지구(South-district)는 중앙해(海)에서 가장 잘 정비된 부두 시설을 갖추었다. 부두 가까이에 커다란 창고와 대형 상회의 점포가 수없이 늘어서 있었다. 그 뒤로 여관, 주점, 유흥업소들이 소금기 가득한 바닷사람과 먼 여정에 지친 상인들을 유혹했다.

서부지구(West-district)도 바다와 접해 있고, 항구가 있지만, 정치적인 이유로 이 항구는 거의 사용되지 않았다. 항구 옆에는 군사기지가 자리했다.

중부지구(Central-district)에는 관공서와 각국의 외교공관, 그리고 고급 호텔이 자리 잡았다. 넓은 광장을 기준으로 루미나스식 가로수 도로가 방사형으로 시원하게 뻗어 있었다.

가장 한산한 곳은 북부지구(North-district)였다. 귀족들의 별장 역할을 하는 대저택이 바로 이곳에 들어서 있었다. 각국의 귀족들은 서로 경쟁하듯 크고 아름다운 저택을 지었다. 북부지구는, 이곳이 과연 상업도시인 그 하란 시가 맞나 싶을 정도로 조용하고 아름다웠다.

하란 시가 특별히 경관이 수려한 것도 아니고 다른 곳에 비해 기후가 온화한 것도 아닌데 이렇게 많은 대귀족들의 별장이 들어선 이유는 바로 동부지구(East-district) 때문이었다.

은밀한 욕망, 원초적인 폭력을 발산하고 대리만족을 실현하는 곳. 모든 환락과 광기가 돈을 매개로 허용되는 곳.

그곳이 바로 하란 시 동부지구였다.

타이탄 격투장도 이곳, 동부지구에 있었다.

수십 톤에 달하는 거체가 뛰어다닐 때마다 경기장 전체가 흔들리며 온몸이 함께 떨리고, 수 미터에 달하는 검(Titan sword)의 일격에 굉음과 함께 부서지는 금속 조각들이 태초의 폭력성을 되살리는 곳.

그 어떤 유희도 이처럼 살 떨리는 쾌감을 주지 못했다.

그 쾌감에 더해 베팅(betting)까지 할 수 있으니 사람들이 몰리는 것은 당연했다.

"티굴 출신 자유전사 카모르찬이 출전한다더라고. 티쿠마를 가져왔대. 출력이 82카파라니까 혹시 상대하게 되면 조심해. 물론 하란 시 최고 용병, 아니 용병 중의 최고, 아니 모든 오너 중의 최고인 제이가 지지는 않겠지만 말이야."

격투장을 오른쪽으로 돌아 관계자 전용 출입구로 들어서는 제이에게 티마이라가 엄지손가락을 치켜세우며 너스레를 떨었다.

타이탄 격투장 VIP임을 나타내는 출입 반지가 티마이라의 손가락에 끼워져 있었다. 인물의 중요도와는 전혀 상관없이 오직 돈으로 평가받는 VIP반지. 제이는 그것과는 다른 색의 반지를 주머니에서 꺼내 손가락에 끼었다. 출전자임을 확인하는 반지였다.

VIP전용 출입구는 관계자 전용 출입구와 정반대에 있기 때문에 티마이라는 상당히 더 돌아가야 했다.

제이는 이미 등을 보이며 들어가고 있었지만, 티마이라는

뒤로 걸으며 제이의 등에 대고 주먹을 불끈 쥔 채 '제이 힘내라!', '제이 최강!'을 외쳤다.

낯부끄러운 구호가 조금 거슬렸지만 신경 쓰지 않았다.

관계자 전용 출입구 앞에는 하란 시 경비병들이 눈을 부라리고 있었다.

제이는 슬쩍 반지를 보여주고 들어갔다.

안에는 두 개의 문이 있었다. 하나는 격투장 직원들 출입문이고, 다른 하나가 바로 격투 참가자와 그의 지원팀이 드나드는 문이었다.

문 앞을 가로막고 있는 격투장 소속 가드에게 참가서를 보여주고 반지를 인증 크리스탈에 가까이 댔다.

인증 크리스탈이 푸른빛을 뿜어내며 굳게 닫힌 철문이 열렸다.

제이는 격투장 지하에 있는 50여 개에 달하는 격납고 가운데 지정된 격납고로 들어갔다.

격납고 안은 지원팀이 제이가 탈 기체를 최종 점검하느라 분주했다.

지원팀이 없는 타이탄은 전투를 딱 한 번만 치르고 말겠다는 것을 의미한다. 수십억 두카짜리 타이탄을 일회용으로 쓸 수는 없는 일. 그래서 국가에서는 정찰을 담당하는 레인저 부대와 정비, 수리를 담당하는 정비 부대를 따로 운용하여 타이탄 기사단을 지원한다.

용병은 그와는 다른 방식으로 타이탄 운용을 보조하는데,

오너 한 사람에 예비 오너, 스카우터, 수습 마법사, 정비사가 한 팀을 이룬다. 오너가 이들을 고용하는 셈이다.

제이의 팀은 마법진과 마나 라인을 점검하는 수습 마법사 한 명, 기체에 낀 이물질을 제거하고 각 부품을 점검, 교체하는 정비사가 둘, 전장에서 정찰과 타이탄 오너 보호를 맡는 스카우터 넷으로 이루어져 있었다.

"프라이오, 멀었습니까?"

제이의 팀에서 타이탄 점검, 수리의 총책임을 맡은 수습 마법사 프라이오는 20여 년간 하란 용병단에서 일해 온 베테랑이었다.

"발목 관절에 윤활유만 바르면 끝이오."

정비사 래니가 다른 부분에 닿지 않게 조심하며 발목 관절에 윤활유를 바르고 있었다.

"다 됐소."

제이는 고개를 끄덕이고 타이탄에 다가갔다.

이 타이탄은 그의 기체 울피아가 아니었다. 울피아의 큰 머리와 긴 팔은 너무 부자연스러워 눈에 잘 띄기 때문에 격투장에 설 때는 항상 격투장 소유의 이 녀석을 대여했다.

장갑 표면에 돋아난 요철을 잡고 디디며 제이는 순식간에 열려 있는 타이탄 가슴으로 들어갔다.

제이가 들어가자마자 타이탄의 가슴이 닫혔다.

쿠션이 두텁게 깔린 사람 모양의 동화기(同化機)에 등을 대자마자 동화기에서 앞으로 띠가 뻗어 나와 제이의 몸을 고정

시키고, 그와 동시에 반투명한 막이 솟구치며 제이를 감쌌다.

기운이 빠져나가며 몸이 아래로 가라앉는 듯한 느낌을 받는 순간, 제이는 거대한 새로운 몸을 의식했다. 정신을 잃었다가 다시 깨어난 것 같은 느낌이었다. 이윽고 밑에서 타이탄을 올려다보는 사람들을 타이탄의 눈을 통해 인식하게 되었다.

처음 타이탄을 탔을 때는 이 동화(同化)과정에서 상당한 시간이 걸렸지만, 이제는 순식간에 동화가 이루어졌다.

[타이탄 운용 기본동작을 실시하겠습니다.]

제이의 목소리 같기도 하고 전혀 다른 존재의 목소리 같기도 한 타이탄의 말이 격납고에 그렁그렁 울렸다.

사람들은 재빨리 타이탄 주위에서 격납고 가장자리로 물러났다.

맨손체조와 비슷한 타이탄의 움직임이 10분 정도 계속되었다.

타이탄 운용 기본 동작은 조종사가 새로운 몸체에 익숙해지도록 하고, 조종사가 마나를 돌려 몸체 각 부위의 이상 유무를 직접 최종 점검하도록 하기 위한 것이었다.

[이상 없습니다.]

"후유!"

수리, 점검을 맡은 팀원들이 안도의 한숨을 내쉬었다.

타이탄 운용 기본 동작을 마치고 제이는 팀원들이 지켜보는 가운데 범용 타이탄 검술을 느리게 펼쳤다.

사람의 몸과 타이탄의 몸은 다르다. 타이탄 오너는 그 차이를 정확하게 알아야 했다. 사람 몸으로는 가능한 움직임도 타이탄은 펼칠 수 없는 경우가 있기 때문이다.

온전히 타이탄 자체가 되어 관절이 허락하는 범위 안에서 자유자재로 움직이려면 오랜 기간 조종해 보는 수밖에 없었다.

시간이 되었다.

격납고에서 비탈길을 걸어올라 타이탄보다도 거대한 문 바로 앞에 섰다.

빠밤!

나팔 소리와 함께 관중석 아래에서 이 커다란 문들이 동시에 열렸다.

50여 기의 타이탄이 모습을 드러내자 격투장의 함성이 더욱더 높아졌다.

빠밤!

두 번째 나팔 소리에 타이탄들이 일제히 네 걸음 앞으로 걸었다.

쿵! 쿵! 쿵! 쿵!

동시에 내딛는 타이탄의 발걸음에 격투장 바닥은 물론 관중석까지 흔들렸다.

거인들이 뿜어내는 압도적인 존재감에 관중들은 가슴이 덜컥 내려앉으며 흥분으로 오줌을 지리기도 했다. 절로 주먹이 쥐어지고 평소에는 상상도 못할 함성과 괴성을 내질렀다.

빠밤!

세 번째 나팔 소리에 타이탄들이 일제히 격투장을 반시계방향으로 돌았다.

쿵! 쾅! 쿵! 쾅!

VIP석에 앉아 있는 관람객들은 손을 내밀면 닿을 듯이 가까운 거리에서 수십 대의 타이탄이 지나가는 광경을 보고 흥분으로 벌겋게 상기되었다. 여자들은 비명을 질렀다. 교양을 찾던 귀족, 거상들은 이미 사라지고 똑같은 원초적 인간만 남았다.

티마이라도 별반 다르지 않았다. 직접 조종하는 것과 바로 눈앞에서 타이탄의 거대한 머리가 지나가는 것을 보는 것은 완전히 달랐다.

별의별 소리를 다 지껄이는 티마이라의 앞으로 제이가 탄 타이탄이 지나갔다.

"제이! 아니, 에스칼! 힘내! 밟아버려! 너한테 다 걸었어!"

불패의 신화 에스칼은 격투장에서 쓰는 제이의 가명이었다.

워낙 가까이에서 소리를 질렀고, 기감 훈련을 통해 감각이 극도로 예민해진 제이는 수많은 사람들의 함성 속에서도 티마이라의 고함 소리를 들을 수 있었다.

마음속으로 헛웃음을 지었다.

똑같은 자극에는 금방 시들해지는 법. 함성은 줄어들고 관중들은 옆 사람과 출전 타이탄을 품평했다.

세 바퀴를 돌고 처음 자리에 멈춰선 타이탄들은 네 번째 나팔 소리에 맞춰 들어왔던 문으로 퇴장했다.

확성 마법의 힘을 빌린 사회자가 첫 시합을 알렸다.

두 기의 타이탄이 올라왔다.

사회자는 오너의 격투장 대전 경력과 승률, 타이탄의 제원(諸元)을 소개했다.

관중석은 베팅 티켓을 구입하려는 사람들로 분주해졌다.

자기 차례가 아닌 오너들이 대부분 마나 소모를 줄이기 위해 타이탄에서 내린 것과는 반대로, 제이는 격납고에서 자신의 차례를 기다리며 타이탄에 탑승한 채로 검술을 펼쳤다.

타이탄에 탑승하여 동화(同化)하면 가만히 있어도 마나가 빠져나간다.

오너가 숙련된 기사일 경우, 보통의 움직임에는 여섯 시간, 격렬한 움직임에는 두 시간이 지나면 마나 고갈이 오는 게 일반적이다.

어찌 보면 마나 낭비처럼 보이는 제이의 행동은 수련을 위해 의도된 것이었다.

숙련된 기사보다 마나량이 몇 배에 이른다고는 생각하지 않았다. 다만 자신의 한계를 정확히 알고 한계에 도달하기 직전에 멈출 수 있는 냉정함과 결단력을 지녔기 때문에 남들과는 다른 방법의 수련이 가능했던 것이다.

이러한 훈련법은 예전부터 존재해 왔지만, 실행하기가 만만치 않았다.

마나 고갈은 심하면 생명이 위태롭고 운이 좋아도 서너 달은 몸을 추슬러야 하기 때문에, 마나 고갈에 대한 검사의 두려움은 상상 이상이었다.

자신의 마나가 눈금으로 표시되어 바로 보이는 것도 아니고, 한계가 가까워지면 마나 고갈에 대한 두려움으로 집중력이 흐트러져 훈련 효과도 미미해서 이런 극단적인 방법으로 수련하는 사람은 거의 없었다.

그런 벼랑 끝 수련을 제이는 해냈다.

다섯 살 때부터 아버지의 손을 잡고 뜻도 모를 평정심이라는 단어를 입에 달고 살았다. 매일 항구가 내려다보이는 언덕까지 짧은 다리를 놀려 뛰었다. 아버지와 함께 별을 세고 눈송이를 셌다. 가을이면 밖에서 우는 풀벌레가 몇 마리인지 알아맞히는 내기를 했다.

그렇게 닦인 감각, 높은 폐활량, 누구보다 깊이 호흡하여 몸에 각인된 평정심 덕에 마나를 고갈 직전까지 소모하고 딱 그 지점에서 멈출 수 있었던 것이다.

그 결과 제이의 마나는 풍부해지고, 더욱 짙어지고 순수해졌다.

제이가 자기 차례가 아님에도 타이탄에 탑승해 있는 또 다른 이유는 이 기체에 아직 덜 익숙해졌기 때문이다.

이 녀석도 어느덧 이 년째이지만, 시합할 때만 탑승하다보니 아무래도 울피아만 못했다.

타이탄에 익숙해진다는 것은 한 칼 덜 맞고, 한 방 더 때릴 수 있다는 것을 의미했다.

　제이는 타이탄으로 세 가지 검술을 펼쳐 나갔다.
　허트 12검, 페이런 레인저 제식검술, 범용 타이탄 검술.
　제이가 아는 검술은 이 세 가지뿐이었다.
　허트 12검은 엄밀히 말하면 검술이라고도 할 수 없었다.
　제이의 아버지 허트가 모든 도검류의 가장 기본적인 공방 동작 중 열두 가지를 추려 만들어놓은 것이 이것이었다. 검을 익히고자 했지만 배울 수 없었던 허트가 '도끼질도 백만 번을 하면 마스터가 된다.'는 경구에 고개를 끄덕이고 기본동작만 반복했던 것이다.
　페이런 레인저 제식검술도 단순하기로는 만만치 않았다.
　원래 레인저의 주무기는 활이지만 활을 쏠 수 없는 경우, 특히 주 무대인 숲에서 적을 만난 경우에 대비하기 위하여 만들어진 것이 페이런 왕국의 레인저 제식검술이었다.
　숲에서는 걸리는 것이 많아 행동이 자유롭지 못하기 때문에 베기 공격은 아예 배제한 채, 찌르고 막고 피하는 세 가지 동작만으로 이루어져 있었다. 찌르는 동작도 극히 제한된 범위에서만 가능하도록 되어 있는 몹시 단순한 검술이 바로 이것이었다.
　범용 타이탄 검술은 더 말할 것도 없었다.
　모든 타이탄 매뉴얼에 빠지지 않고 들어 있는 검술이었다. 동작의 폭이 인간에 비해 제한되어 있는 타이탄에 빨리 익숙

해지도록 하기 위해 만들어놓은 것이다.

　이런 초라한 검술들을 제이는 진지하게 펼쳤다. 아는 것이 이것뿐이라 할 수 없이 펼치는 게 아니었다. 도끼질 백만 번에 마스터가 된다는 말을 믿기 때문이다. 그렇지 않다면 변변한 검술 하나 모르는 자신이 이때까지 살아남은 것을 설명할 수 없었다.

　타이탄 격투장에는 일대일 대결만 있는 게 아니다.

　처음에는 흥미롭겠지만 50여 기의 타이탄이 계속 일대일 대전만 한다면 관중들의 반응이 싸늘해질 것은 당연한 일, 게다가 일대일은 배당도 높지 않았다.

　사람들의 흥미를 자극하고 높은 배당이 나올 수 있도록 격투장 측에서는 다양한 대전 방식과 베팅 방식을 준비했다.

　마지막 대결은 여덟 기의 타이탄 중 하나가 남을 때까지 싸우는 방식으로, 에스칼이라는 이름은 이 파이널 파이트에 들어 있었다.

＊　　　＊　　　＊

　시간은 상대적인 것이다.

　타이탄에 탄 채로 검을 휘두르고, 그동안 싸웠던 수많은 타이탄들을 떠올리며 심상 수련을 마치고 나니 어느덧 시간이 흘러 자신의 차례가 되었다.

격투장으로 들어가는 비탈길을 한 걸음 한 걸음 올라가며 잡념을 지워나갔다. 아니, 애써 떨쳐 버린 게 아니라 저절로 그렇게 되었다.

처음부터 지금까지 타이탄에 탑승하고 있어서 마나가 충만한 상태는 아니었지만, 손끝에서 검자루의 감촉이 느껴진다고 인식할 정도로 동화가 최고조에 이르렀음을 알 수 있었다.

여덟 기의 타이탄이 서로 마주보며 둥글게 섰다.

사회자가 한 기, 한 기 타이탄의 제원(諸元)과 조종사에 대하여 소개할 때마다 관중들은 함성을 질렀다.

마지막으로 제이가 소개되었다.

"메테오급! 6.8미터의 신장! 무게 17.5톤! 출력 65카파! 하란의 자랑! 불패의 신화! 블랙 메테오의 에스칼!"

와아아아!

가장 큰 함성이 울려 퍼졌다.

관중들 가운데 블랙 메테오의 에스칼을 모르는 사람은 거의 없었다.

사회자의 소개가 모두 끝나고 관중들이 베팅 티켓을 구입하는 동안, 출전자들은 다른 기체를 살피며 어떻게 상대할 것인가를 생각했다.

여덟 기가 혼전을 펼치면 제아무리 실력이 뛰어나도 견디기 어렵다. 격투장 안에서 도망 다니며 한 기씩 상대한다는 것도 말처럼 쉽지 않았다. 격투장이 넓다 해도 그건 사람을 기준으로 넓은 것이지 타이탄이 도망 다니며 전투를 펼칠 만한 정도

는 아니었다.

이러한 상황에서 제이는 이 파이널 파이트에서 세 번이나 우승했다. 나머지 참가자들의 견제가 그 어느 때보다 심하리란 것은 쉽게 짐작할 수 있었다.

타이탄 격투장 측에서 나서서 승부 조작을 하지 않는다 뿐이지, 경기장 밖에서 이루어지는 담합에 대해서는 손쓸 수가 없었다. 노골적인 져주기에 대한 처벌은 엄격한 편이지만 이기기 위해 미리 손을 잡는 것은 증명할 수도 없고, 막을 근거도 희박했다.

가장 큰 베팅 액(額)이 걸린 대결이라, 실제로 귀족들이나 큰손들이 나서서 출전자를 회유한다는 것을 모르는 사람이 없을 정도였다.

그나마 격투장 측에서는 최소한의 공정성을 유지하기 위해 격투장 소속 타이탄 두 기를 출전시켜, 여럿이서 한 명을 일방적으로 몰아붙이지 못하도록 균형자 역할을 맡기고 있었다.

'보투스 하나, 아드리오가 둘, 메테오가 둘, 티쿠마 하나, 저건 조립이군.'

대부분 낯이 익었다.

파이널 파이트에 참가한다는 것은 이미 격투장에서 충분히 실력을 검증받았다는 것을 의미한다. 제이 역시 근 이 년여를 타이탄 격투에 참가해 왔지만, 최근에야 그 경력을 인정받아 파이날 파이트에 설 수 있었다. 물론, 저 티쿠마를 탄 카모르찬처럼 흥행을 위해 널리 이름을 떨치고 있는 오너를 경기장 측에서 섭외하는 경우도 있었다.

"파이널 파이트를 시작하겠습니다."

빰빠바밤!

사회자의 시합 개시 선언에 이어 나팔 소리가 울려 퍼지며 파이널 파이트가 시작되었다.

모든 타이탄들이 자세를 잡으며 눈치를 살폈다.

제이가 가장 꺼려하는 상대는 격투장 소속 오너였다. 실력이야 참가자들 모두가 뛰어나겠지만, 이들은 특히 철벽 방어를 자랑했다. 이들이 탄 기체는 엄청난 두께의 장갑을 두르고 있어 쓰러뜨리는데 시간이 많이 걸린다.

다행히 격투장 소속의 보투스와 메테오가 각각 아드리오와 조립품과 맞붙었다.

나머지 넷은 여전히 서로를 견제하기만 했다.

그때, 조립품을 상대하던 격투장 소속 메테오에게 아드리오와 다른 메테오가 달려들었다.

'이런!'

지난 회 우승자인 제이를 노리는 것이 누가 보더라도 상식적인 일이다. 그런데 격투장 측 타이탄 한 기에 셋이 달라붙었다는 것은 제이를 칠 때 방해할 가능성이 높은 기체를 미리 제거하겠다는 뜻이리라.

제이의 블랙 메테오가 격투장 소속 메테오를 돕기 위해 달려갔다.

[어딜 가시나?]

그때까지 움직이지 않고 있던 티쿠마가 블랙 메테오 앞을 막아섰다.

티쿠마의 검이 푸르스름한 빛을 내며 블랙 메테오의 목을 노리고 들어왔다.

훨씬 높은 출력으로 뿜어내는 검에 검으로 맞부딪치는 것은 어리석은 일. 블랙 메테오는 얼른 몸을 낮춰 검을 피하고 티쿠마의 왼 무릎을 베어갔다.

텅!

방패로 검을 막은 티쿠마는 블랙 메테오의 오른팔을 자르려고 검을 내려쳤다.

급히 오른팔을 접은 블랙 메테오는 오히려 한 발 내딛으며 왼손 팔꿈치로 티쿠마의 머리를 강하게 후려쳤다.

쩡!

금속 파편이 튀었다.

티쿠마가 충격에 흔들리며 뒤로 벌렁 넘어가는 순간, 그보다 더 빨리 티쿠마 옆을 스치며 블랙 메테오는 섬뜩한 검푸른 빛이 도는 검으로 강하게 티쿠마의 허리를 쓸었다.

슈칵!

티쿠마는 균형을 잃었으면서도 방패를 들어 위기의 순간을 겨우 넘겼지만, 연이은 타격에 큰소리를 내며 뒤로 넘어갔다.

쿠궁!

흙먼지가 뿌옇게 일었다.

티쿠마는 몸을 옆으로 굴려 재빨리 일어나 신중하게 방어 자세를 취했다.

방패 상단이 잘려 나가고 복부 장갑에 깊은 칼자국이 생겼다.

[젠장, 이거 장난 아니군! 세 번이나 우승했다더니 굉장하잖아! 내가 이런 꼴이라니]

그렁그렁한 타이탄의 목소리에서 감탄과 낭패의 감정이 묻어나왔다.

그러나 제이는 대꾸하지 않았다.

파이널 파이트에서 우승자 견제는 항상 있어 왔고, 경험 상 격투장 측 타이탄을 공격하는 녀석들은 자신을 노릴 가능성이 높았다. 게다가 초원의 전사라고 불리는 카모르찬도 자신에게 검을 휘둘렀으니 적이다.

적은 베면 그뿐.

다시 블랙 메테오의 검에 검푸른 빛이 번뜩였다.

티쿠마에게 막 달려들려던 순간, 뒤에서 검이 공기를 압축하며 날아왔다.

쑤웅!

블랙 메테오는 재빨리 왼발을 박차고 옆으로 피했다.

블랙 메테오 옆을 지나간 검은 관람석으로 날아갔다.

펑!

관람석 펜스에 설치된 마법진이 발동되며 검을 막았다.

강렬한 빛과 함께 검이 터지는 소리에 관중들이 놀라 비명을 질렀지만, 관중석에는 전혀 타격이 없었다.

블랙 메테오는 티쿠마에게서 물러나 검을 던진 녀석을 돌아
보았다.

격투장 측 메테오 하나를 만신창이로 만들던 세 녀석들 가
운데 하나가 블랙 메테오의 등을 노리고 던진 것이었다.

**[이거 재미있군. 적의 적은 동지라 이건가? 센 놈을 먼저 잡
겠다는 거로구나! 아니, 뭐 다 적이니까 상관없겠지.]**

티쿠마가 이제야 파이널 파이트에 대해 알겠다는 듯 중얼거
렸다.

제이는 생각했다.

'어차피 저 격투장 측 메테오는 회생 불능이다. 저들이 모두
한패고 격투장 측 보투스마저 잡는다면 너무 불리하다.'

실제로 격투장 측 보투스를 상대하고 있는 아드리오가 저
셋과 한패인지 아닌지는 모른다. 다만 최악의 상황을 염두에
두어야 했다.

'티쿠마! 이 녀석도 한패인가?'

좀 전에 한 말에 비추어볼 때, 한패는 아닌 것 같았다. 물론
한패든 아니든 적이라는 사실에는 변함이 없다.

그러나 제이는 혼자서 모든 적을 해치운다는 영웅 놀이를
할 생각이 없었다.

[티쿠마!]

제이는 카모르찬을 불렀다.

[호, 말할 줄 아네, 왜?]

[저 넷이 보투스마저 꺾으면 너무 불리할 것 같은데, 수를 좀

줄여놓아야 할 것 같지 않아?]

[음, 그렇기는 하지.]

[그럼 저 녀석들을 해치운 뒤에 둘이서 결판내는 게 어때?]

[그럴까? 아니야. 내가 왜 그래야 하지? 자존심 상하지만, 혼자서 널 상대하기는 힘들 것 같은데.]

[그러면 저 녀석들 두엇만 쓰러뜨리고 나머지들하고 손잡고 나를 치든가! 이도 저도 안 된다면 당장 너를 잡고 저쪽으로 뛰어드는 수밖에.]

제이는 으름장을 놓았다.

[젠장! 하란까지 와서 이 꼴을 당하다니! 알았다. 그렇게 하자.]

[좋아! 내가 세 놈을 잡고 있을 테니, 보투스를 상대하는 아드리오를 잡아!]

[그렇게 하마. 젠장!]

티쿠마는 분통을 터뜨렸지만, 곧 아드리오에게 달려갔다.

그사이에 세 녀석에게 당하던 격투장 측 메테오가 결국 쓰러졌다.

블랙 메테오는 검을 던진 조립품에게로 달려갔다.

조립품은 예비로 검이 하나 더 있어서, 블랙 메테오에게 검을 던지고 나서도 빈손은 아니었다.

섬뜩한 빛과 함께 사선으로 녀석을 내리치려는 순간, 옆에 있던 둘이 좌우에서 횡으로 베어왔다.

'오른쪽은 피하고, 왼쪽은 허용한다.'

순간적으로 판단을 마친 제이는 블랙 메테오의 오른발을 강하게 내딛으며 직진하던 몸을 왼쪽으로 밀었다.

격투장 바닥이 깊게 파였다.

끼익.

오른쪽 무릎 관절에서 소리가 났다. 그러나 그것을 신경 쓸 틈이 없었다.

왼쪽으로 들어오는 검을 왼손 스토퍼로 흘려 막았지만, 스토퍼가 깨져 나갔다.

그사이 정면에서 조립품이 가슴을 찔러왔다.

검을 안에서 밖으로 돌리며 조립품의 검을 밀어내고 그대로 조립품의 비어 있는 가슴을 베며 지나갔다.

촤악!

조립품의 가슴 장갑은 물론 몸체까지 깊은 균열이 생겼다.

[이럴 수가!]

블랙 메테오의 현란한 움직임에, 오른쪽에서 들어오던 녀석이 경악성을 내뱉었다.

달려오다가 발을 찍어 옆으로 이동하는 것은 맨몸으로도 하기 힘든 동작이었다. 그것을 육중한 타이탄으로 해낸 것이다.

하지만 역설적이게도 타이탄이기에 가능했다.

타이탄 몸체가 손상되면 손상 부위로 마나가 급격히 빠져나가고, 타이탄과 깊이 동화된 조종사는 손상 부위에서 아픔은 아니지만 이물감을 느끼게 된다. 결국 마나 소모가 빨라지며 동화가 흔들려 위험해진다.

그러나 어쨌든 타이탄의 손상이지 조종사 본인의 몸에 부상을 입는 것은 아니다. 그렇기에 이러한 동작도 가능한 것이다.

동화의 와중에도 제이는 냉정함을 잃지 않고 있었다.

격투장 측 보투스와 카모르찬의 티쿠마는 아드리오를 일방적으로 밀어붙이고 있었다.

제이는 오른쪽 무릎 관절이 심상치 않음을 느끼고 빨리 끝내야겠다고 마음먹었다. 무릎 관절이 손상되어 마나 소모가 더 심해져 장기전이 되면 손해이기 때문이다.

장갑을 믿고 손상을 입은 조립품에게로 다시 돌진했다.

조립품의 반응속도가 떨어졌다. 동화가 흔들리는 게 분명했다.

옆의 두 녀석은 마지막 격투 참가자답게 얼른 정신을 수습해 날카롭게 검을 휘둘렀다.

'목, 가슴.'

목과 가슴은 치명적인 부위라서 맞아줄 수가 없었다.

검이 파고들기 직전 무릎을 꿇고 몸을 뒤로 젖혔다. 몸이 죽 미끄러지며 아슬아슬하게 검이 머리위로 지나갔다. 그대로 왼쪽 무릎을 세우고 허리를 틀었다가 검푸른 빛을 검날에 실어 조립품의 다리를 쓸었다.

서걱!

쇠와 쇠가 부딪쳤음에도 마찰음은 그리 크지 않았다. 워낙 빨랐기 때문이다.

두 녀석이 뒤에서 검을 내려치는 게 느껴져 오른쪽으로 몸

을 굴러 피했다.

쾅!

검이 바닥을 때리며 흙덩이를 튀겼다.

블랙 메테오은 재빨리 몸을 일으키고 자세를 잡았다.

관람석의 함성이 잦아들었다. 블랙 메테오의 환상적인 몸놀림에 놀라 소리도 지르지 못했다.

두드리고, 깨지고, 굉음이 울리고, 땅이 흔들리는 타이탄 격투에 길들여진 관중들에게 블랙 메테오의 몸놀림은 경이(驚異), 그 자체였다.

제이도 이전에는 격투장에서 이렇게까지는 하지 않았다.

검사가 함부로 자신의 실력을 드러내면 그만큼 적이 자신의 장단점을 많이 알게 되어 위험해진다. 실력을 감추는 것은 검사에게 중요한 덕목인 것이다.

'밑천을 너무 드러냈군.'

어쩔 수 없는 상황이기는 했지만 조금은 아쉬웠다.

쿵!

두 다리가 매끈하게 잘린 조립품이 옆으로 넘어갔다.

블랙 메테오는 남은 두 녀석 중 아드리오의 가슴을 찔러 갔다.

아드리오는 재빨리 방패를 들어 가슴을 막았지만, 아드리오를 노린 움직임은 속임수였다.

슈욱!

아드리오를 찌르는 척하다가 왼쪽에 있는 메테오를 향해 검을 수평으로 휘둘렀다.

아드리오를 향해 검을 찌르는 것을 보고 블랙 메테오의 허리를 베어가던 메테오는 진행하던 동작을 멈추지 못했다.

제이는 허리 쪽으로 마나를 둘러 충격에 대비했다.

텅!

슈칵!

상대의 칼날은 블랙 메테오의 장갑에 기다란 상처를 남겼지만, 블랙 메테오의 검은 상대의 왼팔을 베고 더 나아가 왼쪽 가슴까지 들어갔다.

이 정도면 탑승한 조종사가 다칠 위치는 아니었지만, 조종석을 침범하여 전투력을 상실했다고 봐도 무방했다.

블랙 메테오는 왼발을 들어 올려 검이 박힌 상대의 배를 밀어서 검을 뽑았다.

쿵!

메테오가 그대로 뒤로 넘어갔다.

방패를 들어 올린 아드리오는 메테오가 당하는 것을 보고 악에 받쳐 돌진해 왔다.

검을 뽑은 직후라 검으로 대응할 수 없어서 슬쩍 뒷걸음질을 쳤고, 방패가 몸통을 후려치는 순간, 상대의 방패를 잡고 뒤로 벌렁 드러누웠다.

돌진하던 힘에 못 이겨 어쩔 수 없이 블랙 메테오를 덮치며 앞으로 넘어지게 된 아드리오를 블랙 메테오는 발로 힘껏 밀어 뒤로 넘겨 버렸다.

콰당!

얼른 일어선 블랙 메테오는 바닥을 깊게 파고 내팽개쳐진 아드리오에게 재빨리 다가가서는 오른팔을 끊어버렸다.

아드리오는 지금까지 아무런 손상도 입지 않았기 때문에 혹시나 있을지 모르는 부정 시비를 막기 위한 조치였다.

"후아, 너무하는군! 저게 타이탄으로 가능한 동작이야?"

VIP석에서 블랙 메테오를 지켜보던 티마이라는 감탄을 넘어 타이탄 오너로서 좌절감마저 느꼈다.

제이가 셋을 처리하는 동안 격투장 측 보투스와 티쿠마는 여전히 아드리오를 향해 맹공을 퍼붓고 있었다.

아드리오는 장갑이 너덜너덜해져 있었지만, 여전히 움직이고 있었다.

사실 이게 일반적인 타이탄의 대결 모습이었다.

칼날에 빛을 씌우면 강철도 벨 수 있다고는 하지만, 제이처럼 깔끔하게 여럿을 순식간에 처리하는 것이 오히려 몹시 드물었다. 마나는 무한정 있는 것이 아니기 때문이다.

블랙 메테오는 카모르찬이 싸우고 있는 무리에게 다가갔다.

다가오는 블랙 메테오를 보고 아드리오는 좌절했고, 보투스와 티쿠마는 조금 불안했지만 왠지 편안한 마음이 들었다. 모두가 적인 파이널 파이트였지만, 이들도 사람인지라 같은 적을 상대했다는 사실에 무의식중에 동질의 감정이 생긴 것이다.

겉으로 보기에 블랙 메테오는 장갑에 약간의 손상을 입은 것을 제외하면 멀쩡해 보였다. 그러나 오른쪽 무릎으로 마나가 쑥쑥 빠져나가고 있었다.

'이렇게까지 하고 싶지는 않았지만…….'

블랙 메테오는 아드리오를 찌르는 척하다가 그대로 아드리오를 지나쳐, 검푸른 빛을 번뜩이며 격투장 측 보투스의 목 아랫부분을 힘껏 찔렀다.

조종석 위, 목 아랫부분은 머리와 팔로 이어지는 마나로드가 모이는 곳이다.

이 의외의 일격에 격투장 측 보투스는 아무런 대응도 하지 못하고 동작이 멈춰 버렸다.

블랙 메테오의 행동에 아드리오, 티쿠마는 물론 관람석까지 모두 얼어붙었다.

이건 왠지, 뭔가, 굉장히, 비겁해 보였다.

지금까지 엄청난 실력을 보여주던 블랙 메테오의 행동이라고는 믿어지지가 않았던 것이다.

조금 거리낌은 있었지만 내친걸음이었다.

블랙 메테오는 넝마가 된 아드리오의 목을 일격에 떨어뜨리고, 그대로 티쿠마의 팔을 노렸다.

몸통 부위의 손상은 수리비가 엄청나게 든다. 티쿠마에게는 피해를 가장 적게 주고 싶었다. 손을 잡은 것은 각자의 이익을 위해서였다. 하지만, 여기까지 올 수 있었던 것도 티쿠마의 덕

을 무시할 수 없었다.

그러나 티쿠마는 제이의 바람대로 따라주지 않았다.

정신을 차린 티쿠마는 몸을 돌려 검을 피하고 왼손에 든 방패로 블랙 메테오의 몸통을 후려쳤다.

피하려했지만 순간, 오른쪽 무릎이 휘청거렸다.

쾅!

블랙 메테오는 82카파의 힘으로 돌려 치는 방패의 위력에 강한 충격을 받고 나가 떨어졌다.

블랙 메테오는 얼른 몸을 돌려 일어나 자세를 잡았다.

[이 개자식아!]

카모르찬은 왠지 억울했다.

엄청난 실력을 가진 녀석과 한편이 되었는데! 물론 모두가 적이란 것은 알지만, 이럴 수는 없는 게 아닌가!

티쿠마의 욕을 듣고 제이는 기분이 좋아졌다.

'그래, 너는 기분 좋은 적이다.'

제이는 한 팔을 내주기로 마음먹었다.

혼신의 힘을 다해 검에 가장 섬뜩한 검푸른 빛을 입혀 티쿠마의 목을 노렸다.

티쿠마도 푸르스름한 빛을 뿜으며 블랙 메테오의 목을 노렸다.

스걱!

티쿠마는 방패를 들어 막으려 했지만, 검푸른 빛은 방패를 지나 팔을 거쳐 그대로 목을 통과했다.

그러나 티쿠마의 푸르스름한 빛은 블랙 메테오가 들어올린 왼팔에 박혀 더는 전진하지 못했다.

*　　　*　　　*

"왜 이렇게 안 나오는 거야?"

관계자 전용 출입구 앞에서 돌부리를 걷어차며 서성이던 티마이라는 제이가 나오기를 기다리다 짜증을 냈다.

제이가 기다리라고 한 것도 아니고, 기다리고 있다고 해서 제이가 반겨주지 않으리란 것도 잘 알고 있지만 마냥 기다렸다.

평소 같지 않게 티마이라는 머릿속이 복잡했다. 영웅을 바라보는 소년의 동경과 질투가 뒤섞인 심정이라고나 할까.

마지막 격투를 생각하면 지금도 심장이 떨리고 소름이 돋았다.

"어떻게 타이탄이 그렇게 움직일 수 있는 거냐고?"

자신이 타이탄을 조종하는 사람만 아니라면 그저 순수하게 감탄하고 말았겠지만, 자신 역시 타이탄 오너였다.

타이탄은 사람보다 관절의 수가 훨씬 적다. 그리고 사람은 훈련으로 관절을 더 유연하게 움직일 수 있지만, 타이탄의 관절은 처음 제작한 범위 내에서만 움직인다.

오늘 제이가 탑승한 블랙 메테오는 타이탄이 할 수 있는 움직임의 극한을 보여주는 것 같았다. 아니 느낌상으로는 관절

의 제한을 초월하여 움직인 것 같았다.

또한 타이탄끼리 싸우면서 달려드는 타이탄을 붙들고 뒤로 누우며 던져 버린다는 것은 상상도 못해봤다. 그 짧은 순간에 어떻게 그리 판단하고 행동할 수 있는지 도통 이해할 수가 없었다.

게다가 마지막 순간 티쿠마의 목을 칠 때의 검의 움직임을 자신은 보지도 못했다. 번쩍이는 검푸른 빛이 보였을 뿐이다. 제이에 비하면 자신은 일반인 수준이라는 말인가!

"그건 절대 메테오급 타이탄이 아니야! 마계의 침공에 대비해 전 세계 모든 마탑과 국가 마법연구소의 마스터들이 모여 만든 비밀 병기가 틀림없어!"

이런 억지라도 부리지 않고는 견딜 수가 없었다.

쓰러진 티쿠마를 잠시 응시하다가 관중들에게 손 한 번 흔들어주지 않고 그냥 휙 돌아서서 자신의 격납고로 들어가던 블랙 메테오의 모습. 사람들의 시선 따위는 전혀 개의치 않는 그 무심함과 오만함, 그리고 당당함은 너무나 멋졌다.

"에휴! 더 친하게 지내야겠다."

티마이라는 머리를 흔들어 복잡한 심사를 날려 버리고는 그렇게 결론을 내렸다.

격납고로 들어온 블랙 메테오는 처음에 서 있던 위치에 그대로 멈춰 섰다.

제이가 자신의 신체를 의식하자, 정신이 순간 아득해졌다.

신체의 감각이 돌아오는 것을 확인하며 손가락을 꿈틀거렸다. 몸을 감싸던 반투명한 막이 동화기로 빨려 들어가고, 몸을 고정해 주던 끈들이 풀리며 역시 동화기 안으로 사라졌다.

제이는 그대로 조종석 바닥에 주저앉았다.

빛이 전혀 들어오지 않는 어둠의 공간. 이 좁고 어두운 공간이 제이가 유일하게 자유를 느끼는 공간이었다.

여기서 나가면 또 돈을 벌기 위해 새로운 싸움터로 가야 한다.

이 사실이 도망치고 싶을 정도로 싫다거나 견딜 수 없이 힘들다거나 하지는 않았다. 이제 너무 익숙해져서 사람을 죽여도 별다른 느낌이 들지 않았다.

하지만 전장에 익숙해질수록 고향에서 점점 멀어진다는 느낌이 들어 씁쓸했다. 이렇게 싸움터를 전전하며 자신과 아무런 상관도 없는 사람들을 해치고 돈을 버는 것도 다 고향으로 돌아가기 위함인데, 고향과 점점 멀어지는 느낌이라니. 참으로 아이러니가 아닐 수 없었다.

그래서 요즘 들어, 더는 고향과 멀어지지 않기 위해 무의식적으로 상대를 살려주는 것인지도 몰랐다. 오늘도 타이탄을 여섯 기나 해치웠지만, 한 명도 죽이지 않았다. 물론, 마나 고갈 상태에 빠진 이는 여럿 될 것이다. 그러나 이로 인해 죽게 된다 해도 그것까지 책임질 수는 없는 일이다.

'할 일은 해야지.'

제이는 자세를 가다듬고 오늘 격투를 떠올리며 싸움을 되짚

어보기 시작했다. 다른 때 같으면 동화를 풀지 않고 했겠지만, 오늘은 마나 소모가 너무 많아 어쩔 수 없었다.

사람의 기억력에는 한계가 있기 때문에 그때그때 반추하고 정리를 해주어야 한다.

머릿속으로 뭔가를 떠올린다는 것은 생각보다 쉬운 일이 아니다. 막상 뭔가를 떠올리려고 하면 흐릿하기만 할 뿐이고, 구체적으로 세세한 부분까지 구현하여 움직이려면 고도의 집중력과 높은 정신력이 요구되기 때문이다.

사람은 참으로 놀라워서 육체든 정신이든 쓰면 쓸수록 단련이 된다. 그 과정이 고통스러울 뿐.

제이 역시 이 정도 수준에 이르는 과정이 그리 간단치 않았다.

심상 수련을 마친 후, 제이는 타이탄의 가슴을 열고 내려갔다.

타이탄 밖에서 기다리고 있던 스카우터들이 제이의 네 방위를 점하고 경호를 시작했다.

제이는 태연하게 그들의 경호를 받았다.

타이탄 오너는 타이탄에서 내린 직후가 가장 취약하다. 마나가 많이 빠져나간 상태이고, 동화 해제 후 자신의 신체에 다시 적응하는데 시간이 걸리기 때문이다.

물론 제이의 수준이면 재적응 시간이 순식간이지만, 제이는 방심하지 않고 스카우터들의 경호 하에서 신체적응 체조를 마쳤다.

“프라이오, 뒤를 부탁합니다.”

“알았소.”

프라이오는 자신이 할 수 있는 수준까지 마법진을 복구하고, 자신의 능력으로 손볼 수 없는 부분에 대해서는 수리비 견적을 뽑아놓을 것이다.

제이는 격납고를 나와 격투장 지배인 사무실로 들어갔다. 스카우터 리더인 폴카도는 제이를 따라 안으로 들어갔고, 나머지 셋은 문 밖을 지켰다.

“어서 오게.”

지배인은 자리에서 일어서며 환한 미소로 제이를 맞았다.

손수 차를 따라준 뒤, 지배인은 책상 위에서 봉투를 집어 제이 앞으로 밀었다.

봉투는 모두 세 개였다.

제이는 봉투를 집어 수표에 적힌 금액을 하나씩 확인했다.

‘대전료가 5천만 두카, 우승자 배당금이 8억 3천만 두카, 보너스 2억 두카.’

제이는 보너스라고 적힌 봉투를 들고 지배인을 쳐다보았다. 지금까지 격투장에서 보너스를 받아본 적이 없었다.

“아! 그건 말 그대로 보너스네. 자네 덕에 우리도 큰 이익을 봤으니 부담 갖지 말고 받게.”

그렇게 말한 지배인은 찻잔을 들어 입술을 적셨다.

‘보너스라……’

2억 두카의 보너스.

평민의 한 달 수입이 보통 10만에서 30만 두카 정도였다. 물론 타이탄 오너에게 있어 2억 두카는 그 의미가 조금 다르지만, 그래도 상당한 금액임에는 틀림이 없다.

그동안 있지도 않던 보너스였다. 제이는 대가없는 호의를 믿지 않았다. 특히 상대가 상인인 경우에는 더욱 그러했다. 오늘 자신의 실력을 보고 격투장과의 끈을 더욱 단단히 묶어두려는 속셈이 분명했다.

제이는 대전료와 우승자 배당금만 집어 들고 자리에서 일어났다.

"이보게! 받아도 괜찮……."

다급하게 말을 꺼내던 지배인을 제이는 손을 들어 저지했다.

지배인은 제이의 단호한 손짓에 한숨을 내쉬었다.

"후유, 어쩔 수 없지. 그럼 다음에 더 좋은 모습을 기대하겠네. 그건 그렇고, 자네를 만나보고자 하는 분들이 있는데……."

제이가 인상을 찌푸렸다.

지배인은 자신이 이런 것을 싫어한다는 걸 잘 아는 사람이었다.

"이번 한 번만 만나주게. 자네에게도 좋은 기회가 될 거야."

지배인은 격투장 운영을 총괄하는 사람이었다. 막대한 수익금을 주무르며 하란 시는 물론이고, 베르가키아 왕국 전체에 미치는 영향력이 상당한 사람이다. 그런 지배인이 저런 부탁을 할 정도면 보통사람이 아니겠지만, 제이는 지배인의 사정을 봐줄 마음이 없었다.

"싫소."

두 번 생각해 보지도 않고, 제이는 문을 열고 나왔다.

지배인 사무실을 나와 폴카도는 제이에게 베팅 티켓을 건넸다. 제이의 지시로 블랙 메테오에게 3억 두카를 베팅한 단승식 티켓이었다.

제이는 환전 사무실로 향했다.

소액인 경우 환전 창구에서 배당금을 지급하지만, 거액은 어디서나 특별대우를 받는 법이다.

환전 사무실 책임자가 제이의 베팅 티켓을 받아들고 안으로 들어갔다가 잠시 후 봉투 하나를 들고 나와 제이에게 건넸다.

제이는 봉투를 열고 수표를 확인했다. 10억 두카에 조금 못 미치는 액수였다.

정상적이라면 여러 차례 우승 경험이 있는 블랙 메테오에게 사람들이 가장 많이 걸었을 테고, 배당금은 더 낮아야 했다.

제이의 눈치를 살피며 쩔쩔매던 책임자가 조심스레 입을 열었다.

"아드리오에게 건 금액이 가장 많았습니다."

어찌된 사정인지 알 만했다. 큰손들이 아드리오를 밀어준 것이다.

이미 네 기를 한통속으로 알고 있었기 때문에 별 감정은 없

었다.

　제이는 고개를 끄덕이고, 옆에 있던 스카우터에게서 10만 두카짜리 금화 5개가 들어 있는 주머니를 건네받아 책임자에게 내밀었다.

　"그럼, 수고하시오."

　책임자는 주머니를 조심스럽게 챙기고는 사무실 앞까지 제이 일행을 배웅했다.

　관계자 전용 출입구를 나온 제이를 티마이라가 기다리고 있었다.

　"왜 이제 나오는 거야! 내가 얼마나 기다렸는데."

　반색하며 달려드는 티마이라를 폴카도가 검자루를 쥔 채 막아섰다.

　"이런 원칙주의자 같으니라고! 폴카도 씨, 한 식구끼리 이러기야? 사람이 융통성이 있어야지."

　티마이라가 볼멘소리를 했다.

　"나를 왜 기다렸지?"

　제이의 차가운 목소리에 티마이라는 순간 대답할 말이 궁했다.

　'이거 참, 친하게 지내자고 하기도 뭐하고…….'

　"왜긴? 네 덕에 돈을 많이 벌었거든. 너를 1등, 카모르찬을 2등으로 쌍승식에 1백만 두카 걸었는데, 글쎄 배당이 31배나 되더란 말이지. 술 한 잔 살게, 하하."

“안 마셔.”

야멸치게 내뱉은 제이는 은행 쪽으로 걸어갔다.

티마이라는 제이 옆으로 다가가지도 못하고, 스카우터 옆에 붙어 계속 따라왔다.

“오늘 같이 격렬한 전투를 마치고 나서는 술 한 잔에 몸과 마음의 피로를 씻어내야 한다니까!”

제이를 호위하는 네 명의 스카우터와 그 옆에 붙어서 시끄럽게 떠들어대는 티마이라.

이 기이한 일행은 금세 사람들의 눈길을 끌었다.

많은 사람들의 주목을 받게 된 제이는 눈살을 찌푸리며 옆에 있던 스카우터에게 말했다.

“비켜주세요.”

그 말을 듣자마자 티마이라는 얼굴을 활짝 펴고 제이 옆에 바짝 붙었다.

“술을 안 마시겠다면, 여자는 어때? 오늘 내가 한턱낸다니까? 아니면 타이탄용 스토퍼 하나 사줄까? 오늘 깨졌잖아.”

제이는 티마이라를 무시하고 스카우터 한 명을 가까이 불렀다.

“마지막 격투 출전자들 상태와 타이탄 손상 정도를 알아보세요. 그리고 가능하면 후원자가 누구인지도 알아보세요.”

“알겠습니다.”

제이의 지시를 받은 스카우터는 즉시 자리를 떴다.

“왜? 오늘 너 공격한 패거리들 혼내주려고? 어차피 다 끝난

거잖아. 큰손들이 담합한 게 어제오늘 일도 아니고 말이야. 괜히 일 복잡하게 만들 것 없잖아?"

티마이라가 지레 짐작하고 냉큼 끼어들었다.

우뚝.

제이는 발걸음을 멈추고 티마이라를 무심하게 바라보았다.

"적당히 하는 게 좋아. 나는 내 일에 참견하는 것을 내버려 둘 만큼 좋은 사람이 아니야."

티마이라가 호의로 한 얘기인 줄은 알지만, 제이는 단호하게 선을 그었다.

그들을 혼내주겠다는 생각은 아예 하지도 않았다. 티마이라의 말마따나 그저 외부에서의 담합도 격투의 일부분이나 마찬가지일 뿐이다.

제이가 출전자들과 타이탄 상태에 대해 알아보려는 이유는 오히려 그 반대였다. 타이탄 오너는 한번에 많은 돈을 벌기도 하지만, 타이탄이 크게 손상되거나 파괴되면 그날로 파산할 수도 있다.

고정 후원자가 있는 오너라면 상관없지만, 그저 돈 몇 푼 받고 담합에 끼어들다가 대전료로는 감당이 되지 않을 만큼 크게 손상되면 그 오너는 그걸로 끝이나 다름없었다.

제이는 전부터 격투 뒤에 수리비를 감당하지 못하는 오너들에게 수리비 지원을 해왔던 것이다.

원수는 적을수록 좋다. 그렇지 않아도 칼 밥을 먹고 사는 인생이라 그동안 쌓아놓은 원한만으로도 차고 넘쳤다. 전쟁터도 아니고 겨우 격투장에서 원수를 새로이 만들 필요는 없었다.

제이의 지원을 받은 오너들이 제이에게 고마워할 수도, 오히려 자존심 상해할 수도 있지만, 상관없었다. 자존심 상해하는 사람들도 힘들 때 도와준 제이에게 원한을 품지는 않을 것이기 때문이다.

원한을 줄이기.

이것도 살아남기 위한 제이의 방법 가운데 하나였다. 실력이 아무리 높은 검사라 해도 배에 칼이 들어가지 않는 게 아니고, 독에 중독되지 않는 게 아니다.

티마이라에게 이런 이야기까지 할 필요는 없었다.

"알았어, 알았다고. 뭔 말을 못하게 해."

불퉁거리는 티마이라의 입이 댓 발은 튀어나왔다.

티마이라가 심통이 난 듯 말이 없자, 은행까지는 조용히 갈 수 있었다.

타이탄 격투가 있는 날은 은행도 늦게까지 열었다.

루미나스 은행은 대도시에는 없는 곳이 없는 세계적인 은행이다. 루미나스 은행이 없는 곳은 대도시로 인정받지 못할 정도였다.

세계 제일의 신용과 안전을 자랑하는 은행답게 한다하는 상인과 귀족들 대부분이 루미나스 은행과 거래했다. 타이탄 용병들도 워낙 주고받는 금액이 크다 보니 루미나스 은행에 계좌를 갖고 있었다.

대전료, 우승자 배당금, 베팅 배당금으로 받은 수표를 원하

는 금액의 수표로 바꾸고 상당량의 금화를 찾은 뒤 나머지는 모두 예금했다.
  그러고 나서 제이는 투덜거리는 티마이라와 스카우터들과 함께 용병단 캠프로 돌아갔다.

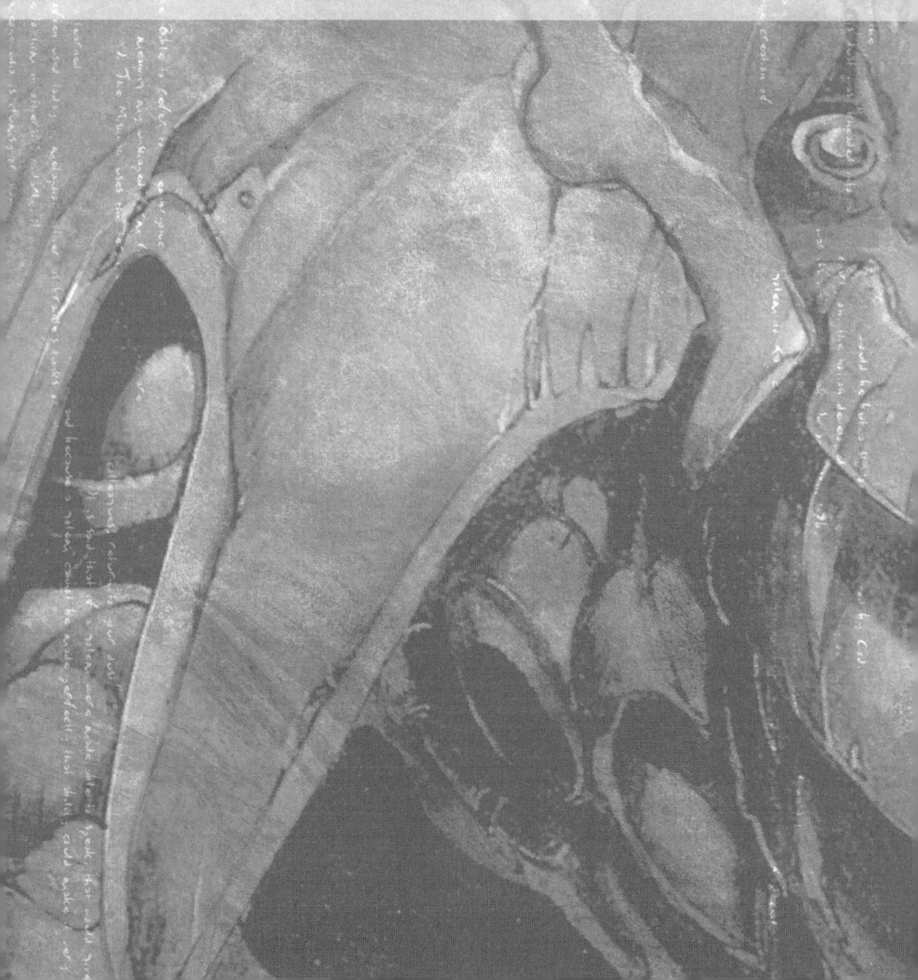

CHAPTER 2

[하란 용병단]

새로운 굴레

코발트해(海)에서 중앙해로 이어지는 좁은 해협의 오른쪽에 위치한 작은 나라가 베르가키아 왕국이다.

베르가키아가 마이네 제국, 바밀 왕국, 소슬 왕국, 이 3대 강국의 틈바구니 속에서도 지금까지 존속할 수 있었던 이유는 그 지정학적 위치 때문이다.

마이네 제국 북쪽에 위치한 바밀 왕국은 바다라고는 코발트해에 접해 있을 뿐이다. 큰 바다로 나가기 위해서는 좁은 해협을 지나야 하는데, 해협의 양쪽 관문을 마이네 제국이나 소슬 왕국이 차지하게 되면 낭패가 아닐 수 없었다.

좁은 해협 왼쪽을 자국 영토로 차지하고 있는 마이네 제국의 처지에서는 해협 오른쪽을 바밀 왕국이나 소슬 왕국이 차지하게 되면 해협을 사이에 두고 새로운 전선이 생기게 된다. 제국은 이런 일을 용납할 수 없었다.

베르가키아 왕국과 맞닿아 있는 소슬 왕국으로서는 마이네 제국이나 바밀 왕국이 베르가키아를 차지하게 되면 몸에 가시가 박히는 것과 같은 형국이 된다.

역사적으로 베르가키아를 차지하기 위한 이들 세 나라 간의 전쟁이 수차례 벌어졌지만, 한 나라가 차치하려 하면 다른 두 나라가 결코 좌시하지 않았기 때문에 베르가키아는 여전히 왕국으로서의 명맥을 유지할 수 있었던 것이다.

덕분에 3대 강국 사이에서 중립을 유지하고 살아남을 수 있었지만, 끊임없이 세 나라의 눈치를 봐야 했다. 군사력 증강은 꿈도 꾸지 못했고 해마다 세 나라에 막대한 상납금을 바쳐야 했다.

그 엄청난 상납금을 내고도 왕국이 유지되는 것은 그만큼의 수입이 있었기 때문이다.

코발트해와 중앙해를 연결하는 관문, 소슬 왕국과 마이네 제국을 연결하는 최단거리. 중계무역을 하는 데 이보다 더 좋은 조건이 없었다.

베르가키아에 지점 하나 없는 상회는 상회도 아니라는 말이 있을 정도였다.

물건이 많으면 지킬 사람도 많이 필요한 법이다. 콘보이(상회소속무사)가 충분하지 못한 상회에서는 호위를 위한 용병이

필요했다.

많은 사람들이 콘보이가 되기 위해, 용병이 되기 위해, 일거리를 찾기 위해 베르가키아로 모여들었다.

그렇게 베르가키아는 상업과 용병의 나라로 유명해졌다.

베르가키아 왕국 남쪽에 위치한 항구도시 하란에서 반나절 거리에 작은 산이 하나 있었다.

사람들이 다니는 도로에서 제법 벗어난, 인적이 드문 이 산 안쪽에는 타이탄 기동훈련장, 타이탄 정비시설까지 갖춘 상당한 규모의 캠프가 들어서 있었다. 바로 대륙에서도 몇 안 된다는 타이탄 용병단 중의 하나인 하란 용병단의 캠프였다.

용병 개인이 타이탄을 보유하는 경우는 있었지만, 용병단이 타이탄을 운용하는 것은 어느 나라에서도 허용하기 힘든 일이었다.

그러나 베르가키아 왕국은 이를 받아들였다.

재력에 비해 낮은 수준의 군사력을 보유할 수밖에 없는 왕국으로서는 궁여지책으로 국가적인 분쟁이 발생하면 전력으로 삼기 위해 용병단의 타이탄 보유를 허락한 것이다.

3대 강국들도 베르가키아 왕국이 타이탄 용병단을 허용하는 것을 묵인했다. 편리했기 때문이다.

강국이라 해도 모든 영주들이 타이탄을 보유하고 있지는 않았다. 타이탄 자체의 가격이 매우 높을 뿐만 아니라, 유지비도 만만치 않기 때문이다. 많은 군소영주들의 타이탄 수요를 국가가 일일이 충족시켜줄 수는 없었다. 그런데 타이탄 용병단이 있어 군소영주들로부터 덜 시달리게 된 것이다.

하란 용병단은 이러한 수요에 힘입어 베르가키아는 물론이고 바밀, 마이네, 소슬을 비롯한 여러 나라에서 일해 왔다.

*　　　*　　　*

"15억 두카입니다."

제이는 단장에게 봉투 하나를 내밀었다.

단장은 제이를 물끄러미 쳐다보다가, 봉투를 열어 수표를 확인하고는 장부를 꺼내 기입했다.

"이제 얼마 남았지?"

장부를 쳐다보며 단장이 물었다.

"128억 두카쯤 남았습니다."

"그래? 맞네. 이제 얼마 안 남았군."

장부의 내용을 확인한 다음, 단장은 수령증을 작성하여 서명하고 제이에게 건넸다.

"그렇습니까? 울피아를 얼마로 계산해 줄지 모르지요."

제이는 수령증을 품에 갈무리하며 말했다.

"마호른 님이 제값으로 쳐줄 것이네."

"과연 그럴까요?"

제이는 마호른이라는 이름이 나오자 반사적으로 입 꼬리가 올라가 비틀린 웃음을 지으며 섬뜩한 눈빛을 번뜩였다.

“진심으로 그러기를 바랍니다.”

자신의 심정을 짓씹어 내뱉으며 제이는 몸을 돌려 단장실을 나갔다.

단장은 돌아서서 나가는 제이를 복잡한 눈빛으로 쳐다보았다.

4년 전, 제이를 처음 본 곳은 소슬 왕국의 수도에 있는 검투장이었다.

단장과 마법사 마호른은 용병단에서 타이탄을 조종할 만한 해방노예감을 찾느라, 각국의 검투장과 노예 시장을 돌아보고 있었다.

주인에게 오랫동안 충성을 다한 노예를 주인이 고마운 마음에 노예 신분에서 해방시켜 준 것이 시초가 된 해방노예 제도는 나중에 일정한 돈을 내면 노예 신분에서 해방시켜주는 방식으로 변모되었다.

처음에는 해방노예가 노예와 평민 사이의 또 하나의 신분을 가리키는 말이었지만, 해방노예 제도가 변모하면서 해방노예 계약을 체결한 노예를 의미하는 것이 되었다. 돈을 모두 갚으면 평민이 되는 것이다.

노예가 된 지 얼마 안 되어 자유를 갈망하는 마음이 누구보다 큰 사람에게 일정한 금액을 내면 노예 신분에서 해방시켜주겠다고 하면, 대부분은 돈을 벌기 위해 죽을힘을 다해 일한다.

특히 전투에서 일반 노예병은 그저 죽지 않기 위해 싸우는데, 해방노예는 능력 이상의 힘을 발휘했다. 그래서 용병단이나 검투장은 물론이고 심지어는 국가에서조차 해방노예 제도를 이용했다.

하란 용병단에서도 이 제도를 이용해 왔다. 용병은 워낙 바람 같은 존재라 언제 용병단을 떠날지 모른다. 그래서 용병단을 유지하기 위해서는 최소한의 고정된 전력이 필요했다.

그리고 아무리 돈을 목적으로 하는 용병이라 해도 하기 싫은 일이 있는 법이다. 그런 일을 처리해 줄 사람이 필요했다. 그래서 능력이 출중하고 자유에 대한 갈망이 높은 노예를 사와 해방노예 계약을 맺는 것이다.

그러나 타이탄을 조종할 만한 수준의 노예를 구하기가 쉬울리 없다. 그런 노예가 눈에 띄었다면 진즉 다른 사람이 사버렸을 것이다.

그래서 단장과 마호른은 각국을 돌아다녀야 했다.

소슬 왕국의 검투장에서의 제이는 그야말로 잔인했다. 이미 쓰러진 상대도 가차없이 배를 가르고, 목을 치고, 팔다리를 잘랐다. 자신의 배가 찔려도 상대의 눈을 팠다. 그러면서도 눈은 무심했다. 아무 감정이 없었다. 마음이 없는 사람 같았다.

실력은 둘째 치고 저건 사람이 아니라고 생각한 단장은 자리를 뜨려했지만, 마호른은 제이에게 관심을 가졌다.

검투장 측에 알아보니, 1년 전에는 저렇지 않았다는 것이다.

사연이 있는 녀석이었다.

검투장 측으로부터 제이의 이력을 모두 넘겨받고, 직접 제이를 살폈다. 놀랍게도 평소에는 전혀 광기에 사로잡혀 있지 않았고 난폭하지도 않았다.

3억 두카라는 거금을 주고 제이를 사오면서 해방노예로 삼으려 한다는 얘기를 했다. 제이는 금방 수긍했다.

아무리 실력이 출중하더라도 수십 억 두카짜리 타이탄을 그냥 덜컥 맡길 수는 없기 때문에, 하란 용병단은 예전부터 몇 가지 제약을 가했다.

관공서에 해방노예 계약이 첨부된 노예문서가 비치되어 있다거나, 고향이나 가족 관계에 대한 정보를 알고 있는 정도만으로는 타이탄을 맡길 만한 제약으로 삼기에 부족했다.

그래서 마호른은 정신계 마법의 일종인 고백(confession)마법을 사용했다.

자신의 과거를 마호른에게 숨김없이 고백하면서, 고백하는 와중에 마호른을 자신의 가장 친한 사람으로 인식하게 하는 마법이었다. 마호른은 상대방의 약점을 낱낱이 파악할 수 있고, 상대는 마호른을 친한 사람으로 생각하여 배신하기 어려워진다.

그동안 하란 용병단에서 일한 해방노예들에게는 모두 이 마법을 사용했고, 아무런 문제가 없었다. 모두 기쁜 일은 웃으면서 고백했고, 슬픈 일은 울면서 고백하며 마호른에게 친근감을 느꼈다.

그러나 제이에게는 이 마법이 통하지 않았다. 마음이 너무나 굳게 닫혀 있었던 것이다.

마호른은 3억 두카라는 거금을 들이고도 제약을 걸 수 없자, 마법의 효과를 발휘하기 위해 조금씩 심한 방법을 써나갔다.

정신계 마법은 정신이 약해진 상태에서 잘 걸린다. 몸과 마음은 별개가 아니기 때문에 몸이 약해지면 정신도 약해지기 마련이다. 그래서 마호른은 제이를 무작스럽게 팼다. 물론, 그 패는 역할은 단장이 맡았다.

그렇게 두들겨 패고 나서 마법을 펼쳐도 제이는 마법에 걸리지 않았다.

마호른은 어차피 제약을 걸지 못하면 죽여도 상관없다며 다시 패도록 강요했고, 단장은 정말 제이를 죽기 직전까지 때렸다.

그래도 마법이 걸리지 않았다.

마호른은 자신의 마법이 걸리지 않자 마법사로서의 자존심이 크게 상했다.

마호른은 제이의 등껍질을 거의 뜯어내다시피 하여 기존에 있던 노예 문신을 억지로 지웠다. 여러 날이 지나고 제이의 등이 아물자 마호른은 제이의 등판에 특수 시약을 사용하여 마호른 자신에게 강제로 복종하게 하는 예속마법진을 문신해 넣고, 바닥에 정신력을 약화시키는 마법진을 그려 제이를 그 위에 올리고는 고백마법을 사용했다.

바닥의 마법진이 발동하고 제이의 등판에 새겨진 마법 문신도 빛을 내며, 드디어 고백마법이 제이에게도 통했다.

어린 시절 얘기로 시작된 제이의 고백에는 아무런 특이한 내용이 없었다.

오랜 시간 얘기를 계속하던 제이가 갑자기 고통스러워하기 시작했다. 입술을 깨물어 피가 흐르고 눈에서는 피눈물이 흘렀다. 한 자 한 자 씹으며 내뱉을 때마다 구토 증상이 나타났다. 그렇게 말을 마친 제이는 끝내 정신을 잃었다.

듣고 있던 단장과 마호른은 멍한 표정으로 정신을 차리지 못했다. 제이가 피눈물을 흘리며 내뱉은 말은 이미 검투장 측으로부터 들어 다 아는 내용이었던 것이다.

검투장에서 제이가 너무나 태연한 모습으로 잔인한 행동을 서슴지 않고 하게 된 계기가 된 1년 전 그 일이었던 것이다.

'그게 그렇게도 힘들었단 말이냐!'

측은한 모습으로 제이를 내려다본 단장은 제이의 피를 닦아 주고 약을 바른 뒤 침대에 눕혔다.

어쨌든 제이의 고백을 다 듣고 나서 제이가 가족을 생각하는 마음이 남다른 점, 고향과 친인들에 대한 정보 등을 모두 알았으니 거리낄 만한 점이 없어 타이탄 오너로 삼기로 결정했다.

단 한 가지. 마호른에 대한 친근감이 생기기는커녕, 지독한 증오가 남았다는 점만 빼면 처음 의도대로 되었다.

제이의 몸값은 검투장에서 구입한 비용의 10배인 30억 두카와 마호른이 조립한 타이탄, 울피아 대금 100억 두카 해서 총 130억 두카이고, 1년에 이자가 30%였다. 물론 울피아는 제이가 돈을 다 갚을 때쯤 제이가 원하면 용병단이 다시 구입해 주기로 했다.

타이탄은 하루아침에 조종할 수 있는 게 아니다. 사람도 목발을 짚다가 다시 걸으려면 몇 개월이 지나야 하는데, 아예 새로운 몸, 그것도 이질적인 몸을 처음으로 조종하는 게 쉬울 리가 없다.

제이 역시 용병단에 들어온 뒤 2년까지는 빚만 늘어났다. 연습만 해도 소모품 비용이 들고, 자신의 팀 급료를 지급해야 했다. 전장에 나가 큰 손상을 입으면 막대한 수리비로 인해 빚이 엄청나게 늘어난 것이다.

3년째부터 조금씩 상환하기 시작하면서, 용병단에 일거리가 없는 날이면 타이탄 격투장에서 몸을 혹사하여 점점 빚을 줄여 나갔다.

하란 용병단을 거쳐 간 어떤 해방노예도 10년 안에 빚을 모두 탕감한 사람은 없었다.

이제 제이의 남은 빚은 128억 두카.

울피아 값 100억 두카를 빼고 나면 28억 두카가 남았다. 4년 만에 이룬 결과였다.

정말 대단했다. 아니, 지독했다.

책상 위에 놓인 15억 두카가 들어 있는 봉투를 보고 제이가 피눈물을 흘리던 그때를 떠올린 단장은 갑자기 술 생각이 간절해졌다.

*   *   *

타이탄 조종사는 타이탄의 두뇌 역할을 한다.

그래서 마법사들은 타이탄 조종사를 조종사, 탑승자, 라이더, 오너, 타이탄 나이트 등 널리 쓰이는 호칭 대신 타이탄 브레인(brain)이라고 불렀다.

노골적으로 기능을 강조한 이 명칭은 마치 마법사는 타이탄의 창조자이고 기사는 기껏해야 타이탄의 부품 중의 하나인 두뇌 역할을 할 뿐이라는 말처럼 들려, 타이탄을 조종하는 기사들은 타이탄 브레인이라고 불리는 것을 몹시 싫어했다.

그러나 역설적이게도 타이탄을 조종해 본 사람은 자신이 타이탄의 두뇌 역할을 했다는 사실을 절절하게 느꼈다. 동화과정을 거치고 나면 조종사 자신의 몸 대신 타이탄의 몸체를 자신의 몸으로 인식하고 움직였던 것이다.

자신의 몸과 타이탄의 몸, 이 두 신체를 번갈아가며 자신의 몸으로 인식해야 하는 타이탄 조종사에게 문제가 생기는 것은 당연했다. 인체와 타이탄은 엄청나게 다르기 때문이다.

인체는 고유의 감각기관으로 사물을 인지하지만, 타이탄은 상당히 발달한 오감을 지닌 조종사가 마법의 힘을 빌려 타이탄의 증폭된 마나의 흐름으로 사물을 파악하면서, 이를 오감으로 느끼는 것처럼 인식하는 것이다.

감각 이외에도 인체와 타이탄은 유사점이 거의 없다. 내부

기관, 신진대사, 신경계 등 인체의 복잡한 구조와 몸체를 움직이는데 필요한 기능만을 마법진의 힘으로 극대화한 타이탄은 서로 완전히 달랐다. 무엇보다 크기가 가장 차이 났다.

인체와 타이탄은 두 팔과 두 다리가 달리고, 두 발로 걷는다는 것만 비슷하다고 해도 지나치지 않았다.

그나마 인체의 모양을 본떠 만들었기 때문에 조종이 가능했다. 타이탄이 만들어진 초기에는 조종사들이 균형 잡는 것조차 힘겨워하여 마법사들이 발이 넷 달린 기체를 만들었는데, 이 기체를 탄 조종사들은 아무도 이 기체를 움직이지 못하고 모두 극도의 정신질환에 시달렸다는 말이 있다.

타이탄 조종사는 누구나 두 신체를 인식하는 과정에서 문제가 있는데, 가벼운 경우는 탑승 직후나 타이탄에서 내린 직후에 약간의 이질감을 느끼는데 그쳤지만, 심한 경우는 인식장애와 정신착란 증세까지 겪었다.

이를 이체증후군(二體症候群, two-body syndrome)이라고 한다.

이체증후군은 극히 심각한 경우를 제외하고는 타이탄을 조종하지 않으면 아무 문제가 없었다. 그러나 타이탄 조종사가 타이탄을 조종하지 못하는데서 오는 박탈감은 당해보지 않은 사람은 알 수 없었다.

폴카도는 귀족은 아니지만 상당히 유복한 집안에서 자랐다.

집안에서 손을 써 백작 가문 기사의 종자로 들어간 폴카도

는 신분이 미천하다는 이유로 괴롭히는 다른 기사의 종자들에게 지지 않으려고 이를 악물고 노력했다. 그 노력의 결실로 또래 아이들보다 빨리 기사가 될 수 있었다.

그러나 그의 목표는 평기사가 아니었다. 폴카도는 기사 중의 기사, 타이탄 오너가 되기 위해 삶의 모든 것을 포기하고 수련에만 매달렸다. 그리하여 스물일곱에 예비 오너가 되었고, 5년 후에 드디어 꿈에 그리던 타이탄 오너가 되었다.

세상을 다 가진 것 같았다.

가족과 스승은 물론, 그 지방의 왕이나 다름없는 백작이 직접 축하해 주었다. 아름다운 귀족 가문의 여식과 결혼까지 했다.

그러나 오너가 된 지 2년 만에 이체증후군이 나타났다. 처음에는 좌절하지 않고 극복해 보려고 애를 썼다. 그의 집안은 물론 처가에서도 거금을 들여 유명한 마법사와 신관을 불렀고, 몸에 좋다는 약은 뭐든지 먹였다. 그러나 모두 허사였다. 집안은 거덜 났고, 부모님은 화병에 돌아가셨다.

폴카도는 폐인이 되었다. 매일 술에 절어 살았고 아내에게 손찌검을 했다. 집에 성한 물건이 남아나지 않았다. 오랜 세월을 그렇게 보냈다.

그러던 어느 날, 빽빽 울어대는 소리에 폴카도는 잠에서 깨어났다. 세 살 먹은 아들이 배고파 울고 있었다. 집에는 아무도 없었다. 하인들은 모두 도망갔고, 아내도 친정에서 데려간 뒤였다. 갈 곳 없는 늙은 하인 혼자 남아 노구를 이끌고 산에 나무를 하러 갔다가 돌아왔다.

너무 기막힌 현실에 숨이 턱 막혀 폴카도는 정신을 잃었다.

정신을 차린 폴카도는 아이를 먹이고 몸을 추스른 뒤, 아내에게 사과하기 위해 처가로 갔다. 그러나 몽둥이찜질만 당하고 쫓겨났다. 도움을 청하기 위해 형제들에게 가보았으나 문도 열어 주지 않았다.

처가에서나 형제들에게 들은 말은 한결 같았다.

"너 때문에 집안이 망했다!"

죽고 싶었지만, 아들 때문에 죽을 수도 없었다.

이 지방에서 살 수 없어 집을 팔아 떠나려 했지만, 집도 처가에서 내준 것이라 팔지도 못했다. 겨우 돈 될 만한 것을 몇 가지 팔아 아들과 늙은 하인을 데리고 도망치듯 집을 나왔다.

나이 서른여섯에 세상 물정도 모르고 할 줄 아는 것이라고는 칼 휘두르는 것뿐이라 용병 노릇을 하며 흘러, 흘러 베르가키아 왕국 하란 시까지 오게 되었다.

아이를 잘 키우려면 돈이 많이 필요했고, 폴카도에게는 검술이 있었다. 용병 중 수입이 가장 많다는 스카우터가 되기로 마음먹었다.

그러나 스카우터는 검 실력만 높다고 될 수 있는 게 아니었다. 폴카도는 추적, 이동, 지형, 정찰, 잠입, 몬스터, 경호 등에 대해 아는 게 하나도 없었다. 스카우터 대부분이 레인저 부대 출신이거나 경험 많은 용병 출신이었다.

오너 출신인 폴카도는 스카우터들에게 욕을 먹어가며, 고개

숙여가며 배웠다. 그나마 검술 실력이 예사롭지 않았기에 쫓겨나지는 않았다.

몇 년이 흘러 스카우터들에게 동료로 인정받았다. 그러나 타이탄 오너들과는 사이가 껄끄러웠다.

오너들은 금방 폴카도의 실력을 알아보고 자신의 예비 오너로 삼으려 했다. 폴카도는 할 수 없이 자신이 이체증후군임을 밝혀야 했다. 오너들은 자신을 동정했고 다른 스카우터 대하듯 자신을 대하지 못했다.

폴카도 역시 처음에는 오너의 스카우터가 될 때 마음이 복잡했지만, 이미 상당한 시간이 흘러 아무렇지 않게 지낼 수 있었다. 타이탄 오너가 인생의 전부는 아님을 알게 되었던 것이다.

그리고 용병으로 전장을 전전하면서, 전쟁터에서 가장 죽기 쉬운 사람이 바로 타이탄 오너라는 것을 알게 되었다. 스카우터도 위험하지만, 정찰 중에 적의 정찰대와 조우하지 않는 한 별다른 위험은 없었다. 그러나 타이탄 오너는 거의 적 타이탄과 싸워야 했다. 그 사실을 깨닫고 나서부터 폴카도는 오너에게 연민을 느끼고 최선을 다했다. 오너가 자신을 꺼리든 구박하든 묵묵히 일했다.

어느 날, 단장과 마법사 마호른이 새로운 타이탄 오너를 데려왔다는 말을 들었다. 그러나 새로운 오너를 볼 수 없었다. 몇 개월이 지나서야 새로운 오너는 상처 입은 야수의 눈빛을 하고 마호른의 연구실에서 나왔다.

　새로운 오너를 위한 지원팀이 꾸려졌다. 원래 지원팀은 오너 자신이 구성하는 것이 보통이지만, 오너가 아는 게 없어서 단장이 임의로 조직했다.

　폴카도는 새로운 지원팀 소속이 되었다. 자신은 이미 다른 오너 소속이었지만, 그 오너가 자신을 내보낸 것이다. 그동안 최선을 다했으나 여전히 오너들은 자신을 꺼려한다는 사실을 확인했기에 씁쓸했다.

　누구나 초보 오너의 지원팀에는 가고 싶어 하지 않는다. 돈은 적고 일은 많기 때문이다. 새로운 팀에 들어오게 된 스카우터들과 정비요원들은 노골적으로 싫은 기색을 드러냈다.

　폴카도는 마호른이 타이탄을 조립할 수 있다는 사실을 그때 처음 알았다. 놀랍게도 마호른은 자신의 조립품을 젊은 해방노예에게 팔았던 것이다. 더구나 아공간 이동이 가능한 타이탄이었다. A형 타이탄(아공간 이동이 가능한 타이탄)은 만들기도 어렵고 전략적 가치가 높아, 같은 모델이라도 N형 타이탄(일반형 타이탄)에 비해 다섯 배에서 열 배 정도 비싸다.

　A형 타이탄도 놀라웠지만, 그 순간에는 그보다도 청년이 안됐다는 생각이 더 들었다. 용병단이 청년을 놓아주지 않으려 작정했다고 생각했다. 몇 년 동안은 빚만 질 텐데, 20억 두카에서 이자가 붙는 것과 100억 두카에서 이자가 붙는 것은 비교조차 할 수 없기 때문이다.

　그 사실을 아는지 모르는지 청년은 자신의 훈련에만 몰두했다.

폴카도는 청년이 수련을 마치면 다른 스카우터들이 어찌하든 상관없이 청년을 경호했다. 처음에는 어리둥절해하던 청년도 금방 그 의미를 깨달았다.

청년의 수련을 지켜보면서 폴카도는 인간이 얼마나 지독할 수 있는가를 새삼 느꼈다. 수련의 강도가 높다는 의미가 아니었다. '하루도 빠짐없이.' 라는 말은 보통 '아주 열심히.' 라는 뜻으로 쓰인다. 그러나 청년은 말 그대로 하루도 거르지 않고 자신이 정해놓은 수련을 했다. 다치면 수련할 수 없는 법이다. 청년은 자신의 몸에 해가 되지 않는 선을 정확히 아는 듯했다.

몇 개월 간 청년을 지켜보면서 폴카도는 10년 만에 자신의 수련을 다시 시작했다. 너무나 부끄러웠기 때문이다.

그렇게 1년을 보내고, 청년은 전장에 나갔다. 폴카도는 만류했지만, 청년은 고집을 꺾지 않았다.

울피아는 수리비가 10억 두카가 넘을 만큼 만신창이가 되어 돌아왔다. 모두들 청년을 비웃었지만, 폴카도는 그러지 않았다. 아니, 그럴 수 없었다. 청년은 적을 해치우지는 못했지만, 놀랍게도 타이탄이 그 정도로 파괴되었음에도 전혀 마나 고갈에 빠지지 않았던 것이다.

두 번째 전장에서 청년은 울피아가 대파되었지만, 적을 해치웠다. 폴카도는 더 이상 놀라지 않았다. 청년은 만용을 부리는 게 아니고 지극히 냉정하다는 사실을 깨닫게 된 것이다.

그다음부터 청년은 자신의 팀을 관리하기 시작했다. 정비가 잘못되거나 정찰을 잘못하면 경고 한 마디 없이 팀에서 내보냈다.

사람들은, 자신을 흉봤던 사람들을 내쫓는다고 청년을 비난했다. 폴카도도 정찰에 실패한 적이 있었다. 그러나 청년은 그냥 넘어갔다. 사람들은, 그럼 그렇지 하며 비난의 강도를 높였다.

폴카도 역시 처음에는 청년이 자신을 욕한 사람들을 내보내는 것으로 알았다. 그러나 아니었다. 정비사 래니는 워낙 입이 가벼워 평소에도 다른 사람들과 청년을 험담하고는 했지만 쫓겨나지 않았다.

청년은 믿을 수 있는 사람과 믿을 수 없는 사람, 동료로 삼을 만한 사람과 동료로 삼을 수 없는 사람을 구분한 것이었다.

숙소로 돌아가던 중 청년은 우연히 용병단에서 허드렛일을 하는 사람들끼리 하는 얘기를 들었다. 딸의 결혼지참금을 도둑맞았다는 얘기였다. 청년은 폴카도를 불러 사정을 알아오게 한 뒤, 폴카도에게 돈을 주어 나중에 갚으라며 전하게 했다.

이 일로 인해 사람들이 또 입방아를 찧었다. 자기를 비난하는 소리를 잠재우기 위한 행동이라는 등, 원래는 선한 사람인데 무서운 척한다는 등 말이 많았다. 어쨌든 이 일이 있은 후부터 청년을 비난하는 소리는 많이 줄어들었다.

3년째부터 청년은 팀원들에게 많은 보너스를 지급했다. 그리고 폴카도에게 팀의 관리를 맡겼다. 목돈은 청년이 직접 관리했지만, 상당한 금액을 떼어 폴카도에게 맡기면서 급료, 보너스, 회식비, 경조사비 등을 모두 폴카도가 팀원들에게 지급

하도록 한 것이다.

폴카도는 횡령은 생각지도 않았다. 청년은 무서운 사람이다. 물론, 청년이 무서워서 그런 것은 아니었다. 청년은 어떻게 생각할지 모르지만, 폴카도는 청년이 자신을 어느 정도 믿는다고 생각했다. 폴카도는 그 믿음을 저버릴 생각이 없었다.

몇 년 동안 청년과 함께 하면서, 폴카도는 자신이 청년을 누구보다도 잘 안다고 생각했다.

청년은 냉정하고 잔혹했다. 손을 쓸 때 주저하지 않는다. 자신의 얘기는 절대 하지 않고, 누가 자신에 대해 말하는 것도 좋아하지 않았다. 자신의 일을 방해하는 것을 극히 싫어했고 확실한 일처리에는 확실한 보상을 해주었다.

그러나 무엇보다도 청년은 사람을 두려워했다. 사람을 두려워하기 때문에 마음의 벽을 높게 쌓아 스스로 얼음이 된 것이다. 그래서 청년은 외로웠다.

무슨 일로 청년이 스스로를 닫고 사는지는 알 수 없지만, 세 살배기 아들의 울음소리에 자신이 깨어난 것처럼 청년도 어떤 좋은 인연을 만나 얼른 얼음벽이 깨어지기를 진심으로 기원했다.

"폴카도 씨."

단장실에서 나온 제이가 폴카도를 불렀다.

"예."

"받으세요."

제이는 폴카도에게 팀원들의 이름이 적힌 보너스 봉투 일곱 장과 금화가 들어 있는 주머니를 건넸다.

"감사합니다."

폴카도는 살짝 고개를 숙여 조용히 감사를 표했다.

*　　　*　　　*

마호른이 울피아를 100억에 구입해 준다면 28억 두카가 남는다. 28억 두카는 지금 제이의 실력이면, 용병단과 격투장에서 일하면 반년 안에 마련할 수 있는 돈이었다. 문제는 더 이상 격투장에 나가기 곤란해졌다는 것이다.

"바밀 왕국에서 의뢰가 들어와, 지금 여기에 없다고 하세요."

제이는 냉랭하게 말했다.

"그 얘기는 이제 안 통하네. 한 번만 가서 만나주면 안 되겠나?"

단장은 제이에게 사정했다.

"그럼, 처음 얘기한 대로 만나기 싫다고 전하세요."

그렇게 말하고 제이는 휙 돌아섰다.

지난 격투 이후에 사람을 보내 제이를 부르는 귀족만 해도 벌써 다섯을 넘어갔다. 그저 그런 귀족이 아니다. 이름만 대면 어느 나라에서도 알아주는 귀족들만 다섯이었다.

그들은 자기들이 부르면 당연히 맨발로라도 달려와야 한다

고 생각하는 부류들이다. 오지 않으면 크게 모욕을 당했다고 생각하고 원한을 품는다. 몹시 귀찮은 일이 아닐 수 없었다.

그들이 원하는 것은 단 하나. 자신의 기사가 되라는 것이었다. 실력이 출중해도 근본이 천한 것들이라며 아무나 기사로 받지 않는 게 귀족들의 자존심이지만, 그날 제이의 움직임은 너무나 눈에 띄었던 것이다.

제이의 사정도 훤히 꿰뚫고 있었다. 빚을 다 갚아줄 테니 당장이라도 짐을 싸서 찾아오라고 했다.

귀족의 눈에 띄어 기사가 될 생각에 타이탄 격투장에 서는 용병들도 없지는 않지만, 제이는 기사가 될 생각이 전혀 없었다. 기사가 되려고 마음먹었으면 진즉 되었을 것이다.

제이는 고향에 돌아갈 생각뿐이었다.

고향을 떠난 지 벌써 10년이 다 되어간다.

해방노예는 충분히 자유롭기 때문에, 고향에 연락하려고 마음먹었다면 진즉 했을 것이다. 그러나 고향에 연락하면 아버지는 자신의 몸값을 준비하려고 동분서주하다 크게 상심할 게 뻔했기 때문에 연락하지 않았다. 자신의 몸값은 조그만 운송 상회에서 만들어낼 수 있는 금액이 절대 아니었다.

타이탄을 전리품으로 얻지 않는 한, 용병 의뢰로 버는 돈은 절대 격투장 우승 상금을 넘지 못한다. 격투장에 출전하지 않으면 돈을 다 갚는데 몇 년이 더 걸릴지 알 수 없었다.

화가 부글부글 끓었다.

그러나 제이는 깊이 심호흡을 하고 마음을 가라앉혔다. 귀족들을 상대로 성질대로 하다가는 정말로 수습할 수 없게 되기 때문에 진정하고 생각을 정리했다.

"잠시만 기다리세요. 편지를 쓸 테니 그걸 전하세요."

제이는 단장에게 그렇게 말하고 자신의 숙소로 들어갔다.

평소 앙모해마지 않는 귀인께서 미천한 야인을 이리 중히 여겨주시니 몸 둘 바를 모르겠나이다. 당장이라도 무릎걸음으로 달려가 귀인께서 전하시는 옥음을 한 자 한 자 마음에 깊이 담고 싶사오나, 그럴 수 없는 소인의 마음이 무겁기 그지없나이다. 다름이 아니옵고, 이들도 보는 눈이 있고 듣는 귀가 달렸다고, 귀인께서 소인을 어여삐 여기신다는 것을 전해 듣고 감히 귀인의 흉내를 내어 소인더러 찾아오라 위협하는 지경에 있사옵니다. 그들의 겁박이 어찌 귀인께 한달음에 달려가려는 소인의 마음을 막을 수 있겠사옵니까. 다만, 소인이 귀인께 달려가면 혹여 이들이 귀인의 청정을 해할까 저어하여 참고 또 참고 있나이다.

무도한 소인은 귀인의 처분만을 달게 기다리겠나이다.

귀인에 다섯 귀족들 중의 한 명의 이름을 넣고, 겁박하는 무리의 명단에 나머지 네 귀족들의 이름과 함께 더 힘 있는 귀족들의 이름을 몇 명 추가해서, 각 귀족들에게 보낼 편지 다섯 통을 작성했다.

이렇게 마땅치 않은 일까지 했는데도 귀찮게 한다면 정말

폭발할 것 같았다.

제이는 편지 다섯 통을 단장에게 건네주었다.

더는 격투장에 서기 어려웠기에 다음 일을 생각해야 했다.

격투장에서 주로 활동하며 6개월 만에 몸값을 모두 갚을 수 있다면 울피아를 이대로 두려고 했다. 어차피 격투장에서는 블랙 메테오를 탈 테니까.

그러나 앞으로 몇 년 동안 어느 전장에 서게 될지 모르는 상황이 된 지금은 울피아의 개선이 필요하다고 생각했다.

격투장에 아무리 다양한 기체가 나온다 하더라도 잘해야 중급 기체일 뿐이다. 최신 기종은 국가에서 엄격히 관리하기 때문에 격투장에 등장할 수 없었다.

지난 격투의 마지막에 82카파의 출력을 내는 티쿠마의 방패 공격에도 상당한 충격을 받았는데, 그보다 훨씬 상위의 기체는 정말 엄청날 것이다.

돈이 아무리 중요해도 목숨보다 중요할 수는 없다.

울피아의 엔진은 아드리오의 엔진이었다. 제이는 울피아의 엔진을 교체하기로 마음먹었다. 다행히 지금 정비소 창고에는 지난번에 전리품으로 가져온 트리오파가 있었다.

정비소에 들어간 제이는 바쁘게 움직이는 마법사들과 정비사들을 지켜보며 가만히 서 있었다. 마호른이 이곳에 없더라도 누군가가 마호른에게 자신이 왔음을 알릴 것이다.

시간이 조금 흐른 뒤, 강팍한 인상의 마호른이 나타났다.

제이와 마호른은 서로를 노려보았다.

등에 새겨진 예속마법 문신 때문인지, 제이는 마호른을 노려보는 자신의 눈빛이 누그러지는 것을 느꼈다.

이대로 지기에는 너무 억울했다.

제이는 그날 일을 잊지 않기 위해 정신을 집중했다. 저항하는 마음을 계속 품자, 극심한 통증이 밀려오고 눈이 튀어나올 것 같았다.

제이가 끝까지 저항하자, 마호른이 먼저 입을 열었다.

"무슨 일이냐?"

마호른이 입을 여는 순간, 고통이 가라앉았다. 제이는 심호흡을 한 번 하고 말했다.

"트리오파 엔진으로 교체가 가능합니까?"

아드리오의 엔진은 출력이 72카파, 트리오파의 엔진은 출력이 83카파였다.

제이의 물음에 한참 곰곰이 생각하던 마호른은 몸을 돌리며 말했다.

"따라와라."

마호른은 제이를 데리고 어느 방으로 들어갔다. 그 방에는 지하로 내려가는 입구가 있었다.

상당히 깊이 내려갔다.

지하에는 엄청난 규모의 시설을 갖추고 수십 명의 마법사와 정비사들이 온갖 종류의 타이탄 부품을 해체하고 마법진을 기록하고 있었다. 위에 있는 정비시설은 이곳에 비하면 소꿉장

난 같아 보였다.

제이는 4년 전에 이곳에 온 적이 있었다. 마호른이 제이에게 마법을 걸기 위해 고문을 가하던 장소가 이 지하의 한 구석진 연구실이었던 것이다.

그때는 이것들이 무엇을 의미하는지도 몰랐고, 제정신이 아니었기 때문에 주위 상황을 전혀 알아차리지 못했지만, 다시 이곳에 와보니 새삼 의혹이 뭉클 솟아올랐다.

'뭔가 비밀스러운 장소인 것 같은데, 이곳을 나에게 왜 보여주는 것인가?'

기분이 좋지 않았다.

마호른은 각종 부품이 늘어서 있는 장소를 지나 연구실로 보이는 한 방으로 들어갔다.

마호른은 따라 들어온 제이에게 의자를 권했다.

"지금 당장은 트리오파의 엔진을 달 수 없다. 너도 완제품 타이탄의 부품을 모아 조립품이라고 불리는 타이탄을 만든다는 게 쉽지 않다는 것 정도는 알 것이다. 게다가 거기에 또 다른 타이탄의 부품으로 교체한다는 것은 몹시 어려운 일이다. 부품 규격도 다르고, 마법진도 마탑마다 고유의 특징이 있기 때문이다. 특히 엔진은 가장 까다롭지. 기술 유출을 막기 위해 엔진에는 특별한 마법진이 새겨져 있어서 일정한 마나량을 정해진 순서에 따라 주입하지 않으면 분해되는 것이 아니라, 엔진이 파괴되고 만다."

제이는 고개를 끄덕였다. 모두 다 아는 얘기였다. 그것보다도 이런 얘기를 왜 하는가가 궁금했다.

"그래서 네가 원한다면 새로운 타이탄으로 교체해 주겠다."

이건 제이가 바라는 대답이 아니었다. 궁금증이 더욱 커져만 갔다.

"대체 무슨 얘기를 하는 것입니까? 엔진 교체가 안 되면 안 된다고 하면 그뿐이지, 갑자기 타이탄 교체 얘기는 왜 꺼내는 거요?"

제이의 말이 거칠어졌다. 뭔가 새로운 구렁텅이에 빠지는 느낌이 들었다.

마호른은 여유를 보이며 슬쩍 웃고는 눈을 빛냈다.

"울피아보다 훨씬 좋은 기체를 주겠다. 빚도 모두 탕감해 주고 지금 당장 자유를 주겠다. 대신 나중에 단 한 번만 내 부탁을 들어주면 된다. 단 한 번이다."

머리가 띵 울렸다.

앞에 했던 말과 상관없이, 이 말은 너무 충격적이었다. 머릿속이 멍해졌다.

자유.

참 좋은 말이다.

그러면 그동안 고생한 것은 다 무엇이란 말인가!

그동안 돈을 벌기 위해 죽기 살기로 매달린 자신의 인생은 마호른의 말 한마디에 아무것도 아닌 게 되어버리는 게 아닌가!

그래도 당장 자유를 찾을 수 있다면 좋지 않은가?

자신이 너무 무기력하다는 것을 느꼈다.

자신의 인생에 자신이 할 수 있는 게 아무 것도 없다는 생각이 들었다.

순간 마호른에 말은 무조건 거부하고 봐야 한다는 뿌리 깊은 증오심이 작동하려고 했다. 그러나 한편으로는, 지금 싫다고 말하는 것은 너무 위험하다고 경고를 보내왔다.

"음……."

제이는 침음을 내뱉고 생각에 잠겼다.

'한 번의 부탁이라는 게 절대로 쉬운 일이 아닐 것이다. 그러나 자신의 비밀을 보여준다는 것은, 거부하면 가만두지 않을 작정이다.'

제이는 나직이 입을 열었다.

"지금 당장 대답해야 합니까?"

"천천히 생각해라."

마호른은 여전히 여유가 있었다.

"거절하면 어떻게 되는 거요?"

"잘 알면서 뭘 물어?"

좋은 말이 나오리라고는 기대하지 않았다.

"그럼 아주 천. 천. 히. 대답하겠소."

제이는 이를 악물고 내뱉었다.

"그래. 그럼 나가봐. 길이 복잡하지 않으니 혼자서 나가도 될 거야."

제이는 자리를 박차고 일어나 문을 거칠게 열고 나갔다.

제이가 멀어지자 마호른의 뒤에서 문이 열렸다.

"저 녀석에게 왜 그렇게 고통을 주십니까?"

문을 열고 들어온 사람은 단장이었다.

"저만한 녀석을 어디서 또 구하겠나?"

"약한 놈입니다."

"아니야. 강한 녀석일세."

"제 마음의 상처도 다스리지 못하는 약한 놈입니다."

"내 마법도 견뎌내는 강한 녀석일세."

"지금까지 불쌍하게 살아온 놈입니다."

"누구는 안 불쌍한가?"

단장은 고개를 저었고, 마호른은 허허롭게 웃었다.

마호른은 눈을 감고 나직이 중얼거렸다.

"어차피 지옥행은 맡아두었다네."

*　　　*　　　*

숙소로 들어온 제이는 지독한 무력감에 침상에 누워 가만히 천장만 쳐다보았다.

손가락 하나 까딱하기 싫었다.

'28억 두카만 갚으면 되는데, 28억 두카면 집으로 가는 데……'

오늘 찾아가지 않았더라도, 28억 두카를 다 준비했더라도, 마호른은 자신을 순순히 풀어주지 않았을 것이다.

‘그 지하 시설은 다 뭐지?’

마탑이나 국가마법연구소 같은 곳은 가보지 못했지만, 하란을 유명하게 만든 또 하나의 명소, 타이탄 거리는 여러 번 들렀다.

동부지구 타이탄 격투장 근처에 있는 그 거리는 타이탄 부품점, 타이탄 정비소, 타이탄 장갑 판매점, 중고 타이탄 매매소 등이 있어 사람들이 구경하러 가장 많이 가는 곳 중의 하나였다.

그곳에서 가장 크고 유명한 곳이 타이탄 제작소였다. 말이 제작이지, 조립하는 곳이다. 물론 조립이 가능하다는 것도 상당히 높은 수준을 나타내는 것이지만, 그곳의 규모도 조금 전에 본 지하 시설만큼은 안 될 것 같았다.

‘반란이라도 계획하는 건가? 비밀 시설에서 타이탄을 만들고, 용병단이라는 간판 아래 오너를 모아 실전 연습을 시켜 반란을 일으킨다.’

아귀가 딱 맞아떨어졌다.

‘그럼 어디를……?’

용병단의 오너는 11명. 아주 작은 소국의 전력만큼은 되었다. 물론 더 끌어 모을 수는 있겠지만, 더 모은다고 해도 칠 만한 곳이 보이지 않았다.

베르가키아 왕국을 둘러싼 세 나라는 정말 어마어마한 최강국이다. 중앙군은 말할 것도 없고, 백작의 기사단 전력이 보통 타이탄 20대를 넘어간다. 베르가키가 왕국이 약하다고는 해도

3대 강국에 비해 약한 것이지, 타이탄 몇 십대로 어떻게 해볼 수 있는 나라가 아니다.

중앙해 주위에 있는 나라는 이 네 나라뿐이었다. 물론 이 네 나라의 영토에는 유목 민족도 있고, 산에 사는 부족도 있고, 숲에 사는 부족도 있고, 사막에 사는 부족도 있다. 그곳을 점령해서 왕이 되겠다는 것은 아닐 것이다.

'그럼 북부에 있는 나라인가?'

북부가 중부에 비해 뒤처진다고는 해도 타이탄 몇 십대로 반란에 성공할 가능성은 희박했다. 설사 가능하더라도 문제는 남아 있다.

'거기까지 어떻게 간단 말인가? 걸어서? 배에 싣고? 용병단에 A형 타이탄은 소수에 불과하다. 대부분 N형 타이탄인데, 북부까지 타이탄을 이동시키는 동안 다른 나라에서 가만히 두고 볼 리가 없다.'

'국가 반란이 아니라면…… 영지?'

영지는 너무 많기 때문에 생각해도 답이 안 나왔다. 그리고 이정도 규모의 용병단을 운영하고 타이탄 시설을 가진 사람이라면 영지가 아쉬울 까닭이 없다.

오만 가지 생각이 다 들었다.

'반란을 꾸미든 영지를 치든 아니면 다른 목적이 있든, 나하고 무슨 상관이란 말인가!'

28억 두카만 갚으면 끝나는 것이었다.

마호른을 찢어 죽이고 싶었다.

마호른에 대한 분을 삭이지 못하고, 제이는 뜬눈으로 밤을 샜다.

용병단 안에 있을 때 단 하루도 스스로 정해놓은 수련을 하지 않은 날이 없던 제이가 수련을 하지 않았다.

폴카도가 찾아와 침상에 누워 멍한 눈으로 천장을 쳐다보고 있는 제이에게 걱정스레 물었다.

"몸이 불편하십니까?"

제이는 대꾸도 하기 싫었다. 모든 게 의미가 없었다.

그동안 그렇게 지독하게 수련한 이유도 살아남아 고향에 돌아가기 위한 것인데, 자신은 결국 마호른이 쳐놓은 거미줄에 걸린 줄도 모르고 살아보겠다고 혼자 바동거리고 있었던 것이다.

"무슨 걱정거리라도……."

제이가 대꾸가 없자, 폴카도가 조심스럽게 물었다.

"폴카도 씨."

"예."

"나가세요."

나직한 제이의 목소리에는 살기가 가득했다.

폴카도는 흠칫했다.

"알겠습니다."

폴카도는 할 수 없이 제이의 방에서 나왔다.

다음날도 제이가 나오지 않자, 폴카도는 걱정이 되어 단장을 찾아갔다.

"그냥 내버려 두게."

단장은 태연하게 말했다.

폴카도는 어떻게 할까 생각하다가, 간단한 음식을 제이의 방에 밀어 넣은 뒤, 그냥 제이의 방 앞을 지키고 서 있었다.

제이가 이틀째 수련을 하지 않았다는 사실은 용병단에서 많은 화제를 낳았다.

그 독한 놈이 드디어 감기에 걸렸다는 둥, 사랑에 빠졌다는 둥, 지난번 귀족가의 기사로 가지 못한 것을 이제야 후회하고 있다는 둥, 별의별 얘기가 다 나왔다.

그런 얘기를 접한 티마이라가 제이의 숙소를 찾아왔다.

방으로 들어가려는 티마이라를 폴카도가 막았다.

"들어가지 않는 게 좋을 것이오."

"왜? 정말 아파? 아프면 문병을 해야지."

티마이라는 막무가내로 문손잡이를 잡았다.

"당신을 위해서 하는 얘기요. 돌아가시오."

폴카도는 티마이라를 똑바로 응시하며 말했다. 제이가 자신에게 살기를 뿜고 말한 것은 처음이었다. 티마이라가 들어가면 무슨 사단이 일어날 것만 같았다.

티마이라는 폴카도의 강렬한 눈빛을 못 이기는 척하고 슬그머니 물러섰다.

"쩝, 할 수 없지. 어이, 얼른 나으라고!"

티마이라는 문에 대고 소리치고는 돌아갔다.

문 밖에서 나는 실랑이 소리를 들으며 제이는 마음이 좀 진정되는 것을 느꼈다.

'후, 그래. 나를 이용하려는 사람도 있고, 나를 걱정해 주는 사람도 있는 것이지.'

깊이 심호흡을 했다.

'이번까지만 이용당해 주겠다. 앞으로 두 번 다시 나를 이용하려 하면 결코 용서하지 않겠다. 아니, 애초에 이용할 마음조차 갖지 못하도록 강해지겠다!

그렇게 다짐한 제이는 하나하나 생각을 정리했다.

'마호른이 무슨 일을 계획하든 상관없다. 중요한 것은 내가 무엇을 선택하느냐는 것이다. 지금 선택할 수 있는 것은 셋이다. 마호른의 제의를 거부하는 것, 받아들이는 것, 대답을 미루는 것. 거부할 수는 없다. 거부하면 바로 죽일 것이다. 받아들이면 타이탄을 주고, 자유를 준다고 했다. 고향으로 돌아가 가족들을 데리고 도망치면……?

제이는 고개를 저었다.

'마호른의 힘이 어느 정도인지 전혀 알지 못한다. 지하 시설이 전부인지 다른 무언가가 더 있는지 모르는 상태에서 과연 도망치는 게 가능할까?

그보다도, 도망친다는 것은 상상하기도 싫었다. 그저 자존심 문제가 아니었다. 그건 사는 게 아니다. 그러기는 싫었다.

'가족들과 살다가 마호른의 연락을 받고 다시 오는 것은 쉽지 않겠다. 아버지는 10년간 헤어져 살던 아들을 다시 보내기

힘들 것이다. 그리고 언제 마호른의 연락이 올지 몰라 전전긍긍하며 살고 싶지 않다. 그건 자유가 아니다.'

제이는 마호른의 제의를 받아들이는 선택을 하고 당장 집으로 가고 싶었지만, 애써 참았다.

'선택을 미룬다…… 미룬다…… 미룬다…… 언제까지 미룰 수 있을까? 이미 비밀을 밝힌 마당에 그리 오래 기다리지는 않겠지. 그리고 미루는 것은 해결책이 아니다. 마호른이 저절로 망하기를 기다릴 수는 없지 않은가. 그래도 그사이에 마호른의 정체에 대해 파악하고 대처할 수 있지 않을까? 아니야. 나 혼자 그걸 알아낼 수는 없을 거야.'

제이의 고민은 오랫동안 계속되었다.

밤늦게 제이는 마호른을 찾아갔다.
"생각보다 빨리 왔군."
마호른은 제이에게 메마른 미소를 지었다.
"무슨 일인지 말해줄 수 있소?"
제이는 분노를 짓누르며 물었다.
"지금은 말할 수 없다."
그렇게 대답하리라 예상했다.
"그럼, 그 일은 언제 하는 것이오?"
마호른은 그 물음에는 쉬이 대답하지 못했다.
곰곰이 생각하던 마호른은 제이의 눈을 바라보며 말했다.
"네가 적극적으로 도와준다면, 2년 안에 끝나도록 나도 최

선을 다하겠다."

"도우면 돕는 것이지, 적극적으로 돕는다는 게 뭐요?"

마호른의 말은 항상 이런 식이었다. 제이는 짜증이 일었다.

"바람을 느껴라."

의외의 말에 제이는 순간 할 말을 잃었다.

'바람을 느껴라.'

그 말이 머릿속에 맴돌았다.

"바람을 느껴라. 그러면 2년이다."

바람을 느끼는 것.

모든 타이탄 오너의 꿈이었다.

타이탄과 동화된 상태로 바람을 느끼는 경지를 오너들은 '바람을 느낀다' 고 한다. 정말로 바람을 느끼는 것인지, 아니면 그 정도로 놀라운 경지를 비유하는 말인지는 알 수 없었다. 그것을 말해줄 수 있는 사람이 주위에 없기 때문이다.

"그게 정말 가능한 것이오?"

제이 역시 오너였다. '바람을 느낀다.' 는 경지가 정말 가능한 것인지 궁금하지 않을 수 없었다.

"나도 모른다."

마호른은 가차없이 대답했다.

실망한 제이에게 마호른이 말했다.

"하지만 네가 상대해야 하는 사람을 두고 주위에서 그렇게 말하곤 하지."

제이가 아직 승낙한 것도 아닌데, 마호른은 제이가 상대할 사람이라고 얘기했다. 하지만 제이는 그런 것에 신경 쓰지는 않았다.

"결국은 모른다는 것이오? 어쨌든 내가 승낙한다면 그런 경지일 수도 있는 상대와 싸워야 한다는 얘기로군."

제이는 무덤덤한 척 말했지만, 몸에 살짝 힘이 들어갔다.

타이탄 오너들 사이에서 '어느 나라 무슨 백작이 바람을 느낀다더라' 라든가, '바람을 느끼는 기사가 무슨 기사단에 있다더라' 는 얘기는 종종 들었기 때문에 놀랍지는 않았다. 그러나 강자와 상대할지도 모른다는 얘기에는 조금 긴장되는 게 사실이었다. 그것도 바람을 느낀다는 최강자였다.

실제로 바람을 느끼든 못 느끼든 강자를 상대하는 일이라는 것은 확실히 알았다.

"내가 바람을 못 느끼면 어떻게 되는 것이오?"

"그러면 5년은 있어야 한다."

제이는 눈살을 찌푸렸다.

그러나 어차피 마호른에게 오기 전에 이미 마음먹었다.

"알았소. 받아들이겠소. 단, 이것으로 끝이라는 걸 명심하시오. 다시 한 번 나를 이용하려 한다면 무슨 수를 써서라도 당신을 죽일 것이오."

싸늘하게 말하는 제이에게 마호른은 당연하다는 듯 고개를 끄덕였다.

"그럼, 언제 갈 것이냐?"

처음 얘기한 것이 바로 자유를 준다는 것이었다. 자유를 얻

으면 곧장 집으로 갈 것이라고 생각한 것이다.

"일을 다 끝내고 가겠소."

제이는 3년을 생각하고 마호른에게 왔다. 3년 안에 끝나는 일이면 일을 처리하고 돌아가고, 3년 안에 끝나지 않는 일이면 지금 당장 고향으로 돌아가 지내다가 마호른이 부를 때 오겠다고 마음먹고 이곳으로 왔다.

좋게 생각하자면, 어차피 격투장에 나가지 않고 28억 두카를 벌기 위해서는 못해도 3년은 걸리리라고 예상했다. 게다가 이제부터 버는 돈은 더 이상 몸값이 아니라 모두 자신의 것이 된다. 고향에 돌아갈 때 빈손으로 돌아가는 것보다는 나을 거라고 생각했다.

'어차피 지금까지 피로 번 돈, 이제 자유가 되었다고 새삼스럽게 못할 것도 없지.'

제이는 속으로 쓰게 웃었다.

자유를 얻으면 즉시 고향으로 돌아갈 줄 알았던 제이가 집에 가지 않겠다고 대답하자, 마호른은 의아한 표정을 짓다가 이내 고개를 끄덕였다.

"이 순간부터 너는 자유이니 네 마음대로 해라."

"다른 사람들에게는 내 신분이 바뀐 것을 말하지 마시오."

어차피 바뀐 것도 없었다. 일을 마칠 때까지 마호른의 노예나 마찬가지라는 생각이 들었다. 그리고 하루아침에 해방노예에서 벗어난 것에 대한 사람들의 의혹 어린 시선을 신경 쓰고 싶지 않았다.

“그래, 알았다. 어쨌든 너의 노예문서는 정리해 주마.”

제이는 자리에서 일어나 돌아섰다.

“잠깐 기다려라.”

마호른은 자리에서 일어나며, 제이를 멈춰 세웠다.

“아직 남은 게 더 있소?”

“따라와라.”

마호른은 제이를 데리고 지하 시설 한편에 있는 격납고로 들어갔다.

마호른이 무언가를 조작해서 격납고의 문을 열자, 마법 등이 켜지며 격납고 안이 환해졌다.

격납고 안에는 거대한 검붉은색의 타이탄이 서 있었다.

“블러드스톤이라고 한다.”

마호른의 목소리에는 자부심이 가득했다.

“조립이 아닌 진짜다. 이곳에서 만든 것이지. 출력 92카파, 신장 7.1미터, 무게는 17.1톤으로 메테오보다도 약간 가볍게 만들었다.”

마호른의 설명을 듣는 둥 마는 둥 하고, 제이는 순수하게 감탄하며 기체를 바라보았다.

장갑을 입히지 않은 맨 몸체에는 고유의 기능을 지닌 무수히 많은 마법진이 기하학적 무늬를 뽐내며 새겨져 있었다. 마법 등 불빛에 반사된 이 기하학적 무늬들이 아름다운 빛의 물결을 만들어냈다.

정교하게 만든 손가락, 하늘이라도 받칠 것 같이 튼튼해 보

이는 두 다리, 엔진과 조종석을 보호하기 위해 두텁게 만든 단단한 가슴, 어두운 빛을 뿜어내는 눈, 균형 잡힌 몸매. 절로 입이 벌어졌다.

92카파면 상급에 해당하는 기체다.

'설마 설마 했지만, 이곳이 정말 타이탄 제작소라니!'

"이렇게 하고 밖으로 나가면 어떻게 될지 알겠지?"

새로운 상급 타이탄이 일개 용병단에서 나오면 그야말로 난리가 날 것이다.

'피바람이 불겠지.'

"이것을 보투스와 아주 똑같이 개장할 것이다. 뼈대와 마나 로드는 그대로 두고 몸을 교체하는 것이다. 그러면 효율이 약간 떨어지기 때문에 체감 출력은 아마 86카파 정도 되지 않을까 싶다."

마호른의 목소리에는 아쉬움이 가득했다.

"물론 엔진음이 미세하게 다르기 때문에 진짜 전문가가 보면 보투스가 아니란 걸 눈치 채겠지만, 그럴 일은 없겠지. 일부러 뜯어보지 않는 한 확신은 못할 것이다. 이놈을 지금 보여주는 이유는 아마도 다시는 이 모습으로 되돌아올 날이 없을 것 같아서다. 그래도 네가 탈 녀석인데, 본래 모습은 한 번 봐야지."

씁쓸함이 묻어나는 마호른의 말에 제이는 마호른을 쳐다보았다.

마호른은 제이에게 목걸이를 내밀었다.

“약속을 지키는 것이다. 자, 받아라.”

마호른은 제이에게 울피아보다 훨씬 좋은 기체를 주겠다고 했었다.

마호른을 향해 뻗은 제이의 손이 약간 떨렸다.

마호른에 대한 증오, 그러나 너무나 선뜻 타이탄을 넘겨주는 마호른의 거침없는 모습, 눈앞에서 빛나는 자신의 새로운 타이탄에 대한 호기심과 고급 기체를 소유하게 된 타이탄 오너로서의 기쁨 등등 마음이 복잡했다.

“어떻게 하는지 알지?”

제이는 곧 다른 데 신경을 끄고, 마호른으로부터 받은 목걸이를 손에 들고 손가락을 살짝 벴다. 목걸이에 달려 있는 손가락 마디 한 개 반 정도 크기의 구슬에 피를 묻히면서 마나를 보냈다.

마나가 구슬로 빨려 들어갈 때 제이는 마음속으로 강렬하게 이름을 불렀다.

‘스톤!’

스톤이라는 새로운 이름을 갖게 된 검붉은 거인의 눈에서 순간 빛이 번쩍였다.

마호른은 타이탄의 눈이 번쩍이는 것을 보고 감탄의 눈빛을 보였다.

‘역시 이 녀석의 정신력은 상당하구나.’

제이가 의지만으로 귀속마법진을 활성화시킨 것이다. 아마 다른 오너들 같았으면 소리 높여 이름을 외쳤을 것이다.

"울피아보다 아공간 마법진의 효율을 더 높일 수 있었다. 숙련된 기사의 마나 25%가 소모된다."

제이는 고개를 끄덕였다. 그 정도면 정말 대단한 것이다.

울피아의 아공간 마법진은 숙련된 기사의 마나 40%를 소모한다. 소환할 때 숙련된 기사가 지닌 마나량의 40%가 소모된다는 뜻이었다. 소환을 해제할 때는 소환할 때의 마나량의 절반이 소모된다.

장점이 있으면 단점도 있는 게 세상의 법칙이다. 아공간 마법진이 새겨진 타이탄이 무조건 좋은 것만은 아니었다. 이동이 편리하고 기습이 가능한 반면에, 소환할 때 마나소모가 크다는 단점이 존재하는 것이다.

울피아를 숙련된 기사가 탄다면 소환할 때 이미 마나의 40%를 소모하고 싸워야 한다는 말이었다. 싸우고 나서 마나가 없으면 돌려보낼 수도 없었다.

제이 정도의 수준이 아니었다면, 울피아는 그야말로 죽음을 부르는 기체가 되었을 것이다.

아공간 마법은 굉장히 어려운 마법이다. 이 손가락 마디 한 개 반 크기의 구슬에 타이탄이 들어간다고 마법사가 아무리 풀어서 설명해도 기사들은 도저히 이해하지 못했다.

"그럼 이 구슬을 깨면 타이탄도 깨지는 것이오?"

이렇게 기사들이 물으면 마법사들은 그렇지는 않다고 대답한다. 물체를 매개로 마법진이 타이탄만의 차원을 생성하는 것이기 때문에 매개하는 물체만 깨지는 것이라고 보통 설명한다. 그러면 기사들은 그저 멍하니 듣고 있다가 이해하기를 포기했다.

어차피 이해하지 못해도 이 마법진을 이용하는 데는 전혀 문제가 없었다. '너! 집으로 들어가!' 라고 명령하면 타이탄이 명령자의 마나를 빨아먹고 알아서 자기 집으로 들어가기 때문이다. 굳이 집이 어디에 있는지, 무엇으로 만들어졌는지는 기사가 알 필요 없었다.

"한 번 타 보겠나?"

마호른의 말에 제이는 얼른 고개를 끄덕였다. 새로운 기체에 탑승을 거부하는 것은 오너도 아니다.

제이는 '개방!' 이라는 말도 외치지 않고 타이탄의 조종석을 열도록 머릿속으로 명령을 내린 다음, 관절 부위의 홈을 박차고 달려 올라갔다.

타이탄에 탑승한 제이는 순식간에 동화를 마치고, 강력한 엔진의 진동을 느끼며 서서히 움직였다.

타이탄의 발밑에서 깡마른 마호른이 움직이는 블러드스톤을 보고 만족한 웃음을 짓고 있는 게 보였다.

'밟아버릴까?'

이 위치에서 밟는다면 마법사 할아버지라도 피하지 못하리라.

그런 생각이 스쳤지만 곧 접었다.

자신을 그렇게도 괴롭힌 그야말로 원수 중의 원수인데도 죽일 마음을 먹는 것도 쉽지 않으니, 정말 악연도 이만한 악연이

없었다.

제이는 이내 타이탄을 조종하고 느끼는 것에만 정신을 집중하여 타이탄 운용 기본 동작을 실행한 뒤, 범용 타이탄 검술을 펼치며 새로운 타이탄의 움직임을 파악해 나갔다.

격투장에서 타던 블랙 메테오가 소년이라면, 블러드스톤은 청년이었다.

강력한 힘과 정밀한 마법진에 의한 정교한 움직임, 발달한 관절에 의한 넓어진 행동반경. 모든 게 만족스러웠다.

탑승을 마치고 내려온 제이에게 마호른이 궁금하다는 눈빛으로 다가왔다.

"어땠나?"

"괜찮았소."

짧게 대답한 제이의 반응에도 마호른은 만족한 듯 고개를 끄덕였다.

"그럴 것이다. 하여튼 개장하는데 3주를 예상하고 있으니, 부르기 전까지는 울피아를 쓰도록 해라."

"알았소."

*　　　*　　　*

변한 건 없었다.

노예문서도 말소되고 개장을 마친 스톤도 건네받았지만, 제이는 여전히 하란 용병단의 10번 오너였고, 이틀 동안 수련하지 않은 것을 제외하고는 여전히 사람들이 지독하다고 말하는 수련의 일상을 보냈다.

바람을 느껴야 하는 제이의 수련에는 어떠한 변화도 없었다. 특별한 수련법을 알지 못했기 때문에 평소에 하던 대로 했다.

날이 밝으려면 한참 있어야 할 깜깜한 새벽에 쇳조각을 집어넣은 조끼를 입고, 쇳가루를 넣어 만든 밴드를 팔다리에 착용한 채 캠프를 벗어났다. 달빛, 별빛마저 나무에 가려 더욱 캄캄한 산길이지만, 훤히 보이는지 거침없이 달렸다.

동이 틀 무렵 캠프로 돌아올 때 제이의 몸에서 하얀 김이 솟아올랐다.

몸을 씻고 아침 식사를 한 뒤 오전에는 검술 수련을 했다.

제이는 페이런 레인저 마샬아트로 몸을 풀고 검을 들었다. 허트 12검의 동작을 500회씩 반복하고, 페이런 레인저 제식 검술을 느리게 펼쳤다. 그다음으로는, 그동안 겪었던 상황, 겨뤘던 상대를 상정하고 검을 휘둘렀다. 마지막으로, 땀에 흥건히 젖은 채로 그대로 주저앉아 눈을 감고 펼쳤던 검을 점검했다.

씻고 나서 점심 식사를 했다. 오후에는 타이탄에 탑승하기 때문에 가볍게 먹었다.

탑승 전 지원팀과 타이탄 점검 상태에 대해 이야기를 나눈 뒤, 타이탄에 탑승하여 타이탄 운용 기본 동작을 실시해 상태를 점검하고 범용 타이탄 검술을 펼쳤다.

허트 12검의 동작을 100회씩 반복하고, 페이런 레인저 제식

검술을 타이탄으로 펼쳤다. 그러고 나서 운용을 멈추고 타이탄의 움직임을 반추했다.

타이탄에서 내린 뒤에는 지원팀과 타이탄 운용 결과에 대해 이야기했다.

저녁 식사는 잘 차려 먹었다.

화살 100개를 쏘고 단검을 100번 던졌다. 활과 단검이야말로 정말 오래전부터 써온 것들이었다.

몸을 씻고 방으로 들어갔다.

세 시간 가량 책을 읽었다. 제이의 아버지는 '무식한 사람은 좋은 주인을 만나지 못하면 평생 이용만 당하다 죽는다.' 고 했고, 조르제 할아버지는 '사람은 아는 만큼 보고, 아는 만큼 듣고, 아는 만큼 느끼고, 아는 만큼 깨닫는다.' 고 했다.

책을 읽은 뒤에는 침대에 누워 하루 일을 되새긴 다음 잠이 들었다.

단 이틀을 제외하고는, 용병단 안에서 이러한 제이의 일상은 변함이 없었다.

"제이 님."

용병단에서 잔심부름 하는 소년이 찾아왔다.

"무슨 일이지?"

"정문에서 어떤 사람이 제이 님을 찾으면서 소란을 부린다고 합니다. 카로므…… 카모르…… 뭐라는 사람이랍니다."

소년의 얼굴이 빨개졌다.

'카모르찬이구나. 그가 웬일로?'

요즘 아주 많은 일이 있었지만, 제이는 모두 좋게, 좋게 생각하려고 정말 애를 썼다.

귀족들이 귀찮게 한 것도 다 자신이 너무 돈 욕심을 내서 실력을 과하게 드러냈기 때문이라고 자책하면서, 앞으로는 철저하게 실력을 감추겠다고 마음먹었다.

마호른의 일은 용병으로서 아주 굉장한 의뢰를 받은 셈 치기로 했다. 이미 상급의 A형 타이탄을 받았으니 의뢰비로는 충분했다. 자신의 인생을 마음대로 휘두르는 마호른이 여전히 증오스러웠으나, 이번 일까지는 그렇게 생각하고 처리하기로 마음을 다잡은 것이다.

그러나 다시는 당하면서 살지 않을 방도를 궁리했다. 감히 다시는 그런 생각을 못 할 정도로 강해지리라고 마음먹었다.

'그런데 카모르찬은 왜 또 나를 찾아왔다는 말인가?'

이제 누가 찾는다는 말을 들으면 절로 짜증이 일었다.

"곧 가겠다."

알아서 하라고 하려다가 생각을 고쳤다. 카모르찬에게서 좋은 느낌을 받았던 기억이 떠올랐던 것이다.

'한 번 만나보는 것도 나쁘지는 안겠지.'

최근에 워낙 시달렸기 때문에 카모르찬은 자기를 이용하려는 무리가 아니기를 바라며 제이는 용병단 정문으로 걸어갔다. 카모르찬 역시 자신을 이용하려는 사람에 불과하다면 그 자리에서 죽이리라.

경비를 담당하는 용병들이 제이를 보고 반가워하며 입구 근처 한 바위를 가리켰다.

제이와 카모르찬은 타이탄에 탑승한 채로 만났기 때문에 서로 얼굴을 알지 못했다.

작은 키에 30대 중반쯤 되어 보이는 외모, 단단한 체구를 지닌 남자가 불량배처럼 대충 걸터앉아 정문 쪽을 보면서 투덜대고 있었다.

"이런 젠장! 저나 나나 잘나가 봐야 용병인데, 뭘 그리 비싸게 굴어!"

성격 같아서는 입구를 뚫고 들어오고도 남았겠지만, 이곳은 타이탄이 넘실대는 타이탄 용병단 캠프다. 애써 참느라 화가 난 모양이었다.

제이는 그 앞으로 걸어갔다. 카모르찬도 다가오는 제이를 쳐다보았다.

"나를 왜 찾았지?"

다가오는 제이의 기운이 범상치 않음을 느껴서인지, 카모르찬은 조금 신중한 얼굴을 했다.

"네가 에스칼, 아니 제이냐?"

제이는 고개를 살짝 끄덕였다.

제이가 에스칼이라는 사실은 알 만한 사람이면 모두 아는 것이기에 신경 쓰지 않았다.

카모르찬은 엉덩이를 털며 천천히 일어났다. 그리고 손을 내밀었다.

"반갑다. 나 티굴 출신 카모르찬이다. 주로 바밀 왕국에서 활동하지."

바밀 왕국에서 활동하는 티굴 출신 초원의 전사 카모르찬은 이쪽 계통에서는 상당히 유명한 사람이라 제이도 알고 있었다.

일부러 찾아와 악수하자는데, 그것을 못해 줄 이유는 없었다. 제이도 손을 내밀었다.

"제이요."

"나는 고향을 떠나 타이탄 용병으로 근 10여 년을 돌아다녔지만, 이번처럼 깨진 것은 처음이다."

"그거야 당신이 강자를 못 만나 봤기 때문이지."

용병들이 싸운 기사들이라 봤자 거의 다 시골 기사들일 뿐, 백작가의 기사와도 싸울 일이 드물었다.

카모르찬의 인상이 구겨졌다.

"어쨌든! 너 같은 놈은 처음 겪어봤다. 젠장!"

"그래서 어쩌란 거요?"

"초원의 전사는, 전사와 친구를 맺는 것을 가장 큰 명예로 여긴다. 나는 아직까지 친구가 없어 부끄럽다. 그러다 제법 강한 상대가 있다고 해서 싸우러 왔다. 그리고 졌다. 그런데 너와 친구를 맺기는 꺼려진다."

카모르찬의 말에 제이는 어이가 없었다. '너 때문에 한 달 넘게 누워 있었다. 복수를 해야겠다.' 라든가, '다른 출전자들에게 준 수리비를 나에게는 왜 안주냐?' 는 내용도 아니고, 친

구에 관한 이야기를 하고 있다는 게 얼른 이해가 되지 않았다.

그러나 지역마다 관습이 다를 수도 있기 때문에, 그러려니 했다.

자신은 누구와도 친구가 될 생각이 없었다.

"너는 강하다. 그런데, 전사인지 아닌지는 모르겠다. 강하다고 해서 전사인 것은 아니다. 물론 나도 용병 생활만 10년, 싸움이 무엇인지는 안다. 그러나 싸움을 잘한다고 해서 전사는 아니다. 너는 스스로 당당한가?"

이런 연극 대사 같은 낯 뜨거운 질문을 카모르찬은 태연하게 했다.

그러나 당사자인 카모르찬이 너무나 진지한 얼굴을 하고 물었기 때문에, 제이는 차마 얼굴을 돌리지 못했다.

"나는 전사가 아니오. 그리고 당신과 친구가 될 생각도 없소. 잘 가시오."

그렇게 말을 마치고 제이는 몸을 돌렸다.

'전사라니! 당당함이라니! 친구는 또 뭔가? 하하, 당신이 좋은 친구를 만나기를 바라오.'

오랜만에 유쾌함을 느끼면서도 씁쓸했다. 자신은 고향을 떠나면서 잊어버린 말들인데, 카모르찬은 고향을 떠난 뒤에도 그것을 찾아다니고 있었다.

"야, 이 자식아! 너는 스스로 당당하냐?"

카모르찬은 돌아선 제이를 향해 고함을 질렀다.

"이 자식아! 당당하냐고?"

그의 외침은 제이의 심장을 날카롭게 찔렀다. 제이는 울컥하여 우뚝 멈춰 서서 카모르찬을 돌아보고 소리쳤다.

"나는 당당하지 못하오. 하지만 살아남기 위해서는 그 어떤 당당하지 못한 짓이라도 서슴없이 할 것이오!"

그날 하란 용병단에 열두 번째 오너가 들어왔다.

CHAPTER 3

[마우라 부족]

붉은 무지개

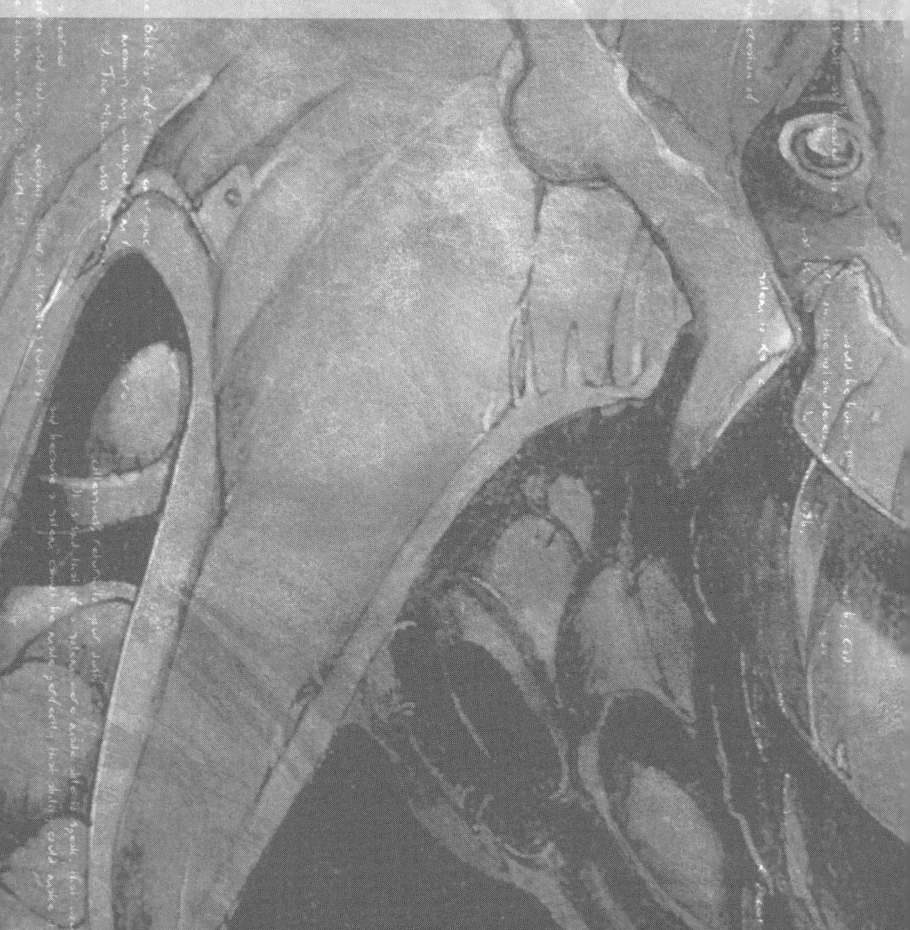

Jay
Koplanit

“마이네 제국으로부터 의뢰가 들어왔다. 정확히는 마이네 제국 남부사령관 명의로 말이야.”

다른 의뢰를 나간 오너 두 명을 제외한, 10명의 오너 모두가 모인 회의실에서 단장이 입을 열었다.

“이곳에 사는 마우라 부족 소탕 작전이다.”

단장은 회의실 벽면을 가득 메운 대형 지도의 한 지점을 짚었다.

마이네 제국은 중앙해를 둘러싼 거대한 영토를 가지고 있었다. 중앙해 남쪽에 있는 제국의 영토는 아래쪽에 거대한 사막지대와 접해 있고, 마우라 부족은 이 사막지대에 사는 부족이었다.

"제국 남부사령관이면 휘하의 병력이 얼만데 우리를 고용해?"

"마우라 부족이 최강의 타이탄이라도 운용하는 모양이지? 어이가 없군."

"이거 냄새가 나는데!"

오너들이 수군거렸다.

"조용! 정확한 건 현지에서 들어봐야겠지만, 아무래도 대변 작전인 것 같다."

대변 작전.

아주 더러운 작전이라는 뜻으로 용병들 사이에서 쓰는 말이었다.

아무리 용병들이 돈 때문에 전쟁에 뛰어들었다지만, 하기 싫은 일이 있는 법이다. 타이탄 오너의 경우 그런 일이 비교적 명확했다. 바로 사람을 짓밟는 일이다. 물론 이런 일에 희열을 느끼는 변태가 없지는 않지만, 대부분의 용병들에게 있어 사람을 타이탄으로 짓밟는 일은 기분 더러운 일이 아닐 수 없었다.

"제길! 오크 똥구멍 같은 제국 기사 놈들! 지들이 하기 싫은 일을 우리한테 넘긴 거구만. 에이, 퉤!"

보통, 기사들은 나름대로 자존심이 있기 때문에 이런 일은 하지 않는다. 결국 이런 일은 용병 차지가 되었다.

일을 거부할 수도 없었다. 어차피 국가에서 용병이 칼을 차

고 다니도록 내버려 두는 것은 결국 써먹기 위함인데, 용병이
국가의 일을 거부한다면 용병으로서의 삶을 거부하는 것과 마
찬가지였다. 그게 베르가키아 왕국이 아닌 마이네 제국일지라
도 하란 용병단에게는 마찬가지였다.

"타이탄 여덟 기가 간다. 지원자는 손을 들어라."

아무도 손을 들지 않았다.

"할 수 없군. 제비를 뽑겠다."

모두가 싫어하는 일은 해방노예가 맡는다. 해방노예를 뺀
나머지가 제비를 뽑았다. 제이는 이제 노예가 아니지만, 가만
히 있었다.

제이와 해방노예 둘, 그리고 제비를 뽑아 결정된 다섯이 정
해졌다.

"각자 자신의 팀을 챙기도록. 해산!"

8명의 오너 가운데 A형 타이탄은 제이와 카모르찬 둘 뿐이
라 나머지는 배로 운반해야 했는데, 타이탄은 아무 배로나 운
반할 수 없다.

용병단 일행은 마이네 제국에서 제공한 특수운반선에 타고
하란항(港)에서 마이네 제국의 펜디크항까지 갔다. 보통은 용
병단에서 타이탄을 실을 수 있는 특수운반선을 용선(傭船)했
는데, 이번 제국 측의 행사는 전례가 없는 파격적인 것이었다.

제국의 영토를 지나가야 하는 용병단 일행은 항구도시 펜디
크에 도착한 뒤, 마이네 제국이 발급한 타이탄 통행증을 소지

하고, 연락장교의 안내에 따라 제국의 가도(街道)를 따라 걸었
다.

제이와 카모르찬을 제외한 다른 여섯 명의 오너들은 타이탄
에 탑승한 채 브리트까지 가야했다.

물론, 오너 혼자서 하루 종일 타이탄을 움직일 수는 없다.
두세 시간마다 예비 오너가 교대로 탑승하여 이동했다. 그래
서 예비 오너가 필요한 것이다.

제이도 하루에 네 시간씩은 '스톤'을 소환해 이동했다.

"원래 저런가?"

카모르찬이 타이탄에 탑승하는 제이를 보고 질린 표정으로
티마이라에게 물었다. 티마이라는 자신의 타이탄을 예비 오너
에게 맡기고 카모르찬 옆에서 말을 타고 있었다.

카모르찬도 자신의 티쿠마를 가끔 소환해 탑승하곤 하지만,
제이처럼 매일 시간을 정해 꾸준히 탑승하지는 않았다.

"아! 몰랐겠네요. 원래 저렇게 지독하다니까요. 안 그러면
어떻게 4년 만에 용병단 최고가 됐겠어요? 물론 아무리 지독
해도 4년 만에 제이만큼 타이탄에 능숙할 수 있다는 게 신기하
긴 하죠."

티마이라는 특유의 넉살로 금세 카모르찬과 친해졌다. 카모
르찬은 서른여섯, 티마이라는 스물여덟. 티마이라는 카모르찬
이 나이로 보나 실력으로 보나 형님 대접을 받을 만하다며 깍
듯이 대접했다. 카모르찬도 낯선 용병단에서 티마이라의 살가
움이 반가웠다.

"근데 형님! 형님 말씀에 따르면 제이는 전사가 아닌데, 왜 용병단에 들어오신 겁니까?"

전사는 강하고 당당해야 한다. 그러나 제이는 당당하지 못하다고 했다.

"제이는 당당하지 못하다고 했으니 전사가 아니다. 전사는 당당해야 한다. 당당하려면 떳떳해야 하고, 떳떳하면 행동에 망설임이 없지. 떳떳하지 못하면서도 행동에 망설임이 없다면, 도둑놈이 남의 물건을 훔치면서 아무 죄책감을 못 느끼는 것과 마찬가지가 아닌가? 아주 나쁜 놈이지. 세상에 해를 끼칠 놈이야. 그런데 제이는 서슴없이 당당하지 못한 짓이라도 하겠다고 했는데, 그렇게 나쁜 놈처럼은 안보이더란 말이다. 그래서 좀 더 지켜보기로 했다."

카모르찬의 제이에 대한 평가는 아직 진행 중이었던 것이다.

'형님, 나는 형님이 그렇게 이분법으로만 세상을 살아온 게 신기합니다.'

평소에는 착한 이웃집 청년이 술에 취해 자신의 아이를 칼로 위협하고 있다고 해서 그 청년을 죽이면, 마냥 떳떳할 수 있겠는가? 당당할 수 있겠는가?

아픈 아이를 치료하려면 약이 필요한데 돈이 없는 경우, 약을 훔쳐 아이를 치료하면 마냥 나쁘기만 한 것인가?

세상은 한없이 복잡한 것이지만, 초원의 전사처럼 단순하게 살 수도 있는 것이다. 저마다 자기의 인생이 있는 것이기에 티마이라는 차마 이 말을 꺼내지는 못했다.

'내가 보기에는 그저 형님은 제이의 어둠의 마력에 빠진 것이오.'

강자의 행동은 옳든 그르든 멋져 보인다. 남에게 베푸는 강자의 아량도 멋있지만, 남의 시선에 전혀 신경 쓰지 않는 강자의 오만도 멋지다.

"그나저나 형님, 나중에 혹시나 제이가 당당해져서 형님과 친구가 되면, 나는 어떻게 되는 것이오? 나는 제이보다 한 살 많단 말입니다."

*　　　*　　　*

"계획에 차질은 없겠지?"

"그렇습니다, 사령관님."

"황태자 전하께서 이번 일에 대한 관심이 각별하시다. 자만하지 말고, 모든 준비 상태를 다시 한 번 점검하도록!"

"알겠습니다, 사령관님."

"지금 용병단은 어디에 와 있나?"

"브리트에서 이틀거리입니다."

"그럼, 모레면 도착한다는 것이군. 마우라 부족 전사들의 움직임은?"

"예상대로 오아시스에서 사흘거리에 있는 트완카산에 매복하고 있습니다."

“좋아. 우리 기사단은?”

“프란츠 기사단은 더소피리산 부근에 매복 중입니다.”

“남부 제1기사단은 제1지점에 대기 중입니다.”

“남부 제2기사단은 제2지점에 대기 중입니다.”

“좋군. 보병사단은?”

“모든 준비 완료되었습니다.”

“좋다! 20년의 숙원이 우리 손에 달렸다. 작전이 모두 끝날 때까지 긴장을 늦추지 말도록.”

“예!”

“제국에 영광을!”

“제국에 영광을!”

모두 나가고 회의실에는 사령관과 그의 부관만이 남아 있었다.

중후한 인상을 한 반백의 사령관은 자리에서 일어나 사막이 내려다보이는 창가로 다가갔다. 부관이 그의 뒤로 섰다.

사령관은 회의 때와는 달리 애잔한 눈빛으로 사막을 바라보았다.

“이번 일만 마치고 은퇴할 생각이네.”

“사령관님!”

“나도 늙었나 보네. 영지도 아들에게 맡기고, 조용히 책이나 읽으면서 살고 싶군.”

“아직 한창이십니다. 사령관님이 안 계시면 제국은 누가 지

킵니까?”

“허허, 자네도 아부가 많이 늘었군. 내가 없어도 바네빈과 마운츠가 잘 할 것이네.”

“그들은 자기 잇속만 챙기는 무리입니다!”

부관의 말 속에는 강한 적개심이 들어 있었다.

“아직 젊어서 그런 거야. 나도 젊었을 때는 그들보다 더 했다네.”

부관은 안타까운 표정으로 사령관을 바라보았다.

그러나 사령관의 눈은 여전히 창밖을 바라보고 있었다.

사막을 바라보는 사령관의 눈이 붉어졌다.

마이네 제국은 사막에 전혀 관심이 없었다.

광대한 영토를 가진 제국의 입장에서 사막은 그저 가끔 도적 떼가 출몰하는 곳, 그 이상도 그 이하도 아니었다.

제국은 힘으로만 다스려지는 곳이 아니다. 사막 부족에 대한 제국의 대처는 합리적이었다. 제국은 사막 부근의 도시를 개방하여 사막 부족들이 교역할 수 있는 통로를 열어주었다.

오아시스 인근에서 기른 가축과 풀 한 포기 나지 않는 돌산에서 힘겹게 캐낸 석재를 제국의 식량과 교환한 사막 부족도 더는 제국의 도시를 약탈하지 않았다. 사막 부족 역시 어리석지 않았기 때문이다.

어느 날, 사막 부족의 오아시스를 방문한 상회의 한 젊은 일꾼이 사막 부족의 젊은이와 친해져 지니고 있던 단검을 선물

로 주었다. 사막의 젊은이는 엄지손가락 크기의 돌 하나를 답례로 주었다.

도시로 돌아온 상회의 젊은이는 친구들과 술을 마시는 도중에 선물로 받은 돌을 대단한 보석이라며 자랑했다. 친구들이 허풍을 친다며 놀리자, 젊은이는 홧김에 내기를 하자며 보석상으로 찾아갔다.

젊은이는 술김에 한 말이었을 뿐, 그 돌을 그저 좋은 우정의 상징으로 알고 있었다. 그러나 보석상의 감정 결과는 놀라웠다.

마나석.

자연의 마나가 비정상적으로 깃들어 있는 이 돌은 마법 발현에 있어 중요한 보조 재료일 뿐 아니라, 타이탄의 마나 엔진에 없어서는 안 될 핵심 자원이었다.

국가마법연구소가 움직여 젊은이의 마나석 취득 경로를 파악했다.

그 돌은 사막 부족이 장례를 치르는 산, 조상의 영혼이 모셔진 성스러운 산, 사막 부족이 더소피리산이라고 부르는 곳에서 나왔다는 것을 알아냈다.

마이네 제국은 교역을 원했다. 더 많은 식량과 생필품을 줄 테니 마나석과 교환하자고 했다. 사막 부족이 충분히 받아들이리라 생각했다.

그러나 사막 부족은 받아들이지 않았다. 성스러운 산이 훼손되게 할 수 없었다.

마이네 제국과 사막 부족 간의 처절한 싸움이 시작되었다.

제국은 그저 피에 굶주리지 않았기 때문에 사막 부족과 교역을 하자고 했을 뿐, 사막 부족을 전혀 두려워하지 않았다. 전쟁은 순식간에 끝나리라고 자신했다.

오판이었다.

사막은 겁없는 자를 용서하지 않았다. 사막을 모르는 자를 용서하지 않았다.

반월도를 휘두르는 사막의 전사는 용감했고, 사막은 그들에게 관대했다.

지친 기사가 탑승한 타이탄은 와스티카의 먹이가 되었다.

그러나 제국은 컸고, 사막 부족은 작았다.

외부에서는 알지 못하는 20여 년간 지속된 이 전쟁은 제국과 사막 부족 모두에게 큰 상처를 주었다.

제국은 이제 이 전쟁을 끝내려고 마음먹었다.

*　　　*　　　*

브리트의 공기는 건조했다.

보이는 것이라고는 마른 땅과 바위, 깨진 돌조각, 그리고 모래뿐이었다.

"여기가 사막이구나!"

"후, 바람도 시원하지가 않아."

지친 용병단 일행은 브리트를 처음 본 감상을 이렇게 털어

놓았다.

"하하, 여기는 사막이 아닙니다."

용병단을 이곳까지 안내하는 임무를 무사히 마쳐 후련하다는 표정을 지으며, 연락장교는 용병들의 대화에 끼어들었다.

"여기가 사막이 아니면?"

"여기는 사막으로 들어가는 입구지, 사막이 아닙니다. 사막은…… 곧 알게 될 겁니다."

설명할 말을 찾지 못하겠다는 듯 연락장교는 고개를 저었다.

용병단을 맞는 마이네 제국군의 일처리는 완벽에 가까웠다.

용병단을 위한 격납고, 숙소 등이 미리 준비되어 있었고, 도시 입구에서부터 기다리고 있던 안내하는 병사들도 미리 연습이라도 시킨 것처럼 예의를 잃지 않으면서도 능숙하게 행동했다.

일행은 역시 제국은 뭐가 달라도 다르다며 감탄을 터뜨렸지만, 익숙하지 않은 옷을 입은 것처럼 불편한 마음도 들었다. 이런 빈틈없는 대접은 처음이었던 것이다.

먼지를 씻어낸 오너들은 바로 브리핑을 받았다.

회의실에는 브리트시와 오아시스, 그리고 행군로가 표시된 매우 간단한 지도가 한 장 걸려 있었다.

"여러분은 1개 보병사단을 이끌고, 이 오아시스를 치면 됩니다. 마우라 부족 전원을 붙잡아 제국으로 끌고 올 것입니다. 반항하는 자는 단호하게 처리하십시오."

브리핑을 맡은 장교의 설명은 간단했다.

마우라 부족의 터전을 공격하여 모두 붙잡아 노예로 삼겠다는 뜻이었다.

"마우라 부족의 전력은 얼마나 됩니까?"

"전사가 대략 2천 명입니다."

타이탄에게 전사 2천은 아무것도 아니다.

"적의 다른 전력이나 원군은 없습니까?"

"새로 합류할 병력은 없는 걸로 파악하고 있습니다."

"적의 전투 방식은 어떻습니까?"

"주로 기병을 이용한 기습입니다. 모래 언덕 뒤에 숨어 있다가 재빨리 치고 빠지는 식입니다."

"전투 장소는 어디로 예상하시오?"

"트완카산입니다. 아마 이곳이 전장이 될 것입니다."

장교는 한 지점을 가리기며 설명했다.

"1개 보병사단으로 부족 전원을 잡아서 이동시킬 수 있겠소?"

"여러분이 먼저 1개 보병사단을 이끌고 떠난 뒤, 곧바로 5개 보병사단이 출발할 것입니다."

"우리는 사막에서 작전을 펼치는 게 처음이라 사막 지형에 대해 아는 게 없소. 사막에 대해 설명해 주시오."

"타이탄 오너가 가장 주의할 점은 마나 고갈입니다. 사막은 낮에 온도가 매우 높이 올라가기 때문에, 타이탄 온도유지마법진이 마나를 많이 소모할 겁니다. 다른 설명은 길잡이를 붙

여드릴 테니 그 사람에게 들으십시오. 참, 사막에 엄청난 괴물이 산다고 들었습니다. 어스웜 계열의 몬스터라는데, 성체가 10미터에 이른답니다. 타이탄이 아니고서는 상대하지 못할 것입니다."

"그 몬스터에 대해 자세히 설명해 줄 수 없겠소?"

"미안하지만 잘 알지 못합니다. 안내인에게 물어보십시오."

"알겠소. 작전 개시는 언제입니까?"

"내일 아침입니다."

하루도 제대로 쉬지 못해 아쉬웠지만, 빨리 끝내고 갈 수 있다면 그것도 괜찮다 싶었다.

이후로도 용병들의 질문은 꽤 오랫동안 이어졌다. 목숨을 걸고 하는 일을 허투루 처리하지 않았기 때문에 용병으로 지금까지 살아올 수 있었던 것이다.

숙소로 돌아온 오너들의 표정은 그리 밝지 않았다. 브리핑이 끝난 뒤에도 오랜 시간 동안 궁금한 것을 물어 대부분 답변을 받았다. 그러나 뭐라고 꼭 집어 말할 수는 없지만 자꾸 걸리는 게 있었다.

"찜찜하단 말이야."

1번 오너 투발루가 혼자 중얼거렸다.

"뭐가요?"

티마이라가 물었다. 11번 오너인 티마이라는 타이탄 용병 경력이 가장 짧았다.

“공기가 좋지 않아. 대변 작전이라기에는 분위기가 너무 무겁단 말이야.”

투발루의 말에 다른 오너들 역시 고개를 끄덕였다.

용병의 감은 생존에 직결되기 때문에 전장의 냄새에 누구보다 민감할 수밖에 없었다.

“브리트 시에 병력이 지나치게 많아. 뭐, 그건 좋아. 사막 부족을 붙잡아 오기 위한 거라고 치자. 그런데 긴장감이 지나치단 말이야. 대변 작전에 병사들이 할 일이 뭐가 있어? 우리가 몇 번 밟아주면 잠잠해질 테고, 병사들은 그저 묶어 끌고 오면 끝이잖아.”

다른 오너도 의문점을 털어놓았다.

“작전 지도도 지나치게 간단해. 브리트 시와 오아시스만 표시되어 있고, 길 하나 달랑 그려 넣은 것뿐이잖아. 그런 군사 지도는 본 적이 없다. 더구나 제국군이 말이야.”

“10미터나 하는 몬스터라니! 그런데 그 특징도 몰라? 그러면서 사막 부족을 잡겠다고?”

“사막 부족이 자꾸 약탈을 해대서 이번에 그들의 근거지를 초토화시키는 게 목적이라고 했는데, 너무 허술해. 제국의 행사라고 하기에는 말이야.”

“타이탄이 너무 적은 것도 이상해. 보병사단이 여섯인데, 타이탄 본 사람 있어? 제국 기사들은 모두 A형 타이탄이란 말이야? 말도 안 돼.”

“우리가 사막에 대해 너무 몰라 불안해서 그렇게 느끼는 게

아닐까요?"

티마이라가 다른 오너들의 불안감에 제동을 걸었다.

"그럴 수도 있겠지. 아니, 그 점이 가장 중요해. 우리는 사막에 대해 너무 몰라."

그러나 이미 용병들은 작전을 돌이킬 수 없었다.

"의문점은 많지만 돌이킬 수 없소. 어차피 할 수밖에 없는 작전이라면, 우리가 할 수 있는 일을 생각해 봅시다."

용병단의 오너는 번호에 상관없이 동급이다. 그러나 번호가 앞선다는 것은 그만큼 용병단에서 오래 있었다는 것이고, 그 경험을 용병들은 존중했다. 투발루가 일행을 다독이자, 모두 의혹을 제기하는 것을 멈추고 내일 일을 논의했다.

날이 밝고, 용병단과 보병사단이 브리트 시를 떠났다.

용병단과 보병사단이 멀어져 보이지 않게 되자, 사령관은 말에 올라탔다.

"우리도 출발한다."

남부 제3기사단과 5개 보병사단은 용병단이 떠난 길과 다른 길을 잡아 나아갔다.

이번 작전에 제국은 엄청난 전력을 쏟아 부었다.

프란츠기사단과 남부 3개 기사단의 타이탄을 임시지만 모두 A형 타이탄으로 교체하고, 보병사단 여섯을 동원했다.

그동안 마우라 부족과의 전쟁에서 제국은 항상 곤란을 겪었다.

끝없이 펼쳐진 모래 언덕은 행군을 방해하고 보급을 방해했다. 식수를 구할 수가 없었다.

사막의 모래 폭풍은 사람이든 타이탄이든 움직일 수 없게 했고, 사막에 사는 와스티카는 그야말로 절망 그 자체였다. 모래를 뚫고 튀어나오는 와스티카의 거대한 입은 타이탄의 다리를 씹어 뜯을 정도로 튼튼했다.

반대로 사막 부족은 사막에서 길을 찾을 줄 알고, 모래 폭풍이 부는 때를 알고, 와스티카가 출몰하는 지역을 알고, 그에 더해 와스티카를 다룰 줄 알았다.

사막에서 마우라 부족은 무적이었다. 정말 다행인 것은 와스티카가 사막에서만 산다는 것이다.

제국은 엄청난 피해를 입었지만 그러면서도 사막을 배우고 사막 부족을 알아 나갔다.

마우라 부족은 전투에서는 항상 승리했지만, 20여 년간 배를 곯게 되었다.

그리고 사막에는 마우라 부족만 사는 게 아니었다. 다른 부족들은 처음에는 마우라 부족을 도왔으나, 전쟁이 오래가자 지치기 시작했다. 제국의 회유가 먹혀들어 갔다.

모래 폭풍이 불지 않는 날을 알게 되고 길을 안내해 줄 사람을 구하게 되었다.

그렇게 해서 이번 작전이 가능하게 된 것이다.

"후아! 가도 가도 모래 언덕뿐이구나!"

금세 또 물 한 모금을 들이켠 티마이라는 온몸이 땀으로 범벅이 되어 있었다.

"정말 브리트 시는 이곳에 비하면 천국이다."

안내인이 없었더라면 타이탄이 움직이지도 못했을 것이다. 모두 다 같은 모래처럼 보여도 안내인은 단단한 길을 알고 있었다.

"아직 한나절도 안 걸었는데 벌써 이러면, 이거 도착하기도 전에 지치겠다."

티마이라의 넋두리에 곧잘 대꾸해 주던 카모르찬도 힘든지 조용하기만 했다.

어제 논의 끝에 지원팀 중 정비요원은 브리트 시에 남기로 했다. 타이탄이 전투에 동원될 일도 별로 없을 것 같았고 정비요원은 오너, 예비 오너, 스카우터에 비해 체력이 약하기 때문이다.

그러나 막상 사막을 걷다 보니 그 결정이 실수였다는 것을 알았다. 타이탄은 그리 허술하게 만들어지지 않았기 때문에 모래 따위가 들어갈 일은 거의 없었지만, 사막에서 부는 바람에 모래보다 작은 미세한 입자들이 관절로 들어가 타이탄을 조종하는 오너들의 신경을 거슬렀다.

실제로 정비요원을 데려왔다고 하더라도 타이탄을 세워놓고 관절 부위를 닦아낼 여유는 없었을 테지만, 없는 것은 항상 아쉬운 법이다.

조종실 온도유지마법진은 맹렬하게 가동되어 조종사들의

기운을 뺐다. 마나가 쑥쑥 빠져나갔다. 조종석에서 나와도 더운 날씨에 몸이 쉽게 회복되지 않았다.

안내인이 가르쳐 준 모래 괴물의 이름은 와스티카.

사람이 다니는 길에는 잘 나타나지 않는다고 했다. 아니, 사막 부족이 와스티카가 없는 곳으로 다녀 길이 났다고 했다.

와스티카는 눈이 없고 귀도 없는 지렁이처럼 생긴 몬스터인데, 모래를 먹고 살다가 진동을 느끼면 적으로 간주하고 공격한다는 말에 오너들은 머리칼이 쭈뼛 섰다. 타이탄만큼 땅을 울리는 게 어디 있겠는가.

"어? 저기 풀이 있네."

티마이라가 지쳤다고 투덜대면서도 주변을 두리번거리더니, 바위 밑 그늘진 곳에 난 조그만 풀을 하나 발견했다.

모래뿐인 사막에서 발견한 풀이라 반가웠는지, 티마이라는 풀이 난 곳으로 다가가 쪼그려 앉았다.

취익!

풀을 쓰다듬으려고 손을 내미는 순간, 바위틈에서 시커먼 물체가 쏘아져 나와 티마이라의 손가락을 물려고 했다.

그러나 티마이라는 타이탄 오너였다. 재빨리 손을 피하고, 다른 손으로 녀석을 낚아챘다.

"뭐야, 이거?"

쥐와 뱀을 합쳐 놓은 것처럼 생긴 괴상한 짐승이 티마이라의 손에 붙잡혀 버둥거리고 있었다.

"내 손가락을 먹으려고? 거참, 그래 너도 먹고살려고 한 짓

이니 용서해 주마."

티마이라는 그 짐승을 휙 던졌다.

모래 위에 떨어진 그 녀석은 후다닥 바위틈으로 숨어들어 갔다. 풀의 체액을 빨아먹기 위해 찾아오는 벌레를 노려 잡아 먹는 녀석 같았다.

아무것도 살지 못할 것처럼 보이는 이 사막에서도 동물이 살고, 동물의 먹이가 되는 곤충이 살고, 곤충의 먹이가 되는 풀 이 살고 있었다.

밤이 되자, 기온이 급격히 떨어졌다.

타이탄의 뒤를 따라온 보병들이 짐수레와 낙타에 뭘 그리 많이 싣고 오는지 궁금해하던 용병단 일행은 밤이 되자 그 정 체를 알게 되었다.

낙타와 짐수레에는 물과 식량, 땔감과 건초, 천막과 옷가지 가 잔뜩 실려 있었다.

용병들은 그것을 보고 쓴웃음을 지었다. 전장에서 무기가 아닌 보급품을 저렇게 많이 싣고 다니는 것을 본 적이 없었던 것이다. 저 정도의 보급이 없이는 사막을 다닐 수 없다는 것이 리라. 타이탄이 없다면 절대 사막 부족을 이기지 못할 것이라 는 생각이 들었다.

사막이 어떤 곳인지 아직 완전히 알지는 못했지만, 단 하루 만에 용병들은 사막이 엄청난 곳이라는 것은 알 수 있었다.

"지금 맞게 가고 있는 거지?"

티마이라가 누구에게랄 것도 없이 중얼거렸다.

제이도 내심 불안했다.

며칠을 가도 보이는 것이라고는 모래, 모래뿐. 간간이 바위산이라도 나타나면 그렇게 반가울 수가 없었다.

어제는 조그만 초지를 지나쳤다. 오아시스라고 부르기도 민망한, 옛날에 대상(隊商)들이 잠시 쉬어가던 곳이었다. 듬성듬성 돋은 풀 몇 포기, 나무 몇 그루, 바위틈에서 찔끔찔끔 흘러나오는 물이 전부였지만, 사람은 참으로 나약하고 간사한 동물인지라 세상을 다 얻은 기분이었다.

너무나 반가웠지만 1만 명의 사단 병력이 머물기에는 너무나 작아서 보는 것으로 만족해야 했다.

그래도 녹색을 조금 봐서 그런지 하루 잠잠하던 티마이라가 다시 앓는 소리를 해대는 것이다.

"폴카도 씨."

"예."

며칠 간 씻지 못해 덥수룩한 수염에 먼지를 잔뜩 뒤집어쓴 제이가 비슷한 모습을 하고 있는 폴카도를 불렀다.

"무슨 일이 있어도 안내인을 보호하세요."

제이가 눈에 힘을 줬다.

"알겠습니다."

태양으로 방위를 찾고 별을 보고 길을 찾는 것도 다 사막에 익숙한 사람이나 가능한 일이다. 안내인이 없다면 이 사막에

서 도저히 길을 찾지 못할 것 같았다.

그때 멀리서 파도치듯 모래가 울룩불룩 솟구치며 선두에 선 타이탄 쪽으로 다가왔다.

"와스티카!"

안내인이 비명을 질렀다.

선두에 선 타이탄은 검을 거꾸로 쥐고 발치까지 다가오면 즉시 내려찍을 자세를 취했다. 그러나 일직선으로 다가오던 모래 더미가 더 이상 다가오지 않았다.

의아해하던 타이탄이 신경을 곤두세우고 있는데, 갑자기 발 밑이 흔들리며 커다란 물체가 입을 벌리고 솟아올라 타이탄의 다리를 덥석 물었다.

타이탄은 순간적으로 재빨리 뛰어 피하려고 했으나 이미 발목을 물려 버렸다.

까가강!

다른 타이탄들이 다가와 와스티카의 머리와 몸통을 내려쳤다.

쩡!

쨍!

단단한 바위를 때리는 소리가 나며 검이 팅겨졌다.

와스티카가 요동을 치며 몸을 빙그르 비틀자, 와스티카에게 발목을 물린 타이탄도 어쩔 수 없이 같이 돌았다.

옆에 있던 타이탄들이 검에 빛을 씌운 채, 타이탄 온몸의 무게를 실어 와스티카의 입 아래쪽에 쑤셔 박았다.

끼이익!

귀를 거스르는 엄청난 마찰음과 함께 검이 자루 부분만 남고 모두 와스티카의 몸으로 들어갔다.

요동치는 와스티카에게 다른 타이탄들이 접근하여, 돌처럼 단단한 마디 사이의 틈새로 반복해서 검을 찔러 넣었다.

쩌억!

퍼억!

거세게 몸을 트는 와스티카의 몸통에 부딪친 타이탄들이 휘청거렸지만, 타이탄의 공격은 계속되었다.

오랜 시간 몸을 뒤틀던 와스티카의 버둥거림은 계속된 타이탄의 공격에 결국 멎었다.

[끌어 올려보게.]

투발루의 지시에 와스티카 바로 옆에 있던 타이탄들이 몸 한쪽이 아직 땅에 박혀 있는 와스티카를 끌어 당겼다. 그러나 단단히 박혀 있는지, 녀석의 몸이 쉽게 뽑히지 않았다.

다른 타이탄들이 모래를 걷어내고, 동시에 녀석을 당겼다.

와스티카가 모래에서 쑥 뽑히며 모습을 드러냈다.

쿵!

와스티카를 당기던 타이탄이 거칠게 녀석을 놓았다.

3기의 타이탄이 여전히 경계를 늦추지 않은 채, 모습을 드러낸 와스티카에게 타이탄에 탑승하지 않았던 제이와 카모르찬이 먼저 다가가고, 이어 다른 오너들이 타이탄에서 내려 다가왔다.

8미터에 달하는 와스티카는 통통해서 지렁이라기보다는 번데기에 가까운 모습이었다.

와스티카의 상처 부위에서 누런 진액이 처참하게 흘러나오다가, 뜨거운 햇볕에 순식간에 지저분하게 달라붙었다.

"역시 껍질이 단단한 놈이라 안은 약하군."

상처 부위로 손을 쑥 집어넣어 이리저리 헤집어보던 투발루가 손을 꺼내 와스티카의 체액을 털어내며, 다른 용병들이 들을 수 있게 말했다.

"이 단단한 마디가 문제로군요. 물고기 비늘처럼 아랫마디 위를 윗마디가 덮듯이 나 있어서 마디 사이를 찌르기가 힘들겠어요."

"이빨 좀 보게. 타이탄 장갑을 짓이겨 놓고도 멀쩡하네."

"찢어진 장갑이 순식간에 부식되었군요. 이빨에서 강한 부식독이 나옵니다."

제이도 와스티카의 이빨과 찢어진 타이탄 장갑을 살피며 한마디 거들었다.

"이놈은 그리 빠르지는 않고 눈앞에서 갑자기 푹 파고들어 발밑에서 솟구치며 공격을 하니까 그 점만 주의하면 잡는데 문제없겠네요."

"그래. 푹 파고들었다가 올라오는 시점만 잡으면 피하는 것은 그리 문제가 아니야. 타이탄이야 그렇지만 다른 사람들은 어떻게 하지?"

"녀석이 나타나면 우리 일행에게 다가오기 전에, 마주 달려

나가 싸워야겠군.”

녀석에게 물리지만 않으면 타이탄에 그리 위협적이지 않다는 결론이 나왔다. 그러나 타이탄에 탑승하지 않은 사람들이 문제였다. 요동치는 몸통에 깔리기라도 하면 큰일이었다.

“이런 놈은 목숨이 질긴 것도 문제야. 죽을 때까지 찌르는 것은 오히려 우리 쪽 힘이 빠질 것 같아. 치명적으로 몇 번 찌르고 그냥 물러나는 게 낫겠어.”

“한두 놈이야 쉽게 처리하겠지만, 이거 떼 지어 나타나면 큰일나겠는데요.”

“그런 일이 없기를 바랄 수밖에.”

처음 보는 몬스터에 대한 대처 방법을 나름대로 세운 일행은 다시 길을 나섰다.

일행이 떠난 자리에는 거대한 덩치의 와스티카 한 마리가 모래 위에 덩그러니 남아 있었다. 어느새 나타난 작은 곤충들이 진액을 빨아먹기 위해 와스티카의 상처 부위를 뒤덮었다.

*　　　*　　　*

“족장님, 저기 매가 보입니다.”

마우라 부족 전사 하나가 손끝으로 북쪽 하늘을 가리켰다. 거의 눈에 띄지 않을 만큼 작은 점이 그곳 하늘에 있었다.

그 점은 많은 수의 물체가 나타나면 그 위를 날도록 훈련시킨 매였다.

"드디어 나타났군."

가까워 보여도 반나절 거리였다.

싸늘하게 북쪽 하늘을 바라본 족장은 전사들을 돌아보았다.

비쩍 마른 몸에 퀭한 눈. 전사들의 몰골은 형편없었다. 그러나 그 눈빛만은 살기로 번뜩였다.

조상을 모신 신성한 산을 훼손하려는 제국의 개들과 20년을 넘게 싸워 왔다. 전사들의 아비가 제국의 개들과 싸우다 죽었다. 그동안 굶주림에 지쳐 죽은 아이들만 해도 그 수를 헤아리지 못할 정도였다.

적의 대부대가 최후의 공격을 준비한다고 했다. 그동안 도와준 부족의 전사들이 이번 기회에 이 산에서 적을 몰살시키고 여세를 몰아 적의 도시를 처참하게 짓밟아주자고 했다.

오아시스의 방어 병력이 줄어드는 게 조금 걸렸지만 어차피 적을 오아시스까지 오게 하는 것도 마음에 들지 않았기에 이곳에서 적을 몰살시키기로 결정했다.

이곳에서 적을 모조리 죽여 그들의 피를 마시고 그들의 살을 씹으리라!

"전사들아! 적을 죽여 당당하게 조상 곁으로 가자! 가장 먼저 죽는 자가 가장 큰 명예를 얻으리라!"

"아라라라라!"

"아라라라라!"

"뭐야?"

용병단 일행은 어이없다는 표정으로 서로를 바라보았다.

트완카산에서 매복하고 있으리라는 예상과는 달리 전사들은 산을 등지고 당당하게 기다리고 있었던 것이다.

사막의 전사들은 거대한 타이탄을 보고도 아무런 동요도 없었다.

"폴카도씨, 싸움에 휩쓸리지 말고 반드시 안내인을 보호하세요!"

"예."

그렇게 지시를 내린 제이는 스톤을 소환해 탑승했다.

다른 오너들도 말은 안했지만, 강한 위기감을 느꼈다. 상대가 터무니없이 당당하게 나왔기 때문이다.

"아라라라라!"

"아라라라라!"

2천에 달하는 전사들이 먼저 말을 박차고 달려왔다.

[저것들이 미쳤나 봐. 먼저 간다.]

쿵쿵쿵쿵!

티마이라가 뛰쳐나갔다.

이곳에서 적을 기다리면 타이탄을 탑승하지 않은 사람들이 다친다. 티마이라의 판단이 옳았다. 다른 타이탄도 티마이라의 뒤를 따랐다.

삐이삐이!

삐리삐리!

그때, 보통 사람은 듣지 못할 굉장히 높은 음역대의 피리 소

리가 전장에 울려 퍼졌다.

제이를 비롯한 몇 명의 오너는 그 소리를 들었다.

'이것인가!'

쏴라락 쏴라락.

멀리서 울룩불룩 모래 더미가 솟아올라 타이탄을 둘러싸며 다가왔다. 모래 더미의 수가 셀 수 없을 정도로 많았다.

[젠장! 초원의 전사가 사막에 뼈를 묻겠구나!]

카모르찬은 욕설을 내뱉으며 그대로 적 기마를 짓밟았다. 이미 사람을 짓밟는다는 거리낌 따위는 없었다.

히히잉!

적 기마는 많은 희생을 내면서도 그보다 훨씬 많은 수가 그대로 타이탄을 지나쳐 보병을 쓸어갔다.

쌔액!

반월도가 번쩍일 때마다, 피가 튀었다.

말에 밟힌 병사는 가슴이 함몰되어 다시 일어나지 못했다.

여덟 기의 타이탄 주위에는 온통 적 기마와 와스티카뿐이었다.

와스티카는 아직 타이탄을 지나치지 못한 사막의 기마도 뒤집어 버리며 타이탄의 발을 노렸다.

쑤욱.

카강!

숫구치는 와스티카를 피해 이리저리 뛰어보지만, 와스티카의 수가 너무 많았다.

한 발을 물린 타이탄이 짙은 빛을 씌워 와스티카의 머리를 찔렀다.

써억!

와스티카는 머리를 찔렸음에도 그대로 발을 물고 요동쳤다.

그때 또 다른 와스티카가 다른 발을 물어버렸다.

와작!

쿵!

두 발을 물린 타이탄은 균형을 잃고 쓰러졌다.

와스티카들이 쓰러진 타이탄으로 몰려들어 팔, 다리, 머리 할 것 없이 물어뜯었다.

끼이익!

장갑이 뜯어져 나가고, 관절이 부서지는 처참한 소리를 내며 타이탄은 순식간에 해체되었다.

와스티카가 너무 많았다. 발밑이 온통 와스티카 천지였다.

'이대로는 다 죽는다!'

제이는 솟구치는 와스티카의 입을 재빠르게 피하며 검푸른 빛을 검에 씌워 와스티카의 입을 베어 찢었다.

와스티카는 고통에 몸을 뒤틀었다. 모래가 하얗게 뒤집혀 날렸다.

[남쪽을 뚫고 산으로 올라가라! 남쪽을 뚫고 산으로 올라가라]]

그렇게 소리치며 제이는 다른 타이탄을 노리는 와스티카에게 한 방씩 먹이고는 북쪽으로 뛰었다.

그곳에는 예비 오너들과 스카우터들이 사막 전사들과 싸우고 있었다.

솟아오르는 와스티카의 입을 이리저리 피하며 지원팀에게 달려간 제이는, 눈에 띄는 사막 전사들을 밟아버리고 소리쳤다.

[남쪽으로 달려 산으로 올라가라! 타이탄의 진동 때문에 와스티카가 노리지 않을 것이다]

타이탄이 울리는 진동은 말이나 사람의 진동에 비할 바가 아니다. 지원팀은 와스티카가 오직 타이탄을 노리기만을 바라는 수밖에 없었다.

폴카도는 제이의 외침을 듣고 안내인을 뒤에 태운 채 남쪽으로 직진했다. 이미 이곳도 와스티카의 권역이라 와스티카를 피해 멀리 돌아갈 여유 따위는 없었다.

폴카도의 뒤로 다른 예비 오너와 스카우터들이 말을 달렸다.

먼지를 일으키는 지원팀의 질주 사이로 와스티카가 솟구쳐 말과 사람을 통째로 물고 들어갔다.

그래도 지원팀은 멈추지 않고 달렸다.

제이도 그들과 좀 떨어진 곳에서 지축을 울리며 남쪽을 향해 달렸다.

몇몇 타이탄들은 와스티카의 포위망을 거의 뚫었지만, 아직 남아 있는 수가 더 많았다.

이미 발 한쪽이 뜯겨나가 쓰러진 티마이라의 타이탄 주위로 와스티카들이 입을 벌리고 있었다.

나는 듯이 달려간 제이는 티마이라의 타이탄을 노리는 와스티카의 입을 강하게 걷어차고 소리쳤다.

[티마이라! 동화 해제하고 튀어나와!]

다른 와스티카가 제이의 다리를 노렸다.

쌔액!

제이는 재빨리 피하고 녀석의 입을 위에서 아래로 뚫어버렸다.

[티마이라! 어서 동화 해제하고 튀어나와!]

그러나 티마이라는 나오지 않았다.

이미 마나 고갈에 빠졌다고 생각한 제이는 타이탄의 가슴을 거칠게 뜯어내고 기절한 티마이라를 강제로 끄집어냈다. 몹시 위험한 행동이었지만 더 생각할 것도 없었다.

기절한 티마이라를 왼손에 들고 제이는 다른 타이탄에게 다가갔다.

[뛰어! 앞만 보고 뛰어!]

제이의 외침을 들어서인지 타이탄은 다리를 노리고 달려드는 와스티카를 생각하지도 않고 남쪽으로 뛰었다.

달아나는 타이탄의 다리를 갑자기 솟구친 와스티카가 물어버렸다.

[동화 해제하고 튀어나와!]

다행히 그 오너는 제이의 말을 알아듣고, 재빨리 동화 해제하고 가슴을 열고 밖으로 뛰었다.

제이는 뛰어내리는 오너를 순식간에 낚아채고, 그대로 남쪽으로 뛰었다.

다른 두 기의 타이탄 주위로는 다가갈 수도 없었다.

끼이익!

까강!

강철의 몸뚱어리가 뜯겨나가는 소리가 사막에 메아리쳤다.

전투는 아직 끝나지 않았다.

아니, 전투는 이미 끝났다. 지금 산 아래에서 벌어지고 있는 행위는 전투가 아니라 사막 부족의 축제였다.

용병단 일행이 트완카산에 오르고 수많은 와스티카들이 산 밑에서 꿈틀대는 동안, 사막의 전사들은 성스러운 의식을 펼치고 있었다.

제국 병사들의 수레에는 먹을 것과 마실 것이 수북이 실려 있었지만, 전사들은 그것을 거들떠보지도 않았다. 그들에게는 조상에게 더 가까이 다가갈 수 있는 멋진 번제물(燔祭物)이 사방에 널려 있었던 것이다.

"아라라라라!"

"끄악!"

살기와 원독에 가득 찬 사막의 전사들은 제국 병사들의 비명에 희열을 느끼고, 이미 소진한 근력 대신 혼을 불사르며 축제를 즐겼다.

죽은 아버지와 죽은 아이의 혼을 불러들여 해가 지고, 별이

뜨고, 다시 해가 뜨는 동안 제국군의 수레를 불태워 어둠을 밝힌 채 성스러운 복수의 축제를 즐겼다.

보병사단은 용병단 일행의 뒤쪽에서 대기하고 있었기 때문에, 단 한 명의 병사도 트완카산에 오르지 못했다. 물론 많은 병사들이 사막 전사의 기마를 피해 사막 곳곳으로 뿔뿔이 흩어져 도망쳤지만, 그들도 곧 축제의 제물이 된 동료의 뒤를 따를 것이다.

수많은 전장을 돌아다닌 용병들도 이토록 처참하고 광기어린 싸움터를 본 적이 없었다.

이건 전쟁도 뭣도 아니었다.

트완카산에 오른 용병들은 그 누구도 입을 열지 않았다.

제국 병사들의 차례가 지나면 곧 자신들의 차례가 오리라.

트완카산에 올라온 타이탄 세 기는 번갈아가며 번을 섰다.

지금은 사막 전사들이 제국 병사를 잡느라 눈이 뻘게져 있지만, 언제 용병단을 공격할지 모른다.

타이탄을 인간 병력으로 상대하는 전술은 상당히 오래된 것이지만, 현재는 거의 사용되지 않는다.

사람이라는 점을 고려하지 않는다면, 타이탄에 비해 훨씬 싸게 먹히는 것이 사람이다. 타이탄의 운용 시간에는 한계가 있고, 그 시간 동안 타이탄의 지원팀을 노리거나 타이탄의 보조 병력을 노리는 방식으로 전술을 구사하면 결국 막대한 병력 피해를 입지만, 잘하면 마나 고갈에 빠져 움직이지 못하는 타이탄도 잡을 수 있다.

그러나 아무리 훈련이 잘된 병력일지라도 거대한 타이탄이 주는 공포를 이기기란 쉽지 않았다. 그보다 이런 작전을 구사한 군대는 통렬한 보복을 받았다. 병사 하나까지 쫓아가 짓밟아 버렸다. 그래서 암묵적으로 전쟁의 양상이 타이탄 전(戰)으로 바뀌게 된 것이다.

사막 부족에게는 이러한 상식이 통하지 않았다. 말을 타고 타이탄에 돌진했다. 마나 고갈을 노린 것인지 아니면 그저 용감한 것인지는 알 수 없지만 어떤 식으로든 트완카산을 공격해 오리라 생각했다.

"결국 이런 것이군."

살아남은 투발루가 침통한 어조로 말했다.

제이는 투발루의 말에 고개를 끄덕였다.

"제국 개새끼들이 우리를 미끼로 썼단 말이지."

뭔가 자꾸 찜찜하던 것이 순식간에 풀렸다. 많은 희생을 대가로.

사막 부족의 약탈에 골머리를 앓았다는 제국이 사막 부족을 너무 가볍게 생각한다는 것부터가 말이 안 되는 것이었다. 용병단의 타이탄만 동원하고, 제국의 타이탄은 단 한 기도 동원하지 않은 것도 이상했다.

제국은 사막 부족의 전력을, 그중 와스티카를 이미 충분히 알고 있었을 것이다.

지금 산 밑에서 꿈틀대는 와스티카 200여 마리를 상대하려면, 아마 제국의 기사단 두세 개가 달려들어도 승리를 장담하지 못할 것이다.

정확히 제국이 무엇을 노리고 있는지 알 수 없었지만, 자신들과 보병사단 한 개를 미끼로 던져 준 만큼 그보다는 큰 것을 노리리라고 짐작했다.

"티마이라는 어떤가?"

"위험하오."

이미 마나 고갈 상태에 빠져 있던 티마이라를 강제로 동화 해제시켰던 것이다.

간간이 제국 병사의 비명 소리가 들려왔다.

"공격을 하지 않고 그냥 말려죽일 셈인가?"

사막의 전사들은 살육의 축제를 끝내고 산 밑에서 쉬고 있었다.

"공격을 해오든 그냥 포위한 채로 버티든, 우리가 이 상황을 벗어날 방법이 보이지 않는군요."

트완카산에는 아무것도 없었다. 먹을 것도 마실 것도. 그늘도 찾기 힘들었다.

"일단, 뭘 좀 먹어야지."

어제 전투 이후로 아무것도 먹은 게 없었다.

투발루는 직접 단검을 들고 일어나 말 한 마리를 잡았다. 몇 명의 용병이 달려들어 해체 작업을 도왔다.

말의 피를 모아 나눠 마시고, 간과 염통을 그 자리에서 나눠 먹었다. 그리고 고기를 길게 잘라 바위 위에 널어놓았다. 이런

햇볕이라면 순식간에 포가 만들어질 것이다.

'살아 있다면 기회가 오겠지.'

제이는 말의 피와 간을 조금 먹은 뒤, 카모르찬을 대신하여 타이탄에 올라 번을 섰다.

*　　　*　　　*

쿵. 쿵.

10여 마리의 와스티카를 순식간에 제압한 타이탄들이 오아시스로 들어갔다.

"빨리 병력 전개를 마치도록!"

"알겠습니다, 사령관님!"

마우라 부족의 오아시스는 그저 작은 초지가 아니었다. 마우라 부족 사람들을 모두 제압하려면 빨리 움직여야 했다.

50여 기에 달하는 남부 제3기사단의 타이탄이 부족민이 달아나는 것을 막기 위해 사전에 정해진 위치로 달려갔다. 발밑에 집이 밟히든 사람이 밟히든 신경 쓰지 않았다.

이 작전을 위해 오래전부터 매복하고 있던 제1, 2기사단의 타이탄은 오아시스의 동쪽과 서쪽에서 들어오고 있을 것이다. 그리고 프란츠기사단의 일부는 오아시스 남쪽에서 들어오고, 일부는 더소피리산에 남아 있는 부족의 전사들을 제압할 것이다.

타이탄과 5개 보병사단이 오아시스를 둘러싸며 마우라 부족민을 한 곳으로 몰아갔다.

그때, 오아시스 한 곳에서 매가 날았다.

"사령관님!"

부관이 손가락으로 매를 가리켰다.

"그래, 빨리 오면 이틀이겠지. 서두르도록!"

사령관은 이미 예상했다는 듯이 여전히 냉정을 유지하고 있었다.

군인은 명령이 모든 것에 우선한다.

원수의 피로 한바탕 목욕을 하고난 뒤, 온몸이 뻐근한 전사들은 오랜만에 편한 마음으로 각자의 말 옆에서 쉬고 있었다.

강철 거인이 대단하기는 하지만 산으로 올라간 것은 기껏해야 세 기뿐이었다. 산 밑에 와스티카가 있어서 절대 내려올 수 없다.

족장은 산에 올라간 이삼십 명의 적을 공격할지 말지 고민했다.

어차피 셋뿐이다. 전사들이 공격하면 저 강철 거인은 두세 시간 후에 움직임이 멎을 것이다. 그러나 전사들이 많이 죽을 것이다.

전사들은 죽음을 두려워하지 않지만, 이제 복수의 시간이 끝나고 약탈의 기쁨을 맛봐야 할 전사들을 더 이상 죽게 하고 싶지 않았다.

'이대로 포위하면 어차피 지쳐 죽는다.'

족장은 편하게 마음먹기로 했다. 복수를 할 수 있었다는 기쁨이 이처럼 사람 마음에 여유를 가져다주었다.

"족장님!"

한 전사가 하늘을 가리켰다.

오아시스 방향에서 매 한 마리가 날아오고 있었다.

'무슨 일이지?

매는 한 전사에게 날아갔고, 전사는 매를 잡아 발목에 달린 통을 열고 양피를 꺼냈다.

전사는 족장에게 그 양피를 공손히 받쳤다.

양피를 받아 읽은 족장의 얼굴이 삽시간에 굳었다.

"모두 일어나라! 돌아간다!"

축제 뒤에 고요했던 사막에 말 투레질 소리와 '삐리삐이' 하는 높은 피리 소리가 울려 퍼졌다.

"저것들이 물러나는데?"

용병들이 웅성거렸다.

말을 탄 사막의 전사들이 빠르게 남쪽으로 이동하고, 그 뒤로 모래 더미가 길게 수많은 선을 긋고 있었다.

"우리가 내려오게 유인하는 건가?"

"알 수 없지요. 무슨 일이 생긴 것일 수도……."

"어쨌든 당장 내려가기는 꺼려지는군."

투발루의 말에 일행은 고개를 끄덕였다.

산 밑에 와스티카를 대기시키고, 모두 떠나는 척하는 것일 수도 있기 때문이다.

어쨌든, 바로 눈앞에 적이 보이지 않는 것만으로도 용병들의 마음은 조금 가벼워졌다.

"저들이 유인하는 것이든 아니든 산 밑에 와스티카가 있는지 지금 알아야겠소. 물과 식량이 필요하오."

그렇게 말한 제이는 스톤을 타고 조심스럽게 산 밑으로 내려갔다.

와스티카가 없다면 온전히 남아 있는 수레에서 먹을 것과 마실 것, 천막 등을 가져와야 했다. 용병 중 몇 명은 몸 상태가 아주 좋지 못했기 때문이다.

밑으로 내려온 제이는 보병사단이 있던 곳으로 달렸다. 와스티카가 있다면 진동을 느끼고 나올 것이다.

보병사단이 있던 곳까지 달려도, 모래 더미는 솟구치지 않았다. 유인이든 아니든, 지금 이곳에 와스티카는 없는 것 같았다.

제이가 하는 양을 지켜보고 있던 용병들은 고개를 끄덕였다.

카모르찬은 장갑이 크게 손상된 자신의 티쿠마를 타고 제이에게 갔다. 아무래도 혼자 찾는 것보다는 둘이 찾는 게 나을 것 같았다.

보병사단이 있던 자리는 처참하다는 말로도 부족했다.

심하게 찢긴 시신들은 하루 만에 사막의 햇볕에 말라 원래의 형체를 잃어 갔다. 타이탄이 땅을 울리자 시체 밑에 있던

작은 동물과 곤충들이 놀라 쪼르르 도망쳤다.

온전한 수레를 찾던 둘은 기어이 파괴되지 않은 수레를 하나씩 찾아 들고 산으로 다시 올라갔다.

기다리던 용병들이 수레를 뒤져 천막을 치고 일단 환자를 옮겼다. 그리고 먹을 것과 마실 것을 꺼냈다. 없다면 모를까 있는 식량 대신 초라한 말고기 포를 일부러 먹을 필요는 없었다.

여전히 돌아가면서 번을 서고 환자를 돌보며 용병들은 이틀을 더 트완카산에서 보냈다.

이틀이 지나도 사막 부족은 다시 나타나지 않았다.

이 넓은 세상, 사람은 아무 데로나 다닐 수 있을 것 같지만 그렇지 않다.

개인적이든, 자연적이든, 정치적이든, 여러 가지 이유로 사람이 다닐 수 있는 길은 제한되어 있다.

사막에서도 마찬가지였다.

모래 밑에 바위든 자갈이든 제법 단단한 바탕이 깔려 있어야 하고, 중간에 쉴 수 있는 곳이 있어야 하고, 무엇보다도 와스티카가 없어야 사람이 다닐 수 있는 길이 된다.

브리트와 마우라 부족의 오아시스를 잇는 길은 트완카산을 거치는 그 길 하나뿐이었다.

'제국의 개들이 어떻게?'

급한 마음에 잠도 거의 자지 않고, 전사들을 이끌고 오아시스로 돌아가는 족장의 마음에는 의문이 가득했다.

'설마?'

하나가 더 있기는 했다.

중간에 작은 오아시스도 있고, 자갈과 바위가 듬성듬성 드러나 있는 곳. 하지만, 그 주위에는 얼마나 될지 모르는 엄청난 수의 와스티카가 살고 있어 사막 부족도 접근하기를 꺼려하는 곳이었다.

그곳에서 와스티카를 피하려면 반드시 암석지대 위로 걸어야 했다.

그러나 사막의 지형은 바람에 수시로 바뀌어 하루아침에 모래 언덕이 생겼다 사라지곤 하기 때문에, 그곳에서 길을 찾는 것은 누대에 걸쳐 사막에서 살아온 부족 사이에서도 극히 노련한 사람만이 가능한 일이었다.

20여 년간 사막에서 싸워 왔다고 해도, 제국의 개들은 절대로 그 길을 찾을 수 없다.

족장은 이내 고개를 저었다. 당장 중요한 일은 이미 오아시스에 들어온 제국의 개들을 어떻게 처리하는가 하는 것이다.

이미 엄청난 수의 강철 거인들이 침입했다. 그러나 와스티카는 오아시스로 들어갈 수 없다.

'어찌한단 말인가!'

족장의 가슴은 한없이 무거웠다.

"사령관님! 그렇게 하면 타이탄 손실이 상당할 것입니다."

오아시스 점거도 끝나고, 더소피리산 정리도 끝났다. 이제 돌아오는 전사들만 처리하면 이번 작전은 끝이 난다.

"이곳 오아시스는 제국의 영토가 되었다. 앞으로 이 오아시스와 제국과의 왕래가 잦아질 텐데, 위협 요소는 없애는 게 좋아. 사막 부족이 다루는 와스티카는 너무나 위험하다. 지금이야 다른 부족들이 우리 뜻에 따른다고 하지만 언제까지 그럴지는 모르는 일이 아닌가. 이번 기회에 다른 부족의 와스티카도 처리한다. 마우라 부족과 다른 부족들의 와스티카를 싸우게 한 뒤, 남은 와스티카를 모조리 제거하라!"

회의 끝에 내려진 사령관의 명령은 절대적이다.

"알겠습니다, 사령관님."

20여 년간 와스티카에게 엄청난 수의 타이탄을 잃었기 때문에 제국은 와스티카를 길들이기 위해 많은 연구를 해왔다. 그러나 결국 성공하지 못했다.

그동안 와스티카를 길들이는 대략적인 과정을 알아냈다. 와스티카의 알을 구한 뒤, 그 알에 사막 부족 고유의 주술을 걸었다. 알을 구하는 것도 힘들고 주술이 성공할 확률도 높지 않았다. 와스티카를 길들이는 것은 몹시 어려운 일이었다.

이번 작전에 협력한 부족에게 그 주술을 제공하라고 했지만 거부당했다. 당연한 일이다. 20여 년간 싸워 온 상대에게 자신의 무기를 제공할 사람은 아무도 없다.

"비록 사막 부족이 와스티카를 새로이 길들이는 것을 막지는 못하겠지만, 보유하고 있던 와스티카를 없애 버리면 상당한 타격이 될 것이다."

50기의 타이탄이 오아시스로 들어오는 입구에 늘어서서 돌아오는 사막의 전사들을 기다렸다.

모래 먼지를 일으키며 달려온 전사들은 엄청난 수의 타이탄이 뿜어내는 위압감에 잠시 주춤하다가, 이내 말을 달렸다. 많은 수이기는 하지만, 저 정도면 해볼 만하다는 생각이 들었던 것이다.

그때, 50기의 타이탄 옆으로 무수히 많은 타이탄들이 모래바람을 뿌리며 순식간에 나타났다.

놀란 전사들은 급히 말을 멈췄다.

족장은 가슴이 철렁 내려앉았다. 강철 거인의 수가 와스티카보다 많아 보였다. 도저히 이길 수가 없는 숫자였다.

'아! 조상이시여! 우리 부족이 이렇게 끝나는 것입니까!'

온몸에 힘이 다 빠졌다. 참담함에 눈물이 흘렀다.

[제국은 약속을 지킬 것이다. 전사들이여! 이리로 오라!]

제국의 타이탄 가운데 하나가 사막이 울릴 정도의 큰소리로 외쳤다.

[제국은 약속을 지킬 것이다. 전사들이여! 이리로 오라!]

반복되는 타이탄의 외침에 뒤에 있던 전사들 가운데 상당수가 쭈뼛거리더니, 이내 작심한 듯 말을 몰아 제국 진영으로 넘어갔다.

남은 전사들은 무슨 일인지 몰라 잠시 멍한 표정으로 넘어

간 전사들을 둘러보았다.

그러나 곧 상황을 파악했다. 넘어간 전사들은 마우라 부족을 돕기 위해 왔던 다른 부족의 전사들이었던 것이다.

"이 제국의 개만도 못한 놈들아! 조상님께 부끄럽지도 않느냐!"

마우라 부족 전사들은 분노했다. 엄청난 숫자의 타이탄보다 믿었던 전사의 배신에 더 큰 충격을 받았다.

마우라 부족 전사들의 꾸짖음에 다른 부족 전사들은 차마 고개를 들지 못했다.

족장은 이 사태를 보고 피가 거꾸로 솟는 것 같았다.

"더러운 무리들아! 내 죽어서도 너희를 저주하리라!"

말을 박차고 나가며, 족장은 피를 토해 피리에 담았다.

삐리삐이!

마우라 부족의 전사들은 마지막이라는 것을 알면서도 전혀 주저하지 않고 족장의 뒤를 따랐다. 조상님께 다가가는 영광의 길이었다.

"아라라라라!"

"아라라라라!"

타이탄도 배신자도 보이지 않았다. 반겨 주는 조상과 함께 달려가는 동료만을 가슴에 담은 전사들은 사막의 마지막 바람을 느꼈다.

삐리삐이!

와스티카의 돌진에 사막이 울었다.

마우라 부족 전사의 돌진에 바람이 축복했다.

마우라 부족 전사의 분노에 찬 마지막 돌진에도 제국의 타이탄은 전혀 움직이지 않았다.

[전사들이여! 제국은 약속을 지킬 것이다. 너희도 마음을 보여라. 와스티카로 저들을 막아라!]

다른 부족의 전사들은 무슨 뜻인지 얼른 이해하지 못했다. 이 말은 약속에 들어 있지 않은 말이었다. 그러나 이내 무슨 뜻인지 깨달은 전사들은 발끈했지만, 체념하고 피리를 불었다. 이미 막다른 길이었다. 이 순간 제국의 말을 거부할 수가 없었다.

삐리삐리!

피리를 불어 와스티카를 마우라 부족의 와스티카와 상대하게 한 후, 타이탄 뒤로 몸을 숨겼다. 차마 마우라 부족 전사와 싸울 수는 없었던 것이다.

마우라 부족 전사는 혼을 불사르며 거침없이 타이탄에게 부딪쳐 들어갔다.

제국의 타이탄은 말과 전사를 함께 바수었다.

사막에 붉은 무지개가 피어났다.

전사 하나, 말 한 마리 살아남지 못했다.

전사를 대신한 와스티카끼리의 싸움은 사막을 뒤집으며 질기게 이어졌다.

이를 지켜보던 제국의 타이탄은 수가 많은 마우라 부족의 와스티카 쪽으로 싸움의 추가 기우는 순간 뛰어들었다.

타이탄은 마지막 한 마리 와스티카의 움직임이 멎을 때까지
찌르고 또 찔렀다.
　마우라 부족은 멸망했다.

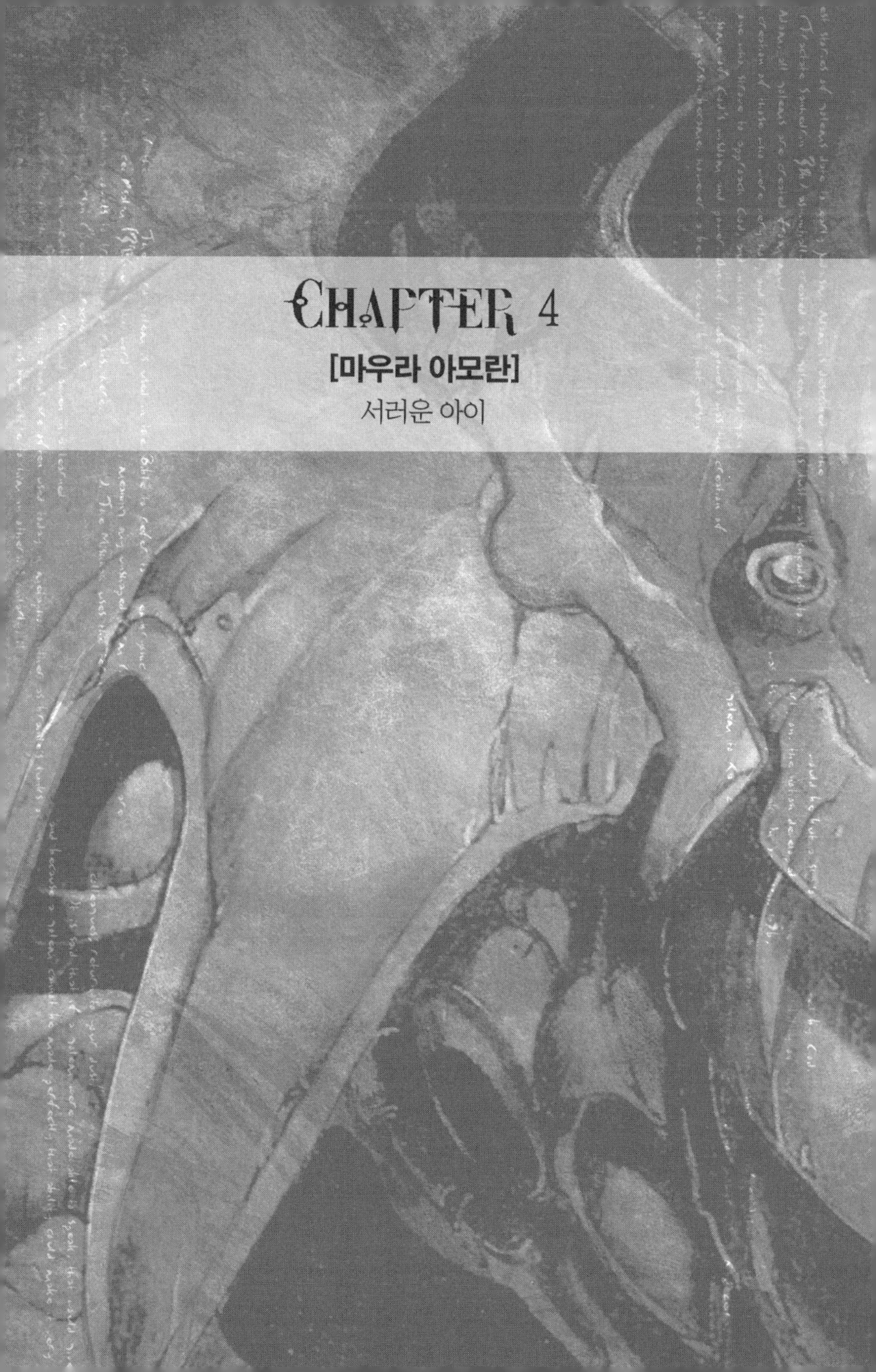

CHAPTER 4

[마우라 아모란]

서러운 아이

용병들은 사막의 전사가 사라진 게 유인 작전이 아니라고 확신했다. 전사들이 너무 갑작스럽게 떠난 것도 그렇고, 이틀을 더 기다려도 전사들이 나타나지 않았기 때문이다.

무엇보다, 이번 작전이 용병들을 미끼로 쓴 것이라면 아귀가 딱 맞아 떨어졌다.

사막 부족 주력이 이곳에서 용병들을 상대하는 동안 본거지에서 뭔가 일을 냈다. 그래서 급하게 사막 부족이 돌아간다.

더 이상 말이 필요 없을 정도였다.

그러나 아무리 확신하더라도 어디까지나 짐작일 뿐, 확실한 것은 아니었다.

"안내인에게서는 더 들을 게 없을 것 같습니다."

"어쩔 수 없지. 죽일 수도 없는 일이고. 제국과 모종의 거래가 있었을 거야."

안내인이 사막 부족이 와스티카를 다룰 줄 안다는 얘기만 해주었더라도, 이렇게 피해가 크지는 않았을 것이다. 아니, 의뢰를 포기했을 것이다.

그는 몰랐다고 잡아뗐지만, 용병들은 믿지 않았다. 사막을 잘 아는 그가 몰랐을 리가 없다. 고문하고 다그쳐 봐도, 그는 끝내 몰랐다는 말만 했다.

죽일 수도 없었다. 용병단 일행은 사막에서 길을 찾을 줄 모르기 때문이다.

용병단 일행은 앞일을 의논했지만 뚜렷한 결론은 나지 않았다.

투발루가 입을 열었다.

"제국이 사막 부족의 전력을 몰라 잘못된 정보를 제공했다고 하더라도 그것은 제국 측 잘못이고, 알고도 일부러 우리를 사지로 몰아넣었다면 더더욱 제국의 잘못이네. 우리는 우리가 입은 피해에 대한 배상을 요구해야 해. 이대로 하란으로 돌아갈 수는 없어. 타이탄 다섯 기 완파에 두 기 파손, 오너 3명 사망, 1명 중상, 지원팀 50여 명 사망…… 피해가 너무 커. 어떻게든 배상을 받아내지 못하면 우리는 완전히 무시당하고 말아. 아무리 제국이라 할지라도 말이야."

용병계에서도 평판은 중요했다.

“그러나 제국 측이 우리 요구를 들어주지 않을 것입니다.”

“제국이 우리 요구를 들어주도록 해야지. 우리는 제국 측에서 빼도 박도 못할 뭔가를 쥐고 요구를 해야 해.”

현실적으로 불가능해 보였다.

일행의 표정이 어두워졌다.

“그보다, 이제 우리는 어떻게 합니까? 브리트로 갑니까? 아니면 오아시스로 갑니까? 그것도 아니면 당분간 여기서 기다립니까?”

“환자들을 사막에서 이동시키는 것은 좋지 않습니다.”

“여기에 계속 있을 수도 없지 않나?”

“일단 여기에서 기다리는 게 좋겠군요. 나와 폴카도씨가 안내인을 데리고 오아시스 쪽으로 가보겠습니다. 모두가 예상한 대로 아마 제국이 오아시스를 쳤을 겁니다. 가서 제국군을 만나 얘기를 들어보겠습니다. 그리고 치료사도 데리고 오겠습니다. 만약 제국과는 상관없이 사막 부족이 다른 일로 돌아갔다면, 무슨 일로 돌아갔는지 알아보는 것도 좋을 겁니다. 제국에 정보를 제공하면 피해 배상에 유리할 수도 있으니까.”

대화를 듣던 제이가 냉정한 어조로 자신의 의견을 내놓았다.

일행은 고개를 끄덕였다. 그 의견이 타당해 보였다.

“너무 위험하지 않을까? 와스티카가 너무 많잖아?”

카모르찬이 걱정했다.

“세 명 정도면 충분히 피할 수 있을 거요.”

싸우려고 작정한 것이 아니라면 피할 자신이 있었다.

*　　　　*　　　　*

세 사람은 보병사단이 데려온 낙타를 붙들어 필요한 물건을 싣고, 각자 말에 탄 채 오아시스를 향해 떠났다.

사막 부족이 지나간 흔적은 전혀 찾을 수가 없었다. 모래 폭풍이 아니더라도 사막에서 부는 바람은 모든 흔적을 순식간에 지워버렸다.

안내인은 아무 흔적도 없는 길을 잘도 찾아갔다.

제이야 워낙 말이 없고, 안내인은 제국과 모종의 일이 있으리라 의심을 받고 있기 때문에 딱히 말을 걸고 싶지 않아서, 일행은 그저 황량한 사막을 말없이 걸었다.

그렇게 이틀을 갔을 때, 아주 먼 모래 언덕 위에 어떤 물체가 보였다.

"제이 님, 저기……."

오너 출신인 폴카도가 그것을 놓칠 리가 없었다.

제이도 그것을 봤지만, 그냥 가려고 했다. 제이는 그 형체까지 알아볼 수 있었던 것이다.

그러나 폴카도가 지적한 마당에 그냥 가자고 하기도 뭣해서, 말에서 내려 그 물체가 있는 곳까지 같이 갔다.

그 물체에 접근한 폴카도는 눈살을 찌푸렸다.

모래 위 물체는 사람이었다.

배가 불룩한 여자가 누워 있고, 그 여자 위로 작은 아이가 엎드려 있었다. 그리고 그 옆에 보퉁이 하나가 놓여 있었다.

죽은 것 같았다.

폴카도는 두 시신을 나란히 뉘어줄 작정으로 다가갔고, 제이는 그저 멀찍이 서서 지켜보았다.

못 먹었는지 빼빼 마른 몸에 배만 불룩한 여자는 치마에 피가 말라붙어 있었다. 만삭의 몸으로 아이를 데리고 모래 언덕을 넘느라 하혈을 한 흔적이었다.

가까이 다가간 폴카도는 아이의 미약한 호흡 소리를 들었다. 깜짝 놀란 폴카도는 얼른 손을 뻗어 아이의 목에 대고 맥을 확인했다. 뛰고 있었다.

마음이 급해졌다. 아이에게 물을 먹여야 했다.

기진맥진한 이 아이를 들고 뛸 수는 없었다.

폴카도는 저 멀리 말에 매달린 수통을 가지러 뛰어가며 제이를 쳐다보았다.

"아이를……."

폴카도가 하는 양을 지켜보던 제이는 마뜩치 않은 표정으로 아이에게 다가갔다.

처음부터 이 아이가 살아 있다는 것을 알았더라면 여기까지 오지 않았을 것이다. 지금 사막에서 이 아이를 구해 뭘 어쩌자는 것인가? 제 코가 석자인 상황이다.

어차피 이 세상에 굶주리고 약한 아이들은 넘쳐나게 많다. 하란 시 뒷골목에만 가도 쥐 한 마리를 두고 싸우는 아이, 배고파 움직이지도 못하는 아이, 다리병신이 된 아이, 눈이 먼 아이. 별의별 아이들이 다 있었다.

동료는 등을 지켜주는 존재라서 구할 가치가 있다. 이 아이는 지금 발목을 묶는 철구(鐵球)나 다름없다.

그러나 폴카도가 순식간에 일을 벌여 미처 제지할 새가 없었다. 제이는 폴카도의 말이 떨어지자, 자신의 생각을 정리할 여유도 없이 그저 몸이 움직여 아이를 안아 들었다.

여자의 옷자락을 쥐고 있던 아이의 손이 스르르 풀리며, 아이가 제이의 가슴으로 들어왔다.

아이와 가슴이 맞닿는 순간, 제이는 가슴이 철렁했다.

아이를 내팽개치고 싶었다.

애써 구축해 놓은 세계가 흔들렸다.

그러나 한번 품에 안아버린 아이는 제이의 심장에 구멍을 내며 파고들었다.

아이는 너무나 가벼웠다. 얼마나 울었는지 얼굴에 모래 먼지가 잔뜩 들러붙어 있었다.

아이를 안아든 제이는 자기도 모르게, 폴카도가 한 걸음이라도 빨라지도록, 조심스럽게 폴카도 쪽으로 걸음을 옮겼다.

수통을 들고 뛰어온 폴카도는 자신의 옷자락에 물을 조금 묻힌 다음 옷자락을 아이의 입에 물렸다.

아이는 빨아먹을 힘도 없는지, 입술만 작게 달싹였다.

'어쩌란 말이냐!'

자신의 의지를 멋대로 휘두르는 것은 마호른이나 이 아이나

마찬가지다. 마호른을 거부할 힘은 없지만, 이 아이는 거부할
수 있다.

아이를 내려다보며 제이는 입술을 깨물어 정신을 수습했다.
성긴 구멍이 난 마음을 다시 메웠다.

'두고 간다!'

제이는 아이를 내려놓았다.

폴카도가 의아한 눈빛으로 쳐다보았다.

"갑시다."

제이는 뒤도 돌아보지 않고 말이 있는 곳으로 걸었다.

그러나 폴카도는 움직이지 못했다.

'이럴 수는 없다!'

물론, 지금 가는 길이 결코 순탄치 않다는 것은 폴카도도 알
고 있었다.

상대가 사막 부족이라면 싸우게 될지도 모르고, 제국이라
해도 반길지 의문인 상황이었다. 게다가 제국에서는 사막 부
족을 노예로 삼으려 한다. 그보다 자신이 이 사막에서 무사히
빠져나갈 수 있을지도 장담하지 못했다.

'그래도 이럴 수는 없는 것이다.'

이럴 거면 처음부터 그냥 두는 게 나았다. 괜히 물을 적셔주
어 아이가 겪을 고통의 시간만 늘어났다.

머릿속에서 천년의 시간이 지나갔다.

폴카도는 길게 숨을 내쉬며 단호한 눈빛으로 아이를 내려다
보았다. 이윽고 단검을 꺼내 들어 아이 앞에 무릎을 꿇고 앉아

아이의 심장을 겨눴다.

칼끝이 부들부들 떨렸다.

그러나 끝내 찌르지 못한 폴카도는 단검을 집어던지고 말을 향해 뛰었다.

안내인이 증오에 가득 찬 눈으로 쳐다보았지만, 그 역시 입을 열지는 않았다.

세 사람은 아무 말도 하지 않고 길을 떠났다. 유난히 세상이 조용했다. 세상에는 말발굽 소리 하나만이 존재했다.

지나는 길옆에 큰 바위가 하나 있었다.

바위를 지나치기 직전, 제이는 말에서 내렸다.

제이는 검을 꺼내 들었다.

짙은 검은빛을 칼날에 실어 바위를 내리쳤다.

아무 형식도 없이, 그저 몸에 지닌 모든 힘을 꺼내 내려치고 후려쳤다.

바위가 쩍쩍 갈라지고 베어졌다. 파편이 날려 얼굴에 튀었다. 피가 흐르는 것도 몰랐다.

검은빛을 감당 못해 칼날이 부러졌다.

제이는 부러진 검을 내던지고 주먹으로 바위를 때렸다.

바위가 퍽퍽 튀었지만, 손도 엉망이 되었다.

그렇게 폭주한 제이는 바위를 때릴 힘도 없자, 소리를 질렀다.

"야아아아아!"

"야아아아아!"

“야아아아아!”

제이는 마지막 힘까지 쥐어짜 소리를 질렀다.

모든 힘을 다 쓰고 나서 힘겹게 말에 올라 다시 길을 걸었다.

그러나 오래 가지 못했다.

제이는 말을 돌려 달리기 시작했다.

세상은 뜻대로 되는 게 없었다.

세상에 무슨 일이 일어나도 해는 지고, 별은 또 뜬다.

제이가 사막 부족의 아이를 데려온 뒤 표정이 많이 누그러진 안내인은 별빛을 받으며 일행을 길에서 약간 벗어난 작은 샘으로 이끌었다.

샘 주위에 살고 있던 작은 생명체들이 일행의 등장에 부리나케 달아났다.

제이는 외투를 벗어 자리를 살핀 후, 아이를 그 위에 내려놓았다.

오랫동안 잘 먹지 못해서인지 아이의 팔다리는 너무나 가녀렸다.

아이를 안은 게 실수였다.

누군가를 안으면 가슴에 낙인이 찍힌다.

그 사실을 제이는 알지 못했다. 알았더라면 절대 아이를 안지 않았을 것이다.

낙인은 뜨거웠다.

제이가 아무리 성벽을 두텁게 메워도, 낙인이 찍힌 자리는 순식간에 녹아버렸다.

녹아버린 성벽 틈새로 꽁꽁 숨겨놓았던 이름 하나를 보고야 말았다.

프로스트라트.

절대 기억하고 싶지 않은 인간.

무슨 말로도 설명할 수 없는 인간.

그 인간을 떠올리게 되면 이 세상에서 밥 먹고, 잠자고, 숨쉬고, 살아간다는 사실을 견딜 수가 없다.

역시 이 아이는 마호른과 같았다. 마호른은 성벽을 힘으로 깨버렸다.

이 아이가 찍은 낙인에 성벽이 자꾸만 녹아내렸다.

그래서는 안 된다. 그러면 살 수가 없다.

제이는 녹아내리는 성벽을 자꾸 메웠다.

성벽을 녹이는 이 아이가 죽이고 싶도록 미웠다.

아이를 지켜보는 제이의 눈이 몹시 흔들렸다.

아이가 추운지 몸을 떨었다.

제이는 아이 옆에 누워, 아이를 꼭 끌어안았다.

서럽게 따뜻했다.

*   *   *

세상은 문서로 돌아간다.

군대 역시 마찬가지였다.

문서로 돌아가는 세상의 가장 큰 특징은, 책임질 사람이 분명해진다는 것이다.

책임을 회피할 생각이 전혀 없는 사령관의 책상 위에는 문서가 수북이 쌓여 있었다. 작전 결과 보고, 타이탄 손실 현황, 마우라 부족 이송 계획, 더소피리산 보안 유지 방안 등 각종 보고서와, 이에 대한 지시를 내리는 명령서들이다.

제국은 더소피리산을 확실하게 장악하고 다른 사막 부족들에게 제국의 힘을 각인시키기 위해, 마우라 부족 전체를 제국으로 이송시켜 노예로 삼기로 계획했다. 그러고 나서 오아시스는 제국민으로 채울 것이다.

그러나 부족민의 수가 물경 15만에 달하기 때문에 이는 보통 일이 아니었다.

사령관은 관자놀이를 문질렀다.

그때, 부관이 들어와 또 다른 보고서를 내밀었다.

"사령관님, 도망자를 추적하는 병사들 가운데 일사병 환자가 속출하고 있다는 보고입니다."

아무리 병력을 많이 동원했어도, 이 넓은 오아시스에 사는 사람 모두를 붙잡을 수는 없었다.

"도망자 추적을 중지하도록 하게. 몇 안 되는 도망자 때문에 우리 병사를 죽일 수는 없지."

사령관은 문서에 서명했다.

"알겠습니다. 그리고 용병단에서 사람이 찾아왔습니다."

"용병단?"

"예. 트완카산에서 왔다고 합니다."

생각지도 못했다. 아니, 잊어버렸다. 어차피 다 죽으리라고 생각했기 때문에 아까운 기사단 대신 용병단을 보낸 게 아닌 가.

'살아남았단 말이지. 이건 좀 놀랍군.'

"담당자가 누구지?"

"제3기사단장입니다만, 지금 더소피리산 순시 중입니다."

"그래? 그럼 내가 만나 보지."

어떻게 살아남았는지 궁금했다.

"저, 사령관님. 계약서 문제가 있습니다."

부관이 조심스럽게 말했다.

"음? 음, 그렇군. 골치 아프게 됐어."

시골 영지에서 오크 몇 마리 때려잡는 의뢰가 아니다. 값비 싼 타이탄 여덟 기를 동원하는 의뢰에 계약서를 상세하게 작 성하는 것은 당연했다. 그것도 사령관이 직접 서명한 계약서 였다.

물론 형식적인 것이라고 할 수도 있다. 전쟁터에서 계약서 가 다 무슨 소용이냐고 할 수도 있다.

그러나 이 계약서가 제국 귀족원으로 청원이 들어가면, 좋 아하는 사람이 많을 것이다. 자신이야 이제 은퇴를 생각하고 있기 때문에 정치적으로 공격을 받는다고 해도 별로 신경 쓰 지 않겠지만, 자신을 따르는 사람들은 곤란해질 것이다.

아니, 자신의 정치적 피해보다는 제국의 명예와 더소피리산의 비밀이 노출되는 것이 더 큰 문제였다.

그리고 애초에 남부사령부에서는 용병단에 처음 지급한 의뢰비 외에 추가 지급을 전혀 고려하지 않았다. 예산이 없다는 것이다.

'마지막 와스티카 섬멸 때 입은 타이탄 피해가 상당해서 그것만으로도 골치가 다 아픈데, 이런 문제가 생기다니.'

다 죽었어야 했다.

다 죽은 뒤에 하란에 있는 용병단 측에서 문제 삼는 것과, 생존자가 직접 문제 삼는 것은 엄청나게 다르다.

'말이 안 통하면 할 수 없지.'

죽은 자는 말이 없는 법이다. 그것도 전쟁터에서라면 더 말할 것도 없다.

개인적으로는 꺼려지는 일이지만, 사령관은 평생을 개인보다는 국가를 위해 살아왔다. 마우라 부족을 모두 노예로 삼는 것도 개인적으로는 반대지만, 제국의 일이기 때문에 한 치의 소홀함도 없이 진행했다.

"일단 만나 보지."

제이는 일행을 샘에 남겨 두고, 혼자서 오아시스에 왔다. 문제가 생기면, 혼자 있는 게 몸을 빼는데 유리하기 때문이다.

사막 부족이 무슨 일로 트완카산에서 물러났는지 알아보기 위해 조심스럽게 오아시스로 접근했다.

그러나 곳곳에 제국 병사들이 돌아다니고 있었기 때문에 무슨 일인지 알아볼 필요도 없었다.

짐작하는 것과 눈으로 직접 확인하는 것은 다르다.

'결국, 또 이용당했다는 말이지.'

제이의 눈이 매서워졌다.

그러나 상대는 제국이다. 어떻게 할 방법이 없었다.

일단 만나 보기로 했다.

제이는 당당하게 걸어가 신분을 밝히고 책임자 면담을 요구했다. 이런 일은 변죽을 울려 봐야 해결이 되지 않는다.

잠시 후, 사령관이 있는 방으로 안내되었다. 사령관이 직접 만나줄 것이라고는 생각하지 않았기 때문에 의아했지만 내색하지는 않았다.

제이는 사령관에게 아무런 예도 표하지 않고 묵묵히 사령관을 쳐다보았다. 마음에 들지는 않지만, 이것이 제이가 할 수 있는 유일한 항의의 표시였다.

사령관 뒤에 서 있던 호위 기사가 눈을 부라렸지만, 제이는 신경 쓰지 않았다.

"일단 앉지."

제이는 주저없이 사령관이 권하는 자리에 앉았다.

기사의 눈이 더욱 사나워졌다.

"자네는 누군가?"

항의의 표시는 여기까지다. 더 이상은 제국의 대 귀족에게 함부로 할 수 없었다.

"용병단 소속 오너입니다."

제이는 성질을 최대한 누그러뜨리고, 담담히 대답했다.

"그렇군. 전투는 어떻게 되었나?"

사령관은 가장 궁금한 것을 물었다.

'전투라……'

"그것을 전투라고 할 수 있는지는 모르겠지만, 용병단은 큰 피해를 입었고, 보병사단은 죽거나 흩어졌습니다."

"어떻게 살아남았지?"

제이의 설명이 미진했던지, 사령관은 노골적으로 물었다.

제이는 울컥하는 마음을 내리눌렀다.

"제국에서는 전혀 알지 못한다는 모래 괴물이 잔. 뜩. 나타나더군요. 그래서 산으로 올라갔습니다."

내리눌렀지만, 제이의 말투가 맘에 들지 않은 기사들의 눈빛이 서늘해졌다. 그러나 역시 나서지는 않았다.

'사막 부족은 타이탄과의 전투에 익숙하다. 타이탄이 산으로 올라가도록 그냥 내버려두지 않았을 텐데, 어떻게 올라갔지?'

사령관은 제이의 말투에 관심없다는 듯 질문을 계속했다.

"피해 상황은?"

"타이탄 다섯 기는 흔적도 남아 있지 않고, 세 기는 반파되었습니다. 오너 3명 사망, 1명 중상, 지원팀 50명 사망입니다."

제이는 자신의 기체도 반파된 것으로 얘기했다. 자신의 기체가 장갑이 일부 긁혔을 뿐이라고 일부러 얘기할 필요는 없었다.

"음……."

'많이 살아남았군. 용병단 실력이 생각보다 뛰어나단 말인가?'

사령관은 용병단의 실력을 다시 평가했다. 전투를 직접 보지는 않았지만, 와스티카가 200마리가 넘었는데 포위망을 뚫고 세 기가 살아남았다는 것은 쉽게 믿어지지 않는 일이었다.

"치료사가 필요합니다."

사령관이 침묵을 지키자 제이가 입을 열었다.

"당연히 제공하겠네."

사령관은 흔쾌히 대답했다.

"용병단의 피해 배상을 요구합니다."

어차피 해야 할 말이었다.

사령관은 제이를 물끄러미 쳐다보았다. 제이의 눈에 불이 들어 있었다.

'애송이군.'

사령관은 피식 웃었다.

이 젊은 오너는 냉정한 척하지만, 분노를 숨기지 못하는 애송이였다. 자신의 정적(政敵)들은 불도 감춘다.

사령관의 눈에 제이의 손을 감싸고 있는 조잡한 붕대가 들어왔다.

"손은 어떻게 된 것인가? 설마 오너가 맨손으로 육박전을 하지는 않았을 테고?"

사령관은 일부러 말을 돌렸다.

이 상처는 아이를 떠올리게 했다. 제이는 버럭 소리를 질렀다.

"상관할 것 없지 않소!"

"감히! 어디라고!"

기사들이 검을 쥐고 호통을 쳤다.

"당신이 책임자인가!"

제이의 반응을 흥미롭게 지켜보던 사령관은 기사들을 말렸다.

"나서지 말게."

사령관은 제이를 싸늘하게 쳐다보았다.

"자신의 처지를 모르고 함부로 나대면 오래 살지 못한다네. 이번 전쟁은 전우로 싸웠으니 보상은 해주겠네. 사망자에 대한 위로금은 지급하지. 그걸로 만족하게. 전쟁터에서는 갑작스러운 일도 생기는 법이라네."

배상이 아니라 보상이었다. 말을 듣지 않으면 죽이겠다는 위협이었다.

'용병단이 입은 피해만큼 기사단의 타이탄을 부숴주겠다. 당장 너를 죽여 버리겠다.'

이 말이 목까지 차올랐으나, 제이는 사령관의 싸늘한 눈초리에 마음을 수습했다.

자신은 한없는 약자인 것이다. 목숨을 버리지 않는 한, 사령관을 죽일 수도 없었다. 자신은 살아남아야 했다.

계약서 얘기는 꺼내지도 않았다. 문서도 지킬 힘이 있어야 문서인 것이다.

"알겠습니다."

결국 숙이고 말았다. 약자는 그래야 살아남는다.

붕대에 감긴 두 주먹에서 피가 흘러내렸다.

*   *   *

삐쩍 마른 여자와 아이, 노인들뿐인 마우라 부족의 행렬은 비참했다.

보퉁이 하나씩 이고 지고 한 손에는 아이 손을 붙잡고 가다 발걸음이 늦춰지면 어김없이 제국군의 채찍이 날아왔다.

제국 병사 또한 고향에 돌아가면 누군가의 아들, 형, 아비일 테지만, 국가의 행사는 이렇듯 비정(非情)한 것이다.

트완카산 위에서 하루에 한 번씩 벌써 여러 날을 마우라 부족이 끌려가는 모습을 지켜보는 용병들의 얼굴은 몹시 어두웠다.

저들 가운데 많은 수가 사막에서 죽을 것이다.

이번 일은 정말 처음부터 끝까지 전쟁 같지 않았다. 아니, 이것이 진짜 전쟁이었다. 국가가 하는 전쟁이 바로 이런 것이다. 그에 비하면 용병은 아무것도 아니었다.

"개 같은!"

누군가를 향해 내뱉은 욕설이 아니었다. 세상이 바로 개다.

"으앙!"

그 행렬의 의미를 알아서인지 아니면 용병단의 침울한 분위기를 느껴서인지, 아이는 울음을 터뜨렸다.

"아모란, 울지 마라."

제이의 목소리를 들은 조그만 아이, 아모란은 울음을 그치려 애썼다.

"흐끅, 흐끅."

말을 알아듣는 게 아니었다. 사막 부족의 언어는 다르기 때문에 아직 말이 통하지는 않았다. 아모란이라는 이름도 안내인이 알려줘서 알게 되었다.

아모란은 제이를 무서워했다.

아모란이 깨어나 엄마를 찾으며 울 때도, 제이는 인상을 찌푸리며 노려보기만 했다. 노려보는 눈빛이 무서워서 계속 울었지만 달래주지 않았다.

울어도 소용없다는 것을, 아니, 울면 무서운 사람이 싫어한다는 것을 아모란은 며칠 지나지 않아 저절로 느꼈다.

사막에는 먹을 게 항상 부족했다. 사막의 아이들은 어리광을 부리며 자라지 않았다.

아이들은 항상 가만히 있어야 했다. 뛰어다니면 배가 쉬이 꺼진다고 혼이 났다. 풀밭 위에서 놀아도 안 되고, 나무에 오르지도 못했다. 오아시스에서 풀과 나무는 너무 소중한 것이라 크게 혼났다. 울어도 혼이 났다. 울면 금방 배가 고파지기 때문이다. 그래서 아버지가 죽어 돌아왔을 때에도 울지 않았다.

아직 엄마를 찾을 나이인지라, 아모란은 가끔, 아주 가끔 울었다. 그때 제이의 목소리를 들으면 울음을 그쳐야 했다. 무서웠기 때문이다.

제이가 치료사를 데리고 이곳으로 돌아온 뒤로, 아모란은 많이 밝아졌다. 처음에는 낯선 사람들을 무서워했지만 더 이상 배를 곯지 않았고, 많은 사람들이 아모란을 귀여워해 줬다.

울거나 떼쓰지 않는 한 아이를 싫어하는 사람은 없다. 용병들은 침울한 분위기를 바꾸기 위해서인지는 몰라도 누구 할 것 없이 아모란에게 먹을 것을 주고 말을 가르쳐 주었다.

어린 아모란은 말을 곧잘 따라했다.

"아. 빠. 배. 고. 파."

누가 가르쳤는지 몰라도 아모란은 제이를 아빠라고 불렀다.

처음 아빠라는 말을 들었을 때, 제이는 심장이 멎는 것 같았다. 머리가 텅 빈 것만 같았다. 지금도 아모란이 아빠라고 부르면 가슴이 덜컥 내려앉지만, 처음보다는 많이 나아졌다.

익숙해진다는 것은 참으로 놀라웠다. 익숙해지지 않는다면 사람은 금방 죽을 것이다.

언젠가부터 울고 있을 때 제이가 나타나면 아모란은 배고프다고 말했다. 그러면 제이는 팔을 벌려, 아모란이 다가와 안기면 식량이 쌓인 수레로 데려가 먹을 것을 주었다.

이제는 제이도 배가 고파 그런 게 아니라는 것을 알았지만, 아모란이 배고프다고 하면 안아주었다.

아모란도 안아줄 때는 제이가 무섭지 않았다.

“이리 와라.”

제이가 팔을 벌리자, 아모란이 쪼로롱 들어왔다.

제이는 아모란을 가슴에 안고 마우라 부족의 행렬을 지켜보았다.

“아모란, 약하면 저렇게 된다.”

아모란에게 하는 말은 아니었다.

*　　　*　　　*

“어? 살았네.”

미약한 소리로 그렇게 말하며 티마이라가 깨어났다. 근 한 달 만이었다.

의식을 회복했어도 몸이 정상을 되찾으려면 시간이 많이 걸리지만, 일단 고비는 넘긴 셈이다.

일행은 티마이라가 깨어난 다음날 트완카산을 떠나 브리트로 갔다.

사막에는 말라붙은 마우라 부족의 시체가 즐비했다.

용병단 일행은 누구도 입을 열지 않았다.

지겹도록 말라붙은 시체를 보며 도착한 브리트는 너무나 고요했다.

그 많던 병력도, 그동안 끌려간 마우라 부족도, 보이지 않았다.

제국의 일처리는 대단했다. 소름이 끼칠 정도였다.

브리트에서 남부 제3기사단장으로부터 '전사자 위로금.' 이라고 적힌 봉투와 '조용히 넘어가기를 희망한다.'는 당부를 받은 일행은 정비요원들과 합류하여 펜티크로 떠났다.

환송해 주는 사람도, 펜디크까지 안내해 주는 연락장교도 없었다. 그저 타이탄 통행증과 특수운반선 용선(傭船)허가증만 내주었을 뿐이다.

의외인 것은 제3기사단장을 통해 전해진 남부사령관의 서신이었다.

'하란 용병단의 희생에 감사와 애도의 뜻을 전하며……' 라는 말로 시작된 이 편지는 '이미 전우인 우리가 다음에도 함께 할 기회가 있기를 희망한다.'고 끝을 맺어 일행을 살 떨리게 했다.

참모가 쓴 게 분명한 의례적인 편지였다.

또 한 장의 서신이 있었다. 사령관이 직접 쓴 사신(私信)이었다.

두루뭉술한 내용이 적힌 이 편지를 요약하자면, 너무 큰 희생을 치른 용병단을 위로하는 차원에서 일거리를 주겠다는 것이었다. 나중에 자기 이름을 대며 찾아가는 사람의 의뢰를 받아 이번 손해를 벌충하라는 내용이었다.

이 또한 이가 갈리는 편지였다.

더 이상 국가나 고위 귀족들과 얽히고 싶지 않았다.

"그저 몬스터나 잡으면서, 시골 영지에서 구형 타이탄이나 잡으면서 살아야지."

이번 의뢰를 마친 용병들의 심정이 대개 이러했다.

*   *   *

연락장교가 없어도 길을 잃을 일은 없었다. 가도(街道)만 따라가면 되기 때문이다.

중앙해 남쪽에 있는 제국의 영토는 중앙해 북쪽에 비해 척박하여 사람이 그리 많지 않았다. 도시와 도시 사이가 멀어서 자주 노숙을 해야 했다.

일행은 능숙하게 노숙 준비를 마치고 저녁을 먹은 뒤, 이런저런 얘기를 하다가 불침번을 제외하고는 모두가 잠이 들었다.

투두둑투두둑.

멀리서 말이 달려오는 소리에 잠귀에 밝은 몇 사람이 잠에서 깼다. 불침번도 소리가 들려오는 방향을 쳐다보고 있었다.

의문의 행렬이 가까워오자, 용병단 일행은 모두 잠에서 깨어났다.

여러 마리의 말과 마차가 멀찍이 멈춰서고, 잠시 후 한 사람이 다가왔다. 밤길에서 오해받지 않기 위한 행동이다. 이게 예의였다.

"실례합니다."

사슬 갑옷을 짤랑이며 다가온 사람은 날카로운 눈으로 일행을 훑었다.

"무슨 일입니까?"

불침번을 서던 예비 오너가 나섰다.

"우리는 드리안 가(家)의 기사들이오. 그쪽은 어떻게 되시는지?"

"의뢰를 마치고 돌아가는 용병단이오."

일부러 자세하게 설명해 줄 필요는 없었다.

"그런가?"

투발루의 타이탄을 살펴보던 기사는 용병단이라는 말에 말투가 달라졌다.

"불을 좀 내주겠나? 바빠서 하인들을 데려오지 못해서 말이야."

노골적인 하대에, 어이없는 요구였다.

노숙은 그저 길에 누우면 되는 게 아니다.

일부는 나무를 해오고, 일부는 음식을 준비하고, 일부는 잠자리를 고르고, 일부는 몬스터나 늑대 같은 것을 막기 위한 준비를 해야 하는 것이다.

노숙을 할 때는 해가 지기 전에 가던 길을 멈춰 이런 준비를 마치는 게 상식이었다.

이런 일을 직접 할 리 없는 기사들은 그래서 종자와 하인을 데리고 다닌다.

무슨 일인지 드리안 가의 기사들은 상식을 어긴 것이다.

투발루가 나섰다.

"그럼 불 하나를 내드리지요."

용병단의 수는 60명이 넘었다. 모닥불 하나로 늑대를 쫓을 수는 없기 때문에 여섯 개의 모닥불을 피워놓았다. 투발루는 괜히 마찰이 생기는 것을 피하려고, 그중 하나를 넘기기로 했다.

"뭐라고? 우리 일행은 20명이 넘고, 둘째 공자님까지 계신다. 게다가 용병 따위가 우리와 같은 곳에 있으면 우리가 어떻게 잠을 자겠나?"

전형적인 귀족의 모습이었다. 귀족은 평민과 같은 자리에 있을 수 없다는 생각을 가진 사람들이다.

타이탄 용병은 기사가 이렇게 함부로 대할 만한 사람이 아니었다. 그러나 기사들 대부분은 오너라는 말보다 용병이라는 말에 비중을 둔다. 게다가 타이탄을 직접 보고서도 이렇게 큰 소리치는 것을 보면 아마도 타이탄 나이트일 것이다.

"그래도 우리가 이 밤에 새로 야영지를 마련할 수는 없지 않소?"

투발루는 화를 참고 어떻게든 무마를 하려고 했다.

"그럼 우리가 마련해 주랴?"

기사가 눈을 부라렸다.

기사의 큰소리를 듣고 멀찍이 대기하던 드리안 가 사람들이 다가왔다.

제이는 눈을 빛내며 다가오는 무리를 살폈다. 사슬 갑옷이 넷, 기마병이 스물, 마차 한 대였다. 여기 있는 기사까지 기사는 모두 다섯이었다.

저들이 다가오는 것을 보고 용병단 일행은 조용히 전투 준비를 마쳤다. 예비 오너들은 앞에 서고, 스카우터들은 활에 화살을 올려놓았다. 정비요원들은 방해가 되지 않도록 뒤로 물러났다.

아모란을 슬며시 내려놓은 제이도 화살을 꺼내 활에 걸었다.

'한 놈 먼저 잡고 나간다.'

사막에서 당한 것을 애써 참으며 돌아가는 길이다. 정말 울고 싶은데 뺨을 때리고 있었다.

이놈들은 제국군이 아니었다. 제국군에는 감히 대항할 수 없지만, 아무도 없는 이 밤에 이런 개들은 모조리 쓸어버리고 흔적을 지우면 된다.

용병단은 적의를 숨기지 않았다.

"멈춰라!"

용병단의 적의를 느낀 한 기사가 드리안 가의 행렬을 멈춰 세우고 다가왔다.

"무슨 짓이냐! 불을 빌리라고 했지 분란을 일으키라고 했느냐!"

다가온 중년의 기사는 투발루와 대치하는 기사를 혼냈다.

"이 용병들이 불을 내주지 않겠답니다."

기사는 쩔쩔매며 변명했다.

"언제 불을 내주지 않겠다고 했소? 다 내놓고 우리더러 나가라기에 이러는 게 아니오?"

투발루가 항의했다.

"미안하네. 하나만 내주게. 다시 한 번 사과하네."

중년의 기사가 나서서, 다행히 충돌이 일어나지는 않을 것 같았다.

그때, 마차가 열렸다.

"아페르 경! 무슨 말씀이오? 내가 이것들과 같은 곳에서 하룻밤을 보내야 한다는 말씀이오? 그리고 사과라니? 드리안 가의 기사가 어찌 평민 따위에게 사과를 할 수 있단 말이오!"

스무 살도 안 되어 보이는 젊은이가 호통을 치며 다가왔다. 먼저 온 기사가 워낙 큰소리를 쳐 다 들은 모양이었다. 기사들이 말에서 내려 젊은이를 감쌌다.

"썩 물러나라! 감히 천한 것들이 바쁜 이 몸의 행사를 방해하겠다는 것이냐?"

드리안 가의 둘째 공자라는 청년이 용병단 일행에게 호통을 쳤다.

"공자님, 참으십시오. 평민들에게 자비를 베풀어 그저 하루 머물게 하십시오."

중년의 기사는 문제를 일으키지 않으려고 청년에게 사정했다.

"안 되는 것은 안 되는 것이오. 썩 물러나지 못할까!"

청년은 짐짓 단호하게 말하고, 다시 한 번 용병들에게 크게 소리쳤다.

"으앙!"

기사가 소리칠 때까지만 해도 깨지 않고 잘 자던 아모란이 청년의 호통에 잠에서 깨어 울고 말았다.

강한 자에게 약하고 약한 자에게 강한 것이 세상의 법칙이다.

약한 자가 강한 자에게 대드는 경우는 세 가지 경우뿐이다. 대들어도 강자가 아량을 베풀 것이라 생각할 때, 죽을 각오를 할 때, 그리고 강약을 오판할 때. 이 셋뿐이었다.

젊은이는 자신이 강자라고 생각하고 있었다. 귀족이라는 지위와 든든한 기사들, 그리고 아마도 가지고 있을 타이탄이 젊은이를 큰소리칠 수 있게 했다.

지금 용병단의 실력과 마음가짐, 아무도 지나가지 않는 깜깜한 밤, 용병단이 보유한 타이탄 대수는 젊은이에게 전혀 고려의 대상이 아니었다.

'쓸어버린다!'

제이는 마음속으로 이미 결론을 내렸다. 저 젊은 녀석은 마음을 바꾸지 않을 것이다.

"폴카도 씨, 아모란을 맡으세요."

제이는 폴카도에게 나직이 속삭였다.

째액.

제이가 쏜 짙은 빛을 머금은 화살이 젊은 공자를 막아선 기사의 사슬 갑옷을 헤집고 가슴을 꿰뚫었다.

"쓸어버려!"

이미 팽팽하게 긴장하고 있던 용병단은 제이의 목소리에 즉

각 반응했다.

쌔액.

쌔액.

크억!

스카우터가 날린 화살은 기병들을 꿰뚫었다.

기사들은 화살을 쳐낸 뒤, 각자 자신의 타이탄 이름을 불렀다.

소환된 타이탄은 모두 세 기. A형 타이탄 세 기라는 게 놀라웠지만, 전투 중에 타이탄을 소환하는 짓은 경험 많은 오너라면 가급적 피하는 일이었다.

눈앞에 적을 두고 소환하면, 자신이 타이탄에 탑승할 때까지 적이 기다려 주지 않으리라는 것은 너무나 당연했다. 게다가 A형 타이탄은 소환할 때 갑자기 상당량의 마나가 빠져나가기 때문에, 탑승할 때까지의 시간이 약간 더뎌진다.

제이는 소환된 타이탄 뒤로 뛰어가며 단검을 뽑아 타이탄에 오르려는 기사의 등에 던졌다.

"으악!"

"큭!"

타이탄의 가슴까지 거의 올라간 기사가 등에 단검을 맞고 땅에 떨어졌다.

제이는 두 명의 오너를 그렇게 잡고 얼른 물러나려 했다.

쿵쿵!

그때, 무사히 탑승을 마친 타이탄이 제이를 밟으려고 다가왔다.

쿵쿵쿵쿵!

뒤에서 대기하던 카모르찬이 자신의 티쿠마를 소환하여 달려왔다.

A형 타이탄은 이렇게 소환해야 한다.

자신을 쫓아와 밟으려는 타이탄을 왼쪽으로 몸을 굴러 피한 제이는 둘째 공자라는 녀석에게 달려갔다.

쾅!

여전히 제이를 쫓는 타이탄을 카모르찬이 막아서며 방패로 후려쳤다.

쿵쿵쿵!

탑승을 마친 투발루가 전장으로 들어섰다.

용병들의 갑작스러운 공격에 드리안 가의 기사 셋이 순식간에 쓰러지고, 기사 하나는 카모르찬과 투발루가 상대하고 있었다. 아페르라는 기사 혼자서 젊은 공자의 앞을 지켰다.

기병들은 순식간에 화살에 맞아 대부분 말에서 떨어졌다. 달아난 기마 셋은 이미 스카우터들이 말을 타고 쫓고 있었다. 놓치면 절대 안 된다는 것을 알기 때문이다.

"이, 이런, 어떻게……."

젊은 공자는 갑작스러운 사태에 정신을 차리지 못했다.

제이는 검을 뽑아 아페르를 겨눴다.

아페르는 침중한 표정으로 제이에게 말했다.

"나는 죽여도 좋으니, 공자님은 살려주게."

"당신 같으면 후환을 남겨 두겠소?"

제이는 코웃음을 쳤다.

"이! 이! 내가 누군지 아느냐? 우리 가문에서 너희를 절대 가만두지 않을 것이다!"

아페르의 애원을 들은 젊은 공자가 귀족의 마지막 자존심을 불태웠다.

공자의 발악적인 외침에 아페르는 아연실색했다. 애원해도 살기 힘든 판국에 협박을 한 것이다.

"공자님!"

"것 보시오. 더 이상 말이 필요 없겠지."

아페르는 갑자기 무릎을 꿇었다.

"제발! 공자님은 살려주게. 내 목숨은 스스로 끊겠네."

제이의 인상이 구겨졌다.

반항을 해도 안 해도, 어차피 다 죽여야 한다.

스걱!

제이는 아페르에게 다가가 고개 숙인 아페르의 목을 가차없이 내리쳤다.

"꺽, 꺽!"

젊은 공자는 목이 떨어진 자신의 기사를 보고 차마 말을 잇지 못한 채, 다리가 풀려 땅에 주저앉고 말았다.

푹!

제이는 공자의 심장에 검을 찌른 뒤, 발로 공자를 밀었다.

풀썩.

강한 자에게 약하고 약한 자에게 강한 것이 세상의 법칙이다.

그러나 강약을 결정하는 변수는 무척 다양하고 상대적이다.

그 사실을 몰랐던 젊은 공자는, 그 사실을 알고 있던 충실한 기사의 말을 듣지 않아 결국 차가운 시체로 땅바닥에 쓰러졌다.

'미안하오.'

제이는 아직도 목에서 피가 흘러나오고 있는 충실한 기사에게 사과했다.

그러나 거리낌은 없었다. 그런 감정은 자신에게 사치였다.

타이탄끼리의 싸움은 아직 끝나지 않았다.

드리안 가에서 A형 타이탄을 아무 기사에게나 내주었을 리가 없다. 기사는 견고하게 투발루와 카모르찬을 방어하면서 간간이 날카로운 공격으로 두 기체를 물러나게 했다.

투발루와 카모르찬이 유리하기는 했지만, 빨리 끝날 것 같지가 않았다.

애초에 제이가 선공을 가해 기사 셋을 쓰러뜨리고, 예비 오너들이 아페르와 둘째 공자를 견제하고, 스카우터들이 순식간에 기마병을 쓰러뜨리지 않았더라면, 쉽지 않은 싸움이 되었을 것이다.

기사들은 실력이 출중했기 때문에 A형 타이탄의 오너가 되었겠지만, 둘째 공자를 호위하면서 용병들에게 너무 가까이

왔다. 용병들이 감히 귀족가의 공자와 기사들을 공격하리라고
는 생각지도 못했을 것이다.

그리고 귀족가의 기사들 대부분은 타이탄 전(戰) 실전 경험
이 부족했다. 국경에서 항상 적과 부딪치는 중앙군의 기사들
이나, 영지전 경험이 많은 용병들에 비하면, 기껏해야 몬스터
나 잡는 게 대부분인 것이다.

그때, 달아난 기마병을 쫓아갔던 스카우터들이 화살이 꽂힌
시체를 말에 싣고 돌아왔다.

'시간이 없다.'

제이는 스톤을 소환했다.

승부가 거의 확실한 싸움에 끼어드는 것은 전리품 분배에
다툼을 일으킬 소지만 있지만, 날이 밝기 전에 모든 흔적을 없
애야 했다.

스톤은 싸우고 있는 타이탄의 뒤로 다가가 검푸른 빛을 씌
운 검을 가차없이 내찔렀다.

스팟!

스톤의 검은 타이탄의 등판을 뚫고 조종석을 지나 가슴으로
삐져나왔다.

타이탄은 더 이상 움직이지 않았다.

스톤은 왼손으로 타이탄의 등을 짚고, 검을 뽑았다.

끼이익!

거친 쇳소리를 내며 뽑혀 나온 검에는 붉은 피가 묻어 있었
지만, 어두운 밤이라 그것을 본 사람은 아무도 없었다.

일은 벌이는 것보다 마무리 짓는 게 더 어렵다.

그러나 일행은 전장 정리에 익숙했다.

물론, 일반적인 전장 정리보다 이번 일은 훨씬 더 신경을 써야 했다. 조그만 흔적조차 남겨서는 안 되기 때문이다.

스카우터와 예비 오너로 이루어진 경계조가 새로 다가오는 사람이 없는지 살피기 위해 길 양쪽으로 말을 타고 갔고, 다른 정찰조는 부근에 혹시나 인가(人家)가 없는지 수색했다.

오늘밤 경계조와 정찰조에 걸린 사람은 모두 죽을 것이다.

한밤중에 불을 환하게 피우고, 남아 있는 사람들은 현장을 수습하기 시작했다.

타이탄을 동원하여, 옷을 벗긴 시체를 길에서 멀리 떨어져 사람의 손을 탄 흔적이 보이지 않는 야산에 던져 버렸다. 죽은 말은 물론이고 살아 있는 말도 죽여서 야산에 던졌다. 다음날이면 뼈도 남아 있지 않을 것이다.

불에 타는 옷이나 마차의 목재 부분은 구덩이를 파고 태운 뒤 흙을 덮었다. 금속으로 된 것들은 멀리 가서 묻었다.

가장 큰 문제가 타이탄이었다.

"이것 참 아깝군 그래. 츠바르드비스를 이렇게 가까이서 보는 것은 처음인데 말이야."

세 기의 타이탄을 가져갈 수가 없었다.

A형 타이탄은 귀속을 시킨 오너만이 소환할 수 있고, 소환

해제할 수 있다. 물론 A형 타이탄도 예비 오너를 두는 경우가 있다. 그러나 A형 타이탄의 예비 오너는 소환된 타이탄을 탈 수 있을 뿐, 소환이나 소환 해제는 하지 못한다.

귀속을 해제하려면 높은 수준의 마법사가 필요했다.

"일단 옮기지."

제이, 투발루, 카모르찬은 타이탄을 한 기씩 들쳐 메고 산을 넘었다.

일단 옮겨 놓고 돌아온 뒤, 현장의 타이탄 전투 흔적을 지웠다.

가도(街道) 위에서 싸웠다면 큰일이 날 뻔했다. 넓은 포석(鋪石)이 깔린 도로를 타이탄이 밟고 싸웠다면 포석이 다 깨졌을 테고, 일행이 하룻밤 만에 길을 새로 깔 수는 없기 때문이다.

일행은 현장의 타이탄 발자국과 츠바르드비스를 옮길 때 난 발자국을 자연스러워 보이도록 흙으로 메웠다.

어느새 날이 밝고 해가 떴다.

일행은 환한 빛 아래에서 혹시나 빠뜨린 금속 조각이나 화살이 있는지, 다른 흔적이 남았는지 다시 한 번 꼼꼼히 살핀 뒤 휴식을 취했다.

다른 사람들이 모두 휴식을 취하는 동안 카모르찬, 투발루 그리고 제이는 앞으로의 대책을 논의하고 전리품을 분배하기 위해 따로 모였다. 타이탄이 없는 오너는 오너가 아니기 때문에 셋만 참석했다.

"우선 귀속구가 있네."

놀랍게도 드리안 가의 타이탄은 여섯 기였다.

모든 기사들이 귀속구를 가지고 있었다. 게다가 둘째 공자라는 녀석도 귀속구를 가지고 있었다.

타이탄이 소환된 세 개의 귀속구는 빈 깡통이지만 다른 세 개에는 내용물이 들어 있다.

"겉멋만 잔뜩 들어서…… 쯧쯧."

카모르찬이 혀를 찼다.

귀족가의 자제들 중에는 실력이 안 됨에도, 귀속구를 가지고 다니는 경우가 종종 있었다. 물론 소환이 가능할 정도의 마나는 있기 때문에 귀속구를 가질 수 있었겠지만, 어제 녀석의 추태로 보아 운용은 불가능했을 것이다.

"마호른이 귀속 해제를 할 수 있을까?"

"귀속 해제를 할 수 있다고 해도, 갑자기 용병단에서 츠바르드비스 세 기가 나타나면 문제가 생길 것 같은데."

츠바르드비스는 공간학파의 맥을 잇는 미넴 마탑의 주력 기체였다. 출력은 78카파로 상급 기체는 아니지만, 아공간 마법진의 효율이 높아 많은 기사들이 선호했다. 주로 마이네 제국의 귀족들에게 판매되었기 때문에 다른 곳에서 쉽게 볼 수 있는 기체가 아니었다.

"뭐, 일단 가져가기로 하지. 단장이나 마호른과 의논해 보고 뾰족한 수가 없다면 할 수 없지."

"산에 던져 놓은 세 기는 어떻게 하지? 그대로 둘 수는 없잖아?"

"일단 묻어두지. 빈 귀속구는 가져가서 마호른이 해제할 수 있다면 해제해서 나중에 올 기회가 생기면 그때 가져가자고."

"분배 비율은 어떻게 하지?"

"제이가 다섯을 잡고, 남은 하나를 자네와 나, 그리고 제이 셋이 잡은 셈이 되나?"

숫자상으로는 그러했지만 모두가 협력했기 때문에 그렇게 할 수는 없었다.

"빈 귀속구 셋은 모두 내가 갖고, 나머지를 하나씩 갖기로 합시다."

제이가 양보했다. 언제 다시 이곳에 올 수 있을지 모르기 때문에 제이에게는 손해였지만, 용병이 전장의 동료들에게 인색하게 구는 것은 위험한 일이다.

물론 제이가 돈에 관대한 것은 아니었다. 자신의 분배율을 턱없이 내리는 일은 하지 않았다. 그러나 이번 경우는 타이탄 획득 수로만 분배하기에는 무리가 있었던 것이다.

"약간의 현금과 뒤탈이 없을 것 같은 보석이 있네."

"오너가 죽은 지원팀에게 주는 게 좋겠군요."

"그래, 그게 좋겠군."

제이의 말에 카모르찬이 동의했다.

"그러지. 이제 상자 둘하고 편지 한 통이 남았는데, 이게 보통 물건이 아니란 말이야."

둘째 공자가 타고 온 마차에서 네 사람이 들기에도 힘든 무거운 상자 하나와 작은 상자 하나가 나왔다.

투발루가 미리 상자를 열어봤는지, 그렇게 운을 떼며 상자를 열었다.

"실버 바(bar)인가?"

상자에 가득 들어찬 금속 괴(塊)를 보고 카모르찬이 물었다.

카모르찬의 물음에 투발루가 고개를 저었다.

"직접 들어보게."

투발루의 말에 카모르찬이 괴 하나를 꺼내 들었다.

묵직했다.

"플라티나 바(bar)!"

상자 안에는 금보다 다섯 배, 시세에 따라 열 배 이상 비싸다는 플라티나 바가 가득했다.

"이게 대체 몇 개야?"

카모르찬이 입을 다물지 못한 채, 한 줄을 덜어내기 시작했다.

"넷…… 다섯. 밑으로 다섯 개가 여섯 줄이니까, 서른 개로군."

"못해도 개당 1억 두카는 할 것 같아."

투발루가 손으로 괴 하나를 던져 보며 짐작으로 무게를 달았다.

"이거 좋기는 한데, 잘못 건드린 거 아냐? 어쩐지 귀족 놈들이 하인도 안 데리고 급히 밤길을 달리더라니."

카모르찬이 괜히 엄살을 부렸다.

"이것도 좀 보게."

투발루가 좀 더 작은 상자를 열었다.

평범해 보이면서도 뭔가 이질감이 드는 어른 주먹만 한 돌 다섯 개가 들어 있었다.

"마나석?"

투발루가 고개를 끄덕였다.

마법사라면 모를까, 오너라 해도 마나석을 볼 일은 거의 없었다. 오너가 타이탄 제작 과정에 참여할 리도 없고, 엔진을 일부러 뜯어보지 않는 한 볼 일이 없는 것이다. 그러나 마나의 기운이 무럭무럭 피어났기 때문에 느낄 수 있었다.

"이렇게 생겼군!"

플라티나 바는 본 적이 있지만, 제이 역시 마나석은 처음 보았다.

게다가 상자를 열기 전에 이 기운을 느끼지 못했다는 것은 상자 또한 마나를 차단하는 특수처리가 되어 있다는 것을 뜻한다. 마나를 차단하는 물질이라면 '미스릴'일 것이다.

"이놈들이 어디로 가던 길인지 더욱 궁금해지는데."

"그것보다 빨리 처리하고 떠나야겠네. 이렇게 중요한 물건을 밤을 다퉈 운반하는데, 도착하지 않으면 보낸 쪽이나 받는 쪽에서 금방 알아챌 거야."

투발루의 말에 제이와 카모르찬은 고개를 끄덕였다.

"플라티나와 마나석은 셋, 하나, 하나로 합시다. 대신 외부에다 팔면 안 될 것 같으니, 팔 거면 마호른에게 넘깁시다."

"그러지."

"그렇게 하자. 쩝."

두 오너는 입맛을 다셨다.

재물은 가져도 가져도 만족스럽지 못한 법이다. 그러나 제이의 공이 그보다는 컸기 때문에 얼른 수긍하고 넘어갔다. 이보다 비싼 A형 타이탄을 하나씩 얻은 게 어딘가.

"이제 이 봉투 하나만 남았군."

투발루가 둘째 공자의 품에서 나온 봉투를 내밀었다.

"얼른 열어보라고."

카모르찬이 재촉했다.

"잠깐! 꼭 그 내용을 봐야겠습니까? 알면 피곤해지는 경우도 많습니다. 그냥 태워 버립시다."

제이가 봉투 개봉을 반대했다. 귀찮아지는 것은 이제 질색이다.

"그래도 궁금하잖아. 마나석이나 플라티나는 타이탄 엔진에 들어가는 핵심 자원인데, 귀족 가에서 밤을 다퉈 대체 어디로 가져가는지 궁금하지 않아?"

"궁금하지 않습니다."

"그럼 거수로 하지. 공개하자는 사람?"

투발루와 카모르찬이 손을 들었다.

제이는 인상을 찌푸렸지만, 더 이상 말하지는 않았다. 그리고 자리를 뜨지도 않았다. 두 사람이 알게 되면 편지를 안 보는 의미가 사라지기 때문이다.

"자 그럼 뜯어본다."

카모르찬이 투발루에게서 피가 약간 묻어 있는 봉투를 낚아
채 개봉했다.

"세상은 너무 불공평합니다. 누구는 타이탄도 잃고 반병신
이 됐는데, 누구는 엄청난 전리품에 예쁜 딸까지 얻다니. 그렇
지 않습니까, 형님?"

아직 거동이 불편한 티마이라가 마차의 창을 열고 카모르찬
에게 신세 한탄을 했다.

전투의 흔적을 모두 지우고, 제이와 카모르찬이 산을 몇 개
더 넘어 츠바르드비스를 옮기고 작은 바위산을 거의 허물다시
피하여 세 기의 타이탄을 묻은 뒤, 야산에 버려둔 시체의 흔적
이 남아 있지 않다는 것까지 확인을 마치고 나서야 일행은 다
시 길을 나섰다.

"제이가 아니었다면 너는 와스티카 뱃속에 들어갔을 거다.
그리고 전리품 얘기는 두 번 다시 꺼내지 마!"

카모르찬이 날카롭게 대꾸했다.

"아니, 뭐 그렇다는 거지 누가 뭐랍니까. 왜 그리 신경질을
내고 그러시오."

티마이라가 카모르찬의 거친 대응에 입술을 삐죽였다.

제이가 자신을 구했다는 것은 이미 들어 알고 있는 일이고,
이번 드리안 가를 쳐서 얻은 물건 얘기는 절대 하지 말아야 한
다는 것을 모르는 자신이 아니었다.

그저 아모란이 너무 귀엽고, 며칠 전 싸움에 한자리 끼지 못

한 게 조금 배 아프고, 아직 제대로 걷지도 못하는 자신의 신세가 처량하여 카모르찬에게 위로받고 싶을 뿐이었다. 입이 근질근질하여 말동무가 필요했을 뿐이었다. 더군다나 길 위에는 용병단 일행을 제외하고는 아무도 보이지 않았다.

카모르찬은 티마이라가 투덜대든 말든 신경도 쓰지 않고 굳은 얼굴로 앞만 보고 갔다.

"에잇, 형님하고는 말 안 하겠소. 아모란! 이리오렴."

카모르찬에게 자신이 토라졌음을 알리며 퉁명스럽게 말한 티마이라는 금세 표정을 환하게 바꾸고 아모란을 불렀다.

아모란은 말 위에서 제이의 배에 등을 기대고 가다가 고개를 삐죽 내밀어 자신을 부르는 티마이라를 돌아보고 다시 제이를 쳐다보았다.

아모란의 시선에 제이는 말의 속도를 늦춰 마차에 붙였다. 그리고 아모란을 들어 올려 마차로 건너가게 했다.

아모란과 놀아주는 것은 티마이라가 자신보다 훨씬 낫다는 것을 알기 때문에 주저없이 한 행동이지만, 마차 안에서 티마이라와 아모란의 웃음소리가 들려올 때는 가슴에 찬바람이 부는 기분이었다.

피식.

제이는 메마른 미소를 한 번 짓고는 이내 마차를 지나쳐 다시 앞으로 나아갔다. 그리고 곧 마차에 대한 생각을 접었다.

카모르찬과 투발루, 그리고 제이는 편지에 대한 이야기를 다른 사람에게 하지 않기로 했다.

드리안 가의 둘째 공자와 기사들이 마운츠 사바게트라는
사람에게 가는 길이었고, 마운츠 사바게트가 제국군 남부군
제2군단장이라는 사실을 일행에게 알려봐야 괜한 긴장감만
높일 뿐이다. 용병들은 그저, 그렇지 않아도 기분이 좋지 않을
때 자기를 문 버릇없는 귀족 가의 개 몇 마리를 때려잡았다고
생각하는 게 나을 것이다.

제이는 마운츠 사바게트가 누군지도 몰랐다. 수많은 제국의
귀족들을 어찌 다 알 수 있겠는가. 군대에서는 보통 직위로 부
르기 때문에, 남부사령관 밑에 세 명의 군단장이 있고, 군단장
밑에 하나의 기사단과 기사단을 지원하는 부대, 그리고 몇 개
의 보병사단이 있다고 알고 있었을 뿐이다. 군단장이 누구인
지, 기사단장의 이름이 무엇인지 관심도 없었다.

그러나 투발루는 용병으로 오래 살아왔기 때문에 제이보다
는 아는 게 많았다. 사바게트가 제국 남부의 유력한 가문이고,
사바게트 가문의 마운츠가 2군단장임을 말한 것도 투발루였
다.

편지는 그저 일상적인 안부를 묻고 있었다. 플라티나와 마
나석이 뇌물인지, 정식으로 구매한 것인지, 다른 목적이 있는
지는 전혀 알 수 없었다.

그러나 편지와 별개로 봉투에 들어 있던 두 장의 종이가 제
이와 두 명의 오너를 더욱 흠칫하게 했다.

도저히 무슨 말인지 알 수 없는 문서가 암호문임을 짐작하
는 것은 어렵지 않았다. 그리고 또 다른 종이는 지도처럼 보

였다.

2군단장에게 가는 물건을 가로챈 것만으로도 충분히 뒤통수가 뜨거워지는데 암호문과 지도라니, 역시 세상은 절대 쉬운 게 없었다.

"에잇, 젠장!"

인상을 찌푸리고 있던 카모르찬이 뜬금없이 욕설을 내뱉었다.

다른 용병들은 오너들의 표정이 좋지 않은 것을 보고, 전리품 분배가 마음에 들지 않았나 보다고 생각했지만, 전리품 분배는 오직 오너의 권한이기 때문에 곧 신경을 껐다.

세상은 모르고 살아가는 것이 훨씬 행복하다. 그러나 알아야 대비할 수가 있다.

'드리안, 마운츠 사바게트.'

제이는 머릿속 경종(警鐘) 밑에 두 이름을 새겨놓았다.

*　　　*　　　*

제국군이 발급한 통행증 덕에 별다른 검문 없이 펜티크에 도착한 일행은 특수운반선을 용선한 즉시 하란으로 돌아왔다. 더 이상 제국 땅에서 여유를 부릴 담력은 없었기 때문이다.

오너를 제외한 일행은 용병단으로 돌아온 후 곧바로 흩어졌고, 오너들은 일의 경과를 알리기 위해 단장실로 들어갔다.

1번 오너 투발루가 오너를 대표해 단장에게 설명했다.

연락장교가 펜디크에서 일행을 안내할 때부터 다시 브리트를 떠나올 때까지의 일을 비교적 소상히 이야기한 투발루는 남부사령관에게서 받은 편지를 꺼내 단장에게 건넸다.

침중한 표정으로 투발루의 얘기를 듣던 단장은 편지를 읽고 나서 일행을 둘러보았다.

"정말 고생 많았네. 수고했어."

제국이 타이탄 값을 아끼기 위해 용병단의 타이탄 여덟 기를 고용해 미끼로 썼다는 점이 의외이기는 했지만, 군대도 돈으로 굴러가는 것이라 이해 못할 바는 아니었다.

이번 의뢰를 수행한 용병단의 타이탄 여덟 기의 가격은 A형 타이탄 두 기를 감안하면 300억 두카를 훌쩍 넘었다. 입장을 바꿔 생각해 봐도 충분히 이해가 됐다.

그러나 이해를 하는 것과 받아들이는 것은 별개의 문제다. 자신을 속여 사지로 몰아넣었다는 사실을 어떻게 받아들일 수 있겠는가.

하지만 국가는 사람이 아니다. 국가의 일은 물론 사람이 처리하지만, 일을 처리한 사람에게 분노를 풀어도 소용이 없다. 그 사람이 아니더라도 다른 사람이 일을 처리했을 것이기 때문이다. 게다가 상대는 보통 국가가 아니었다. 바로 제국이었다.

"자네는 어떻게 할 텐가?"

단장은 쓸쓸함을 애써 지우고 티마이라에게 물었다.

제이가 구한 두 명 중 한 명은 해방노예라 용병단에 계속 남아야 했다. 이번 일로 빚만 엄청나게 늘었을 뿐이다.

"저…… 울피아를 저에게 넘길 수 있겠습니까?"

불편한 몸으로 의자에 앉아 있는 것도 쉽지 않았지만, 티마이라는 조심스럽게 물었다.

"울피아라…… 흠……."

티마이라는 몸이 완전히 회복되어도 이제 오너가 아니다. 타이탄 없는 오너가 선택할 수 있는 길은 다른 오너의 예비 오너가 되든지, 이름 없는 시골 영주의 기사가 되든지, 아니면 거액의 빚을 지고 타이탄을 구입하는 것뿐이었다.

물론 그동안 모아놓은 돈으로 평범하게 살 수도 있겠지만, 타이탄 오너가 타이탄을 버리고 일상의 삶을 선택하는 경우는 거의 없었다.

티마이라는 거액의 빚을 지는 길을 선택하려는 것이다. 이 방법을 택하면 신분은 그대로지만, 사실상 해방노예와 다를 바가 없다.

하지만 오너의 자존심에 다른 사람의 예비 오너가 되는 길은 선택할 수 없었던 것이다.

"마호른 님과 상의해 보게."

제이가 타던 울피아는 아공간 마법진의 효율이 너무나 낮기 때문에, 티마이라가 과연 제대로 운용할 수 있을지 단장은 판단을 내리지 못했다.

"알겠습니다."

"정말 고생했네. 이제 푹 쉬게."

단장은 분위기를 전환하려고 일부러 큰소리로 말하면서 자리에서 일어났다.

티마이라와 해방노예인 오너가 단장을 따라 일어났지만, 세 명은 그대로 앉아 있었다.

"무슨 할 말이 더 남아 있나?"

"예."

눈치를 보던 티마이라와 해방노예 오너는 잠시 쭈뼛거리다가 단장의 방을 나갔다.

"말해보게."

단장의 말에 투발루가 야영지에서 있었던 일을 설명했다.

투발루의 이야기를 다 들은 단장의 얼굴이 그리 좋지 않았다.

"음, 이 일은 나도 어찌해야 할지 판단하기 어렵군. 같이 마호른 님께 가세."

하란 용병단은 단장의 명령에 절대 복종하는 군사집단이 아니다. 굳이 말하자면 동업자 조합에 가까웠다.

다만 용병단에 소속되어 있는 한, 오너는 용병단 측이 제시한 의뢰를 거부할 수 없다. 하기 싫은 일이라도 제비에 걸리면 해야 한다. 그리고 의뢰비의 10%를 용병단에 내야 한다.

하지만 그것으로 용병단 측과의 계산은 끝이다. 전리품이 되었든, 의뢰가 없을 때 다른 일로 번 것이든, 완전히 오너 개인의 소유였다. 지원팀에 급료를 주는 것도, 타이탄 수리비용을 대는 것도, 모두 오너 개인의 책임이었다.

하란 용병단은 의뢰비의 10%와 타이탄 수리비, 해방노예의 몸값, 그리고 이자 등으로 수입을 잡는 것이다.

이번 제국의 의뢰를 수행하다 타이탄 다섯 기가 파괴되었지만, 용병단 측이 입은 피해는 아직 돈을 다 갚지 못한 해방노예의 타이탄이 파괴된 것과 해방노예 한 명이 사망한 것이 전부였다.

물론 값을 매기기 힘든 용병단의 명성 하락이 있을 것이고 타이탄 두 기 파괴와 해방노예의 사망이 적은 피해는 아니지만, 전장에 몸을 팔아 유지되는 용병단에 이 정도의 위험은 상존한다.

그러나 2군단장에게 가는 물건을 가로챈 것은 용병단 전체에 위협이 될 만한 일이었다.

"그렇단 말이지."

마호른이 고개를 끄덕였다.

타이탄 정비소 옆에 붙어 있는 마호른의 연구실에서 투발루는 야영지의 일을 다시 말해야 했다.

"이미 지난 일은 어쩔 수 없네. 앞으로 캠프의 경계를 좀 더 강화해야겠어."

"그리고 플라티나와 마나석은 풀면 안 될 것 같습니다."

"그렇지. 당분간은 자중해야 할 거야. 원한다면 플라티나와 마나석은 물론 타이탄 귀속구도 내가 사주지."

"귀속 해제를 할 수 있단 말이오?"

카모르찬이 놀라 물었다.

다른 사람이 귀속시킨 타이탄의 귀속을 강제로 푸는 것은 상당한 경지인 것이다. 용병단에 가장 최근에 들어온 카모르찬은 다른 두 사람에 비해 확연히 놀랐다.

"장담할 수는 없네. 나도 처음 보는 모델이라서 말이야. 연구해 볼 가치가 있겠어. 그리고 어차피 이 귀속구를 외부에 팔 수는 없는 일 아닌가?"

"그건 그렇지요."

"60억 두카 쳐주겠네."

"그건 너무 헐값 아닙니까?"

마호른의 말에 카모르찬이 반박했다.

전혀 손상을 입지 않은 A형 츠바르드비스급 타이탄이라면 120억 두카를 넘을 것이다.

"어디다 내다 팔 수도 없는 물건을 그 정도면 잘 쳐준 셈이지. 싫으면 관두게."

투발루는 이의를 제기하지 않고 자신 몫의 귀속구와 플라티나 바, 그리고 마나석 한 개를 넘겼다.

카모르찬은 잠시 고민하다가 할 수 없다는 표정으로 자신의 몫을 넘겼다.

제이는 자신의 귀속구 네 개를 마호른에게 건네면서 말했다.

"나는 팔지 않겠소. 귀속 해제만 시켜서 돌려주시오. 수수료는 지급하겠소."

다른 사람들이 제이를 쳐다보았다.

"이것이 외부에 드러나면 곤란하다는 것 정도는 알고 있겠지?"

마호른이 날카롭게 말했다.

"물론이오. 함부로 쓸 생각도 없소. 그저 내 것을 내가 갖겠다는 것이오."

"뭐, 네 것을 네가 갖겠다는데 말릴 수야 없지. 그러나 함부로 노출시키면 너 혼자만 피해를 보는 게 아니다."

마호른이 다시 한 번 눈빛으로 경고했다.

"걱정 마시오."

"플라티나와 마나석은?"

"그것도 그냥 갖고 있겠소."

당장 풀 수는 없지만 마나석이나 플라티나 바를 재산 증식 수단으로 가지고 있는 경우도 있었기 때문에, 마호른은 별다른 말을 하지 않았다.

"그건 그렇고 암호문과 지도는 어떻게 합니까?"

투발루가 일행을 둘러보며 말했다.

"이건 아무리 봐도 모르겠군. 모르는 사람이 금방 알아보면 그게 어디 암호인가. 지도도 어디를 나타내는지 알 수가 없어."

마호른이 고개를 저었다.

"증거는 없애 버리는 게 상책인데."

카모르찬이 더 생각해 볼 필요도 없다는 듯이 내뱉었다.

"지금 이 두 장의 종이보다 더 큰 증거들이 수두룩한데 애초에 보지 않았으면 모를까 없앤다는 것은 좋은 방법이 아니오. 혹시나 누군가가 이것 때문에 위협한다면 상대를 협박할 수단을 갖고 있는 것도 나쁘지는 않겠지."

제이가 카모르찬의 말에 반대했다.

"그래. 그 말도 틀리지 않구나. 하지만 이건 내가 사들일 가치도 없는 것이니, 알아서들 처리하게. 단, 노출시키지 말아야 해."

"그럼 이걸 어떻게 할 셈인가? 나는 더 이상 얽히기 싫군."

투발루가 두 장의 종이를 멀찍이 밀었다.

"나도 싫어. 위협이니 협박이니 이런 말들은 당당하지 못해."

카모르찬도 거절했다.

"내가 갖고 있겠소."

제이는 두 장의 종이를 품에 집어넣었다.

어차피 다른 두 사람에게 맡기는 것도 안심이 되지 않았다.

"이번 일이 새어나가지 않도록 다시 한 번 입단속을 시키게. 물론 말 안 해도 잘들 하겠지만."

제이는 폴카도와 함께 마차를 타고 하란 시로 갔다.

아모란은 티마이라가 잘 놀아줄 것이다.

사람들은 세상에서 마법진이 가장 많이 설치된 곳은 왕궁도 아니고, 마탑도 아니고, 루미나스 은행이라고 했다.

그 말이 맞는지 확인해 보지는 못했어도 제이도 루미나스 은행에서 사고가 났다는 얘기는 듣지 못했다.

제이는 루미나스 은행에 계좌를 갖고 있었지만, 금고는 아직 없었다. 상당한 비용을 지불하고 개인 금고를 개설한 제이는 플라티나 바 18개와 미스릴이 입혀진 상자에 넣은 마나석 3개, 그리고 암호문과 지도를 금고에 넣고 은행을 나섰다.

은행에서 일을 마치고 바로 캠프로 돌아가려는 제이를 폴카도가 붙잡았다.

"아모란에게 옷을 사주는 게 좋을 것 같습니다."

생각지도 못했다.

'그렇군.'

그냥 길거리에 버려두어도 알아서 크는 애들이 없지는 않지만 정상적으로 자라는 아이는 누군가의 보살핌이 필요하다.

자신도 아버지, 고모, 죠르제 할아버지가 돌봐주었다는 것을 잊고 있었다.

지나간 일들은 너무나 당연하게 여겨진다.

'후!'

"갑시다."

폴카도를 앞세우고, 제이는 하란에 와서 처음으로 시장에 갔다.

어색하기만 한 시장의 소음이 낯설지는 않았다.

"직접 골라주면 좋아할 겁니다."

폴카도가 제이에게 권했다.

제이는 씁쓸하게 고개를 저었다.

그것까지는 어쩔 수 없다는 듯, 폴카도는 고개를 끄덕이고, 제이를 상점 앞에 세워둔 채 혼자 들어가 옷을 골랐다.

상점에 걸려 있는 알록달록한 옷이 제이의 심장을 간질였다.

폴카도가 여러 벌의 옷을 사가지고 나오자, 제이는 폴카도에게 10만 두카짜리 금화 하나를 건넸다.

폴카도는 금화를 물끄러미 쳐다보다가 금화를 받았다.

"이번에 산 옷들은 제이 님이 직접 사준 것입니다."

폴카도가 엷게 웃었다.

제이는 폴카도가 산 옷들을 들고 시장을 빠져나와 캠프로 향했다.

폴카도가 자리한 마부석 옆에 나란히 앉아, 제이는 그저 스치는 풍경만 바라보고 있었다.

"폴카도 씨, 이번에 죽은 스카우터 가족들에게 위로금을 충분히 지급하세요."

갑자기 생각이 났다는 듯, 제이는 여전히 경치를 보면서 중얼거렸다.

제이의 스카우터들은 이번에 폴카도를 제외하고 모두 죽었다.

"예."

"그리고 새로운 스카우터 네 명을 알아보세요."

하란은 용병과 상업의 도시, 스카우터 구하는 것이 그리 어려운 일은 아니었다.

"알겠습니다."

"한 명은 여자로 하세요."

의외의 말에 폴카도가 잠시 주춤했다 이내 대답했다.

"예."

제이는 또 입을 다물고 경치만 바라보았다.

말발굽 소리와 마차 바퀴 구르는 소리만 들렸다.

"폴카도 씨, 사람 좋은 보모 한 명을 알아보세요."

"예, 알겠습니다."

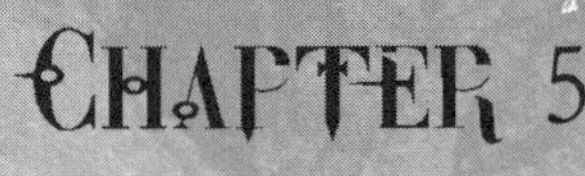

[시저렉 계절]

사람의 가치

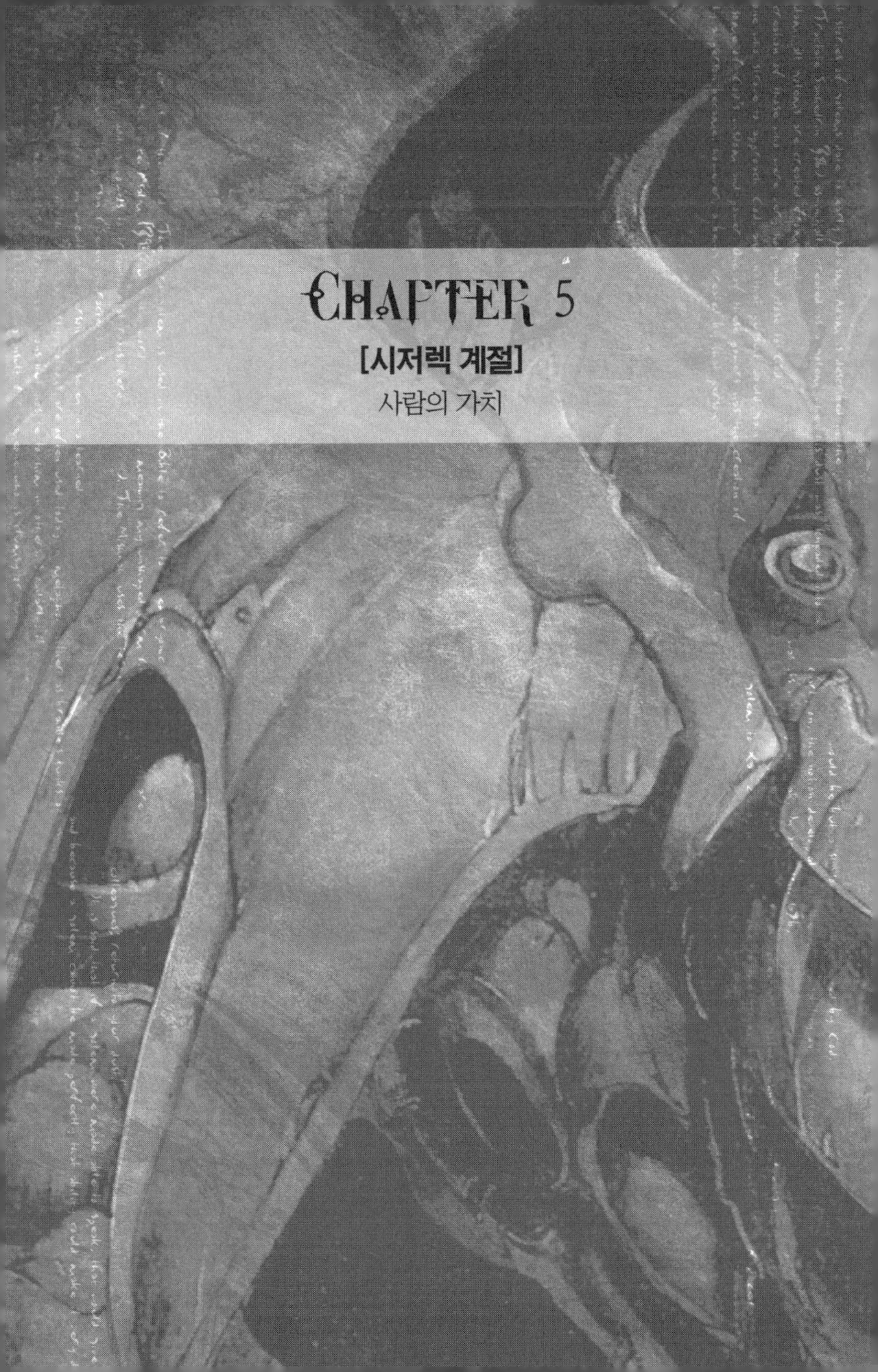

Jay
Koplanit

“아직도 못 찾았나?”

늙은 신사가 으르렁댔다.

“죄송합니다.”

늙은 신사와 탁자를 사이에 두고 서 있는 검은 외투가 고개를 숙였다.

쾅!

늙은 신사가 탁자를 내려쳤다.

“죄송하다는 말은 듣고 싶지 않다. 머리카락 한 올이라도 가져와라. 기사가 다섯이다. 그것도 모두 타이탄 나이트! 어떻게 흔적도 못 찾을 수 있단 말이냐! 아무런 흔적도 찾을 수 없다면 너희의 능력을 의심할 수밖에 없다.”

마지막 말은 무척 낮았다. 그러나 늙은 신사의 마지막 말에 검은 외투의 몸이 잘게 떨렸다.

“실은…… 흔적은 찾을 수 없었습니다만, 통행한 자들을 조사한 결과 의심스러운 무리가 하나 있었습니다.”

검은 외투는 조심스럽게 말을 꺼냈다.

“뭐야? 그 얘기를 왜 이제야 꺼내는 것이냐?”

“그게…… 타이탄 용병입니다. 타이탄 한 기가 지나갔답니다.”

쾅!

“지금 나를 놀리는 것이냐? 타이탄 용병 하나가 타이탄 나이트 다섯을 어찌 할 수 있을 것 같으냐! 그것도 흔적도 없이!”

늙은 신사가 다시 한 번 탁자를 때렸다.

검은 외투가 쩔쩔맸다.

“저, 그래서 당연히 말도 안 된다고 생각해서 보고를 하지 않았습니다. 그런데 다른 증거를 전혀 찾을 수 없어서 다시 한 번 그 용병 무리의 행적을 조사했더니, 남부사령관이 발급한 통행증을 보여주고 지나갔답니다. 그래서 남부사령부에 그들에 대해 물었지만 군사 작전에 대해 알려고 하지 말라는 경고만 들었습니다.”

“그분은?”

“작전에 직접 관여하지 않아 용병에 대해서는 모르신답니다.”

늙은 신사는 인상을 찌푸리고 곰곰이 생각에 잠겼다.

이윽고 늙은 신사가 입을 열었다.

"지금 그 용병들은 어디에 있지?"

"펜디크에서 특수운반선을 빌려 타고 떠났습니다. 공식적인 경로로는 어디로 떠났는지 알 수가 없었지만 비공식적으로 알아본 결과 하란으로 떠났답니다."

"음…… 용병이라……. 말도 안 되지만 지금으로서는 유일한 실마리라는 말이지."

그래도 단서가 전혀 없지는 않다고 생각해서인지, 늙은 신사의 목소리가 많이 가라앉았다.

"계속해서 흔적을 찾아보고, 하란으로 갔다는 용병에 대해서도 더 자세히 조사해 보도록."

"알겠습니다."

검은 외투가 고개를 조아렸다.

"감히, 내 아들을…… 우리 일을…….."

늙은 신사의 눈에 불길이 일었다.

*　　　*　　　*

사람은 모여서 산다.

모여 살기 때문에 크고 작은 다툼이 끊이질 않는다. 그럼에도 사람은 모여서 산다.

하란 용병단 캠프 바로 옆에 꽤 큰 마을이 하나 있었다.

용병단에서 일하는 사람과 그의 가족들, 그리고 용병단을 대상으로 장사하는 사람들이 사는 곳이다. 용병단 때문에 생긴 마을이었다.

제이는 용병단에 온 이후로 줄곧 캠프 안에 있는 숙소에서 살았다.

의뢰가 없을 때 가끔 볼일을 보러 하란 시에 가는 경우는 있었지만, 캠프 옆에 바로 붙어 있는 이 마을에는 단 한 번도 와보지 않았다.

술도 마시지 않고, 도박도 하지 않고, 오직 수련만 했기 때문에 이 마을에 올 일이 없었던 것이다.

그러나 아모란과 함께 캠프 숙소에서 살 수는 없었다. 자신은 상관없지만, 친구도 없고 이웃도 없는 외로운 삶을 아모란에게 강요할 수 없었다. 다투고 싸우며 살아도 사람은 모여 사는 것이다. 그 정도는 자신도 알고 있었다.

그래서 폴카도의 집 근처에 집을 얻었다.

"여기가 이제 아모란의 집이란다."

폴카도는 아직까지 아모란의 심장을 찌르려 했던 그때를 잊지 못했다. 그래서 더더욱 아모란에게 애틋했다.

"아모란 집?"

제이의 집게손가락을 꼭 잡고 낯선 마을에 들어온 아모란은 폴카도의 말에 눈을 똥그랗게 떴다. 그리고 제이를 쳐다보았다.

"그래, 아모란 집."

제이의 대답에 아모란은 제이의 손가락을 슬며시 놓고 호기심 어린 표정으로 아담하게 꾸며진 정원을 이리저리 둘러보며 문으로 걸어갔다. 문 앞에서 아모란은 다시 제이를 쳐다보았다.

끄덕.

제이가 고개를 끄덕이자 아모란은 조심스럽게 문을 열고 집으로 들어갔다.

새로운 집이다.

새집은 아모란뿐 아니라, 제이에게도 새로웠다.

근 십 년 만에 숙소가 아닌, 집이라는 곳에서 살게 된 것이다.

제이는 자기도 모르게 집 안으로 들어가는 문을 슬쩍 쓰다듬었다.

'집…….'

아바에 있는 고향 집 말고, 다른 집을 갖게 되리라고는 생각지도 않았다.

기분이 이상했다.

그날 밤, 제이가 자신의 방에서 책을 읽고 있을 때 아모란이 문을 슬며시 열고 들어왔다.

"아. 빠. 졸. 려."

자기 방을 가져 본 적도 없고 지난 3개월 동안 제이의 품에서 잠이 들었던 아모란에게 자기 방은 그저 낯설고 무서운 공간이었다.

‘후.’

“이리 와라.”

아모란이 제이의 벌린 팔 안으로 안겨 들어왔다.

제이는 아모란을 안고 침대에 누웠다.

집뿐만 아니라, 수련의 연속인 제이의 일상도 바뀌었다.

‘아모란.’

집이 바뀌었어도 아모란은 제이의 품에서 잤다.

가슴에 한 번 품은 아모란을 다른 사람에게 준다는 생각은 아예 해 보지도 않았다. 그리고 폴카도의 지적 아닌 지적을 받은 뒤로 아모란을 방치하지 않겠다고 생각했다. 그래서 제이는 아모란을 돌봐줄 사람과 보호해 줄 사람을 구했다.

이제 자신이 의뢰를 수행하러 떠나 없어도 맨더슨, 샌디 부부가 아모란을 보살필 것이고, 아모란만 한 아들이 있는 여자 용병 스와더피가 아모란을 보호할 것이다. 그리고 폴카도의 열세 살짜리 아들 디톨레닌이 아모란과 놀아줄 것이다.

그러나 이 정도로는 아모란을 방치하지 않았다고 할 수 없어서 제이는 자신이 아는 방법으로 아모란을 가르쳤다.

“호오아, 호오아, 호오아.”

“아모란, 입을 다물고 코로 숨을 쉬어라.”

제이의 말이 떨어지자, 아모란은 얼른 입을 닫았다. 그러나 마을 뒷산으로 뛰어 올라 가빠진 숨을 작은 콧구멍으로만 해결하는 것은 아모란에게 아직 벅찼다.

아모란의 입이 다시 벌어졌다.

"호아, 호아, 호아."

제이는 아모란을 멈춰 세우고, 아모란의 양팔을 잡아 벌렸다.

"들이 쉬고!"

"후우우."

다시 아모란의 팔을 앞으로 모아 내렸다.

"내쉬고!"

"하아아."

"알겠지?"

끄덕끄덕.

아모란은 제이가 이끌어준 대로 앙증맞은 팔을 벌렸다 내리기를 수차례 반복한 뒤에야 숨을 정상으로 회복했다.

"아모란, 무슨 일이 생겨도 항상 같은 호흡을 유지해야 마음이 흔들리지 않는다. 달릴 때도, 무서울 때도, 같은 숨을 쉬어야 한다. 그러면 강해진단다."

끄덕끄덕.

제이는 아모란이 이해했을 거라고는 생각하지 않았다. 그러나 이야기를 계속했다.

"그러려면 먼저 가슴이 튼튼해져야 한다. 가슴이 튼튼해지려면 매일 이렇게 뛰어야 한다. 아빠가 없어도. 알았지?"

끄덕끄덕.

아모란은 습관처럼 고개를 끄덕였다.

아모란에게 체력과 평정심을 기반으로 한 고도의 감각 수련 이야기는 하지 않았다. 그런 어려운 얘기를 어린 아모란에게 할 만큼 어리석지는 않았다.

일단 꾸준히 달리기를 해서 호흡을 강화하고, 장난감 활을 가지고 놀아 조금이나마 집중력을 기를 수 있다면 충분하다고 생각했다.

자신도 과거에 아버지가 무슨 얘기를 하는 것인지 전혀 모르지 않았던가. 그저 매일 꾸준히 달리기를 해서 건강해지면 그것으로 일단 만족이다.

제이는 아버지가 자신에게 해준 것처럼 자신도 아모란에게 해주었다는 사실, 그 자체로 어느 정도 부족함을 채운 느낌이 들었다.

그러나 자신은 사람들이 존경하는 아버지처럼 훌륭한 사람이 되겠다는, 어리지만 당찬 마음이 있어서 아버지가 없는 날에도 항구가 내려다보이는 언덕까지 매일 뛰었다. 하지만 아모란에게 그런 마음이 있을지 자신할 수가 없었다. 아니, 없을 것이라고 생각했다.

그래서 스와더피를 고용했다. 아이를 키우고 있다는 이유 하나만으로 많은 여자 용병들을 제치고 고용된 스와더피가 아모란이 꾸준히 뛰도록 잘 다독이는 역할을 할 것이다.

아모란이 찍은 낙인 때문에 녹은 벽은 애써 외면했다.

어쩔 수 없었다. 그 낙인까지는 감수할 것이다. 아모란은 버릴 수 없다.

“다시 뛰자.”

제이는 다섯 살 때부터 뛰었다.

아모란은 여섯 살 때부터 뛰고 있다.

*   *   *

쿵쾅쿵쾅!

꾸애액!

[이봐! 그쪽 똑바로 막지 못해]

텅!

[당신이나 잘 해. 난 잘하고 있거든.]

[젠장, 한 마리라도 놓치면 얼굴 구긴단 말이야]

꽤액!

열 기가 넘는 타이탄이 산에서 꾸역꾸역 밀려 내려오는 괴물들을 때려잡았다.

다리가 열 개 달린 시저렉이라는 이 몬스터는 가을에 기승을 부린다. 월동 준비를 하느라 먹이를 찾아 산에서 내려오는 것이다.

높이가 거의 타이탄 절반에 달하고, 껍질이 단단하며, 다리가 날카롭기 때문에 사람이 잡기에는 힘들었다. 그래서 늘 타이탄이 동원되었다.

퍽!

찌익!

한 기의 타이탄이 휘두른 몽둥이에 시저렉의 껍질이 터져 진액이 솟구쳤다.

[야! 제대로 못할 거면 타이탄에서 내려! 값 떨어지잖아!]

[병신 같은 놈! 그것도 못하면서 오너라고.]

시저렉은 진액이 흐르면 안 된다. 값이 떨어지기 때문이다.

딱!

딱!

다른 타이탄들이 뭐라고 떠들든 신경 쓰지 않고, 제이는 스톤에 탑승한 채 시저렉의 이마 한 가운데를 때려 놈이 경련을 일으키는 동안 재빨리 놈을 뒤집어 버렸다. 그리고 뒤집혀 버둥거리는 놈의 다리 관절을 꺾어 던져 버린 뒤, 짊어지고 있던 쇠사슬로 놈을 칭칭 감았다.

시저렉의 다리는 몹시 날카롭기 때문에 타이탄의 장갑이 긁힐 정도였다. 사람은 순식간에 벨 수 있다. 그래서 다리를 꺾어버려야 한다.

시저렉은 그 수가 많을 뿐, 타이탄의 상대가 되지 않는다. 그러나 시저렉의 몸에서 나오는 체액은 점성이 너무 강해 관절 부위나 몸체와 장갑 사이에 스며들어 눌러 붙으면 청소하기가 워낙 까다로워서, 정비요원들이 가장 싫어하는 몬스터였다.

딱!

꽤애액!

타이탄들은 능숙하게 시저렉을 잡아 묶었다.

간간이 시저렉의 체액이 튀면, 그 오너는 욕을 먹었다. 하지만 타이탄 열 대 이상이 동원되었기 때문에, 내려온 시저렉은 어느새 모두 제압되었다.

제이는 스톤에서 내렸다.

시저렉의 비린내가 코로 확 들어왔다.

'오늘은 끝났군.'

시저렉 포획은 하루 만에 끝나지 않는다.

먼 옛날부터 인간은 강가에서 살아왔다.

인간이 살기 좋은 환경은 다른 생명체가 살기에도 좋은 것이 보통이라, 인간은 다른 생명체들과 강을 두고 오랫동안 싸워야 했다.

싸움에 패하여 쫓겨난 곳도 있었지만 인간은 그 연약한 육체를 지녔음에도 대부분 승리를 거둬 강을 쟁취했다.

미르 강은 더 말할 것도 없었다.

중앙산맥에서 발원하여 마이네 제국과 바밀 왕국을 거쳐 동쪽 끝 소슬 왕국에서 바다로 빠져나가는 기나긴 미르 강은, 수백 개의 물줄기가 합류하기도 하고 빠져나가기도 하는 대륙 중부의 젖줄이라, 인간이 결코 포기할 수 없는 곳이었다.

수백 개의 물줄기를 거느리는 미르 강과 미르 강 덕분에 만들어진 광대한 그랑 평야로 연약한 인간들은 점점 모여들었다.

그리고 본능에만 의지하는 거대 몬스터와 사나운 야수와 싸워 결국 이겼다.

타이탄이 등장하기 전의 일이었다.

대륙 중부에서 몬스터나 야수를 찾아보기 힘든 것은 제국이나 왕국의 힘이 아닌 인간의 힘이었다.

그럼에도 중부의 산악지대에는 아직도 많은 거대 괴수들이 살고 있어 인간의 생존을 위협했다.

이미 타이탄이 등장하기도 전에 미르 강 유역에서 몬스터를 몰아낸 인간의 저력을 감안할 때, 엄청난 인구가 살고 있는 대륙 중부에서 거대 제국과 강한 왕국을 형성하고 타이탄과 무서운 마법을 지닌 인간이, 아직도 몬스터의 위협에 노출되어 있다는 것은 아이러니가 아닐 수 없었다.

"스캐빈저들께서 납시었군."

한 용병이 비웃음을 던졌다.

잡은 시저렉을 한데 모아놓은 장소에 수십 명의 마법사와 마법사의 수보다 훨씬 많은 일꾼들이 나타나, 능숙한 손길로 타이탄보다도 더 큰 대형 원통을 설치하기 시작했다.

"신경 꺼."

"신경 쓰고 싶지 않아도, 곧 풍길 냄새 때문에 벌써 머리가 지끈거리는 것 같단 말이야."

비웃음을 던진 용병이 인상을 쓰며 투덜댔다.

생체학파라 불리는 루즈 마탑의 마법사를 스캐빈저라고 낮춰 불렀다. 물론 면전에 대고 스캐빈저라고 부르면 시저렉과

같은 꼴을 당할 것이다.

시설을 설치한 루즈 마탑 사람들이 뒤로 물러나고, 루스 마탑 소속인 듯한 타이탄 두 기가 시저렉을 들어 커다란 원통에 집어넣었다.

꾸애액!

아직 죽지 않은 시저렉들이 괴성을 질렀다.

지켜보는 용병들은 저 시설이 어떤 원리로 작동하는지는 몰랐지만, 저 시설에서 만들어지는 것이 무엇인지 잘 알고 있었다.

시저렉 오일.

저 시설은 타이탄 윤활유 중에 최고로 치는 시저렉 오일의 원료를 추출하는 장치였다. 추출한 원료를 가져가 루스 마탑 비전의 방법으로 가공을 하면 값비싼 타이탄 윤활유가 만들어진다.

"에잇, 저 냄새에는 도저히 익숙해지지가 않는군."

시설이 가동되자, 고약한 냄새가 이 일대를 뒤덮었다.

"제이, 저쪽으로 옮기자고."

카모르찬이 자리를 털고 일어나며 바람이 불어오는 쪽을 가리켰다.

어차피 세상이 냄새나는 시궁창과 다를 바 없다지만, 이 자리에서 일부러 저 냄새를 맡을 필요는 없었다. 제이도 카모르찬을 따라 일어났다.

바람이 불어오는 쪽에는 이미 많은 용병들이 자리하고 있었다.

시저렉 계절은 타이탄 용병들에게 있어 가장 안전하면서도 상당한 수입을 올릴 수 있는 철이다. 마이네 제국의 갈색 산맥이나 바밀 왕국의 붉은 산맥에 접한 영지를 갖고 있는 영주들의 수요가 폭증했다. 시저렉 한 철 수입으로 일 년을 난다는 오너가 있을 정도였다.

그래서 하란 용병단의 오너들 외에도 바밀 왕국에서 활동하는 많은 용병 오너들이 몰려들었다.

"어이, 케니. 오랜만이야."

카모르찬이 아는 체를 했다.

"흥, 아까 봤으면서 오랜만은 무슨……."

왼쪽 눈에서부터 볼까지 긴 흉터가 남아 있는 케니라는 남자는 카모르찬을 반기지 않았다.

오너들은 일을 시작하기 전에 모두 모여 브리핑을 받았기 때문에 오늘 처음 보는 것은 아니었다.

"아까는 인사도 못했잖은가."

"우리가 인사를 나눌 사이냐!"

케니는 꼴 보기 싫다는 듯 거칠게 내뱉고는 자리를 떴다.

"짜식, 아직도 안 풀렸나?"

카모르찬이 입맛을 다셨다.

"3년 전 영지전 때 만난 적이 있어서 말이야. 그때 녀석의 기체를 좀 심하게 망가뜨렸지, 하하하."

어차피 돈을 받고 참전하는 용병들이라 그런 경우 애써 원

한을 품으려 하지는 않지만, 그렇다고 반가울 리도 없었다.

제이는 카모르찬의 얘기를 귓등으로 흘리며 자리에 앉았다.

등으로 서늘한 산바람이 부딪쳤다.

여전히 꿈틀대는 시저렉과 가동되고 있는 시설을 공허하게 쳐다보다 문득 아모란 생각이 났다.

혹시나 아모란이 울까 봐 새벽 일찍 집을 나섰다.

그래도 아모란이 울지 않고 잘 지내면 서운할 거라는 생각이 들었다.

거대한 시저렉을 아무렇지도 않게 찜 쪄 먹고 있는 인간이야말로 몬스터보다 무서운 괴물이다. 그 괴물들 틈에서 아모란 생각이나 하고 있는 자신은 예전보다 더 나약해져 있었다.

꾸애액!

타이탄에 의해 들어 올려진 시저렉 한 마리가 괴성을 지르며 몸부림쳤다.

제이는 아모란 생각을 지우기 위해 원형 시설 주위에서 분주히 움직이고 있는 시저렉보다 더한 괴물들을 노려보았다.

바람이 차가웠다.

*   *   *

"휴! 나도 A형 타이탄을 반드시 사고 말 테다."

자신의 타이탄을 예비 오너에게 넘긴 티마이라가 말에 오르며 인상을 썼다.

용병단 일행은 처음 도착한 영지에서 일을 마치고 다음 영지로 산길을 타고 이동하는 중이었다.

타이탄이 산길을 걷는 것은 보통 위험한 일이 아니었다. 미끄러지기라도 하면 그야말로 대형 사고가 일어날 수도 있기 때문이다. 타이탄에 탑승한 조종사는 다치지 않겠지만, 주위의 동료가 깔려 죽을 수도 있었다.

그렇기 때문에 조종사는 신경이 예민해질 수밖에 없고, 마나 소모도 더 심했다.

마호른은 티마이라에게 울피아를 넘기지 않았다. 소환하는 데 숙련된 기사의 마나 40%를 필요로 하는 울피아는 티마이라에게 무리라고 판단한 것이다. 대신 돈을 빌려주어, 티마이라는 하란 시에서 중고 N형 아드리오를 구입했다.

"얼른 돈을 모아서 고급으로 사라고."

카모르찬이 티마이라를 놀리듯 빙긋거렸다.

"거참, 그러기에 A형 타이탄 사게 돈 좀 꿔달라니까. 돈 많으면서 어디다 쓰려고 그렇게 아끼는 겁니까, 예?"

물론 농담이었다.

돈이 아무리 많다고 해도 알고 지낸지 1년도 안 된 사이에 타이탄 값을 빌려준다는 것은 말도 되지 않는 것이다.

"험, 험."

카모르찬은 산세를 살피는 척하며 딴청을 부렸다.

한 영지에서 가을 내내 있을 수는 없다. 시저렉 큰 무리를 잡았다 싶으면 또 다른 수요를 찾아가는 것이다. 찔끔찔끔 내려오는 시저렉들은 영주의 기사들이 해결할 것이다.

영주 입장에서도 적은 수의 시저렉을 상대하기 위해 비싼 타이탄 용병을 계속 쓸 수는 없기 때문이다.

산을 넘은 일행은 낮은 구릉을 지나 영주 성을 향해 길을 잡았다.

길을 가는 도중에 만난 마을은 태풍이 불어 닥친 것보다 더 심하게 망가져 있었다.

집이 부서진 것은 말할 것도 없고, 사람은 물론 가축 울음소리도 들리지 않았다. 군데군데 핏자국과 찢어진 옷자락이 이 마을에 있었던 참사를 말해주었다.

"쯧쯧, 여기는 농장 관리가 엉망이구만."

투발루가 혀를 찼다.

붉은 산맥 일대는 시저렉 농장이나 다름없었다.

시저렉의 효용을 몰랐다면 국가 차원에서 진즉 병력을 동원했을 것이다. 그게 아니더라도 영주가 무슨 수를 쓰든 시저렉 소탕을 벌였을 것이다.

그러나 그러지 않았다.

시저렉을 가축처럼 가둬 키울 수는 없었다. 너무 위험할 뿐더러, 먹이 대는 비용이 더 크기 때문이다.

그래서 그냥 놔두었다. 어차피 일 년에 한 번씩은 내려오기 때문에 그때 잡으면 된다.

영주는 시저렉을 잡아 평야 지대 영지 못지않은 수입을 올렸다. 그러나 그 피해는 고스란히 영지민에게 돌아갔다.

방치해 둔 산에는 시저렉뿐 아니라 온갖 몬스터와 맹수들이
살았다. 산 아래에 있는 영지민들은 이들의 먹잇감에 불과했
다.

대부분의 영주들은 산 아래에 사는 영지민을 철수시키지 않
았다. 그렇게 하면 먹이를 찾는 몬스터의 행동반경이 넓어져
위험하고 귀찮아지기 때문이다.

그래서 산 아래에 사는 사람들은 그저 나무 목책에 의지한
채 살아갔다.

시저렉의 값은 비쌌고, 영지민은 너무나 쌌다. 사람은 미르
강 유역 그랑 평야에 차고도 넘칠 만큼 많았다.

그래도 시저렉 계절에는 영주 성으로 철수시키는 게 보통인
데, 이곳의 영주는 그마저도 생략한 모양이었다.

용병단 일행은 아무 일도 없다는 듯 그냥 마을을 지나쳤다.
표정은 어두웠지만 새삼 이 일을 두고 왈가왈부하는 사람은
없었다. 한두 해 보는 광경이 아니었던 것이다.

그리고 자신들이 운용하고 있는 타이탄의 상당수가 시저렉
오일을 사용하고 있다는 것을 의식하지도 않았다.

사람은 시저렉보다 무서운 몬스터였다.

*   *   *

영주가 영지민 철수 명령을 내리지 않아 발만 동동 구르다
가, 더 이상 참지 못하고 영주에게 영지민을 성으로 불러야 한

다고 건의했다.

"피리운 경. 가까운 마을은 모두 소개시키겠지만, 먼 마을은 신경 쓸 여력이 없소."

영주는 겉으로는 너그러운 표정을 지었지만, 눈빛은 날카로웠다. 평기사 따위가 감히 나서 영주의 일에 참견하느냐는 눈빛이었다.

다른 기사들도 따갑게 쩨려보았다.

시저렉 계절에 먼 마을까지 가서 주민을 소개시키려면 타이탄과 기사들이 직접 가야한다. 영주의 명령이라면 모를까, 평민들을 지키기 위해 그런 수고를 기꺼이 할 기사는 많지 않았다.

어차피 저들은 자신을 동료로 여기지도 않았다.

붉은 산맥 아래에 사는 사람들은 강건했다. 수백 년간 몬스터, 야수와 싸워왔기 때문이다. 그래서 붉은 산맥 부근에는 평민 출신 기사가 적지 않았다. 그러나 영주에게 발탁된 평민 출신들은 대부분 자신의 과거를 부끄러워했다. 시간이 흐를수록 진짜 기사, 진짜 귀족이 되어갔다.

자신처럼 여전히 고향 마을을 돌아보고, 산골 처녀를 사랑하는 사람은 자연히 외톨이가 되었다.

더 이상 간청하는 것은 소용없는 일이라는 것을 깨닫고 조용히 영주 앞을 물러났다.

하지만 도저히 마음이 가라앉지 않았다. 운이 좋으면 단단한 목책에 의지해 살아남을 수도 있을 것이다. 그렇지만 자신이 사랑하는 라테나의 목숨을 운에 맡길 수는 없었다.

말을 타고 고향 마을로 달렸다.

나중에 영주에게 받을 처벌 따위는 개의치 않았다.

고향 마을에 가까워질수록 야수의 울음소리가 점점 많아졌다. 전형적인 시저렉의 전조였다. 시저렉이 내려오기 전에 시저렉에게 몰린 소형 몬스터와 야수들이 먼저 내려오는 것이다.

가슴이 덜컥 내려앉았다. 마음이 급해졌다. 입에 거품을 무는 말에 더욱 채찍질을 가했다.

"아아!"

마을이 내려다보이는 언덕에 오른 순간 절망의 탄식이 흘러나왔다.

목책을 둘러싸고 수많은 소형 몬스터와 야수들이 서로 싸우고 있었던 것이다.

붉은 산맥 주변 마을의 목책은 소형 몬스터의 침입을 허용할 만큼 허술하지 않았다. 그러나 이렇게 많은 몬스터와 야수들이 이 마을 주위를 둘러싸고 있다는 것은 시저렉의 방향이 이쪽을 향하고 있다는 것을 뜻했다.

멍하니 목책 주위만 쳐다보다 이내 정신을 차렸다.

"이랴!"

당장 라테나를 데리고 성으로 돌아가야 한다는 생각뿐이었지만, 혀를 깨물고 말을 돌렸다.

마을로 들어가기도 힘들뿐더러, 다시 나오기도 힘들 것이다. 들어가면 함께 죽자는 것밖에 안 된다.

영주에게 다시 사정을 해보기로 했다. 그 수밖에 없었다. 영주가 들어주지 않으리라는 게 뻔히 보였지만, 다른 방법이 없었다.

돌아가는 길은 멀고도 멀었다.

날은 어두워지고 말은 지쳤다.

이 말을 타고 성까지 가기 힘들다는 생각이 들었다.

다시 돌아가 라테나와 같이 죽자고 마음을 먹는 순간, 멀리 불빛이 보였다.

"저건 뭐야?"

노숙 준비를 마치고 이제 막 저녁을 먹으려는 일행을 향해 말 한 마리가 돌진해 왔다.

"멈추지 않을 기센데?"

용병들의 눈이 서늘해지며, 각자 무기를 집어 들었다.

"멈춰라!"

예비 오너 한 명이 일어나 크게 소리쳤다.

그러나 말은 멈추지 않았다.

시욱.

쌔액.

슉.

말이 심리적 경계선까지 속도를 늦추지 않고 달려오자, 스카우터들이 일제히 화살을 날렸다.

채쟁! 챙! 챙!

피리운은 깜짝 놀라 재빨리 검을 빼 들어 화살을 쳐냈다.

그러나 말을 노리는 화살까지는 막지 못했다.

히이힝!

화살에 맞은 말은 거칠게 고꾸라졌다.

피리운은 넘어지는 말에서 재빨리 뒤로 뛰어 내리며 균형을 잡고 땅바닥에 내려섰다.

"쏘지 마시오. 적이 아니오."

피리운은 검을 들고 방어 태세를 취하며 간곡하게 소리쳤다.

일행은 투발루를 쳐다보았다.

"대기!"

투발루는 큰소리로 명령을 내리고 서서히 피리운에게 다가갔다. 예비 오너 몇 명이 칼을 빼 들고 투발루를 따랐다.

"왜 이렇게 돌진했지?"

투발루의 말은 날카로웠다. 정체가 밝혀지기 전까지는 적이다.

"너무 급해서 그랬소. 용서하시오."

피리운은 적의가 없음을 밝히기 위해 천천히 검을 내렸다.

"칼을 던져라."

투발루의 말에 피리운은 검을 멀찍이 던졌다.

"그래, 보아하니 기사인 모양인데 무슨 일이오?"

"후!"

투발루의 말이 온건해지자, 피리운은 안도의 한숨을 내쉬었다.

"나는 이곳 자작가의 기사요. 혹시 영주 성을 향하는 용병들이 아니오?"

열 기 이상의 타이탄이 서 있는 것은 멀리서도 보였다. 영주가 기다리고 있던 타이탄 용병임을 한 눈에 알아볼 수 있었다.

"맞소. 그런데 무슨 일이오?"

피리운이 달려온 방향은 영주 성 쪽이 아니었다. 의아하지 않을 수 없었다.

"제발 좀 도와주시오. 사람들이 다 죽어갑니다."

피리운은 다짜고짜 사정했다.

"대체 무슨 말이오? 알아듣게 얘기를 해보시오!"

투발루의 질책에 피리운은 자초지종을 설명했다.

"마을을 구해 달라? 허! 이게 영주의 의뢰요?"

용병들은 어이없다는 표정을 지었다. 그럼 좀 전에 지나온 마을은 뭐란 말인가.

"아닙니다. 하지만 사람들이 곧 죽어갈 것이오. 제발 구해주시오."

피리운은 애타게 사정했다.

자신이 억지를 부리고 있다는 것도 의식하지 못했다. 마을을 구할 유일한 희망인 것이다. 영주에게 돌아가 봤자 들어주지 않을 것이고, 들어준다 해도 늦을 것이다.

용병들은 고개를 저었다.

시저렉 계절에 타이탄 용병의 수요가 폭증하기 때문에 동시에 모든 지역의 의뢰를 수행할 수 없다. 그래서 용병들이 한 지역을 처리하는 동안 다른 지역의 영주는 영지민을 철수시키고 시저렉을 방치하다가, 용병들이 일을 마치고 도착하면 그때 시저렉을 포획하는 것이 오래된 관행이었다.

지금이야 영주가 용병들이 어디쯤 오는지 몰라 그저 기다리고 있겠지만, 오다가 되돌아간 사실을 알게 된다면 가만있지 않을 것이다. 용병들은 한 곳의 일을 마치면 재빨리 기다리고 있는 다른 영주에게 가야 한다.

게다가 마을을 지킨다는 것은 포획과는 거리가 먼 얘기였다. 때려잡아야 하는 것이다. 비싼 시저렉을 훼손시킨 것을 알면 이곳의 영주가 그냥 두지 않을 게 뻔했다.

용병들은 그저 조용히 영주의 의뢰를 마치고 돌아가고 싶었다. 영주도 하지 않는 일에 공연히 나서 괜히 불똥을 맞을 까닭이 없었다.

"제발! 사람을 구하는 일이오. 마을을 구해주시오!"

용병들의 반응이 시원치 않자, 피리운은 투발루의 발목을 붙들고 애원했다.

"이, 이러지 마시오. 곤란하오."

투발루는 난처한 표정을 지었다.

"아! 아! 제발……."

피리운은 숫제 매달렸다.

다른 사람의 행동을 끌어내는 방식은 다양하다. 위계질서가

확실한 곳에서는 명령을 할 것이고, 일반적으로는 대가를 주고 부탁한다. 애정으로 매달리기도 하고, 우정에 기대기도 한다.

피리운은 그 어디에도 해당되지 않았다. 인정에 호소하고 있었다.

인정에 호소할 때 들어주지 않으면 졸지에 몹쓸 놈이 되고 만다. 처음에는 안타까워하던 용병들도 점점 기분이 나빠졌다.

"꺼져라. 너희 영주에게나 가서 말해라."

지켜보고 있던 제이가 싸늘하게 말했다.

"영주님은 들어주지 않을 것이오. 제발!"

용병이 자신에게 반말을 한 것도 몰랐다. 피리운은 유일한 희망의 끈을 놓을 수가 없었다.

"너희 영주도 하지 않은 일을 우리보고 어쩌란 말이냐? 우리가 마을을 구하고 시저렉을 때려잡으면 영주가 잘했다고 할 것 같으냐? 더 이상 귀찮게 하지 말고 꺼져라. 뒷감당을 할 수 없는 일에 나서지 마라. 죽여 버리기 전에."

그렇게 말하고 제이는 돌아섰다. 더 이상 신경 쓰고 싶지 않았다.

"차라리 죽이시오. 죽여! 날 죽여라! 더러운 놈들아!"

피리운은 악을 썼다.

인상을 찌푸린 제이는 폴카도를 불렀다.

"죽이세요."

오너는 귀찮은 일을 직접 하지 않는다.

폴카도는 한숨을 내쉬고 검을 빼든 뒤, 피리운에게 다가갔다.

검을 들고 다가오는 폴카도를 본 피리운은 재빨리 몸을 굴려 던져 놓았던 자신의 검을 집었다.

"혼자 죽을 것 같으냐! 다 죽여 버리겠다."

악에 받친 피리운이 먼저 폴카도에게 달려들었다.

슉!

폴카도는 가볍게 피리운의 검을 피하고, 한 번에 끝낼 목적으로 가슴을 재빨리 찔렀다.

챙!

피리운은 찔러오는 검을 돌려 제친 뒤, 몸으로 부딪쳐 들어갔다.

폴카도는 가벼운 스텝으로 뒤로 물러나며 돌진을 해소하고, 역으로 발을 걸었다.

그러나 피리운은 걸리지 않고, 계속 폴카도에게 돌진했다.

제이는 물론 다른 용병들도 폴카도의 승리를 의심하지 않았다. 폴카도는 보통 스카우터가 아니었다. 그러나 상대가 죽을 각오로 눈이 뒤집혀 들어오는 통에 승부가 쉽지만은 않을 것 같았다.

제정신이 아닌 것 같았지만 워낙 힘이 좋고 기본기가 탄탄하여 폴카도가 섣불리 공격하지 못하고 있었다.

'제법이군.'

두 사람의 공방을 지켜보고 있던 제이는 둘의 검이 슬쩍 교차하여 지나친 직후, 갑자기 뛰어들었다.

뛰어드는 제이를 향해 피리운은 본능적으로 검을 찔렀으나, 제이는 가볍게 숙여 피하고 피리운의 명치를 가격했다.

"컥!"

제이는 앞으로 몸이 기운 피리운의 턱을 올려친 뒤, 피리운의 몸이 뒤로 넘어가는 순간 오른손을 강하게 때렸다.

"헉!"

피리운은 검을 놓치고 뒤로 벌렁 넘어갔다.

피리운의 검을 집어든 제이는 누워 있는 피리운에게 다가가 목을 겨눴다.

어질어질한 정신을 수습한 피리운은 암담한 표정을 지었다.

"죽여라."

어차피 라테나도 죽을 것이다.

"흥, 너 같은 놈은 죽일 가치도 없다."

제이는 비웃음을 던졌다.

"용병은 대가를 받고 일한다. 너는 영주와 시저렉으로부터 마을을 구하는 대가로 지불할 만 한 것이 있느냐?"

비웃음을 듣고 울컥하려던 피리운은 제이의 말에 죽음을 앞두고 냉정을 되찾았다.

'이들이 시저렉을 때려잡으면 영주가 싫어하겠지, 허허.'

피리운은 허탈한 웃음을 지었다.

"지불할 것이 있느냐?"

제이가 다시 물었다.

"없다. 죽여라."

곧 있으면 라테나와 만날 것이다. 두려움은 없었다.

"지불할 것이 있느냐?"

제이는 한 번 더 물었다.

반복되는 질문에 피리운은 화가 치밀어 올랐다.

"없다! 없어! 마을을 구해주고 라테나를 구해주기만 한다면, 내 목숨이라도 바칠 것이다. 그러나 대가로 줄 것은 없다! 더 이상 괴롭히지 말고 어서 죽여라!"

피리운은 발악적으로 소리쳤다.

"지불할 것이 있었군. 죽은 목숨은 필요없다. 이제부터 네 생명은 내 것이다. 동의하나?"

피리운은 물론 이 상황을 지켜보고 있던 다른 용병들도 제이가 무슨 말을 하는지 이해하지 못했다.

"네 생명은 이제 내 것이다. 마을을 구해주겠다. 동의하나?"

그제야 무슨 말인지 깨달은 피리운은 누운 채로 고개를 주억거렸다.

"동의하오. 동의해! 빨리 구해주기만 하시오."

제이는 피리운의 목에 댔던 검을 치우고 투발루를 쳐다보았다.

"나, 카모르찬, 케니. 세 명이 빠져도 수습할 수 있겠지요?"

용병단 일행에는 하란 용병단 뿐 아니라, 바밀 왕국의 용병도 끼어 있었다.

“무, 물론, 영주가 눈치 채지만 못한다면 세 기가 없어도 충분하지.”

“뒤처리는 확실히 하겠소. 이전 영지에서 일이 많아 몇 기가 좀 늦게 온다고 둘러대 주시오.”

“아, 알겠네. 하지만 괜찮을까?”

투발루가 주저했다.

“그깟 작은 산골 마을은 신경도 쓰지 않을 것이오. 염려 마시오.”

이어서 제이는 카모르찬과 케니를 돌아보았다.

“카모르찬 씨, 케니 씨. 같이 갑시다. 의뢰비를 지급하겠소.”

“젠장, 그러지 뭐.”

카모르찬은 얼른 고개를 끄덕였지만 케니는 인상을 썼다.

“저 녀석이랑 같이 가기는 싫지만 돈만 준다면야.”

케니는 입맛을 쓰게 다셨다.

뒷수습이 어려울 뿐, 사람을 구하는 일이다. 용병들도 사람인 것이다.

“예비 오너 한 명씩만 데리고 바로 떠납시다.”

A형 타이탄은 이래서 편하다.

일곱은 즉시 말에 올라 밤길을 다퉈 달렸다.

남은 용병들은 순식간에 벌어진 사태에 멍하니 일곱이 지나간 밤길을 쳐다보았다.

“뭣들 하나? 어서 먹고 자야 내일 또 일을 할 것 아니야?”

투발루의 호통에 용병들은 허둥지둥 저녁 준비를 했다.

"하긴, 사람처럼 값싼 것도 없지만 사람만큼 비싼 것도 없지."

일곱이 떠난 밤길을 쳐다보던 투발루가 낮게 중얼거렸다.

*　　　*　　　*

마을을 둘러싼 목책은, 목책이라기보다 목성(木城)에 가까웠다.

굵은 나무를 여러 겹으로 땅에 박은 뒤, 튼튼한 밧줄로 이어 맨 목책은 어떤 적이 쳐들어와도 충분히 지킬 수 있을 것 같아 보였다.

단단하고 높은 목책은 수백 년간 몬스터와 싸워 온 인간의 의지였다.

하지만 상대가 시저렉일 때는 얘기가 달라진다.

마을 주위에는 온통 시저렉 뿐이었다. 다른 몬스터나 야수들은 이미 시저렉을 피해 달아나고 없었다.

꾸애액!

꾸액!

"찔러!"

"죽여!"

목책에 부딪치며 나무를 퍽퍽 찍어대는 놈, 그 녀석을 타고 목책을 넘으려는 놈, 목책을 넘으려는 녀석을 불에 달군 쇠꼬챙이로 찌르는 사람, 나무진을 묻힌 막대에 불을 붙여 휘두르

는 사람.

고함과 괴성으로 뒤덮인 마을은 이미 전쟁터였다.

쿵!

시저렉이 자꾸 찍어 약해진 부분이 연이은 녀석의 몸통 박치기에 기어이 넘어가 버렸다.

"불을 붙여!"

그 부분으로 시저렉이 들어오는 것을 막기 위해 목책 안쪽 나무진을 모아놓은 웅덩이에 불을 붙였다.

화르륵!

시저렉은 주춤했지만 뒤에서 밀고 오는 다른 녀석들에게 떠밀려 불 위로 엎어졌다.

꾸애애액!

불붙어 괴성을 지르는 녀석의 몸 위로 다른 녀석들이 밟고 들어왔다.

꾸륵!

꽤액!

몇 마리가 불에 붙어 괴성을 지르고 꿈틀댔지만 다른 녀석들은 불붙은 시저렉의 등을 밟고 목책 안으로 난입했다.

으악!

더 이상 거칠 게 없었다.

"집에 불을 붙이고 가운데로 모여!"

이미 뚫린 목책을 포기하고, 사람들은 목책에서 가까운 집에 불을 붙이고 뛰었다.

“이거 벌써 뚫렸군.”

“서두릅시다, 스톤!”

도착한 오너들은 각자 타이탄을 소환했다.

스톤의 장갑 요철을 디디고 뛰어올라 순식간에 탑승한 제이는 마을을 향해 뛰었다.

쿵쿵쿵쿵!

[케니, 뚫린 부분 막고 카모르찬, 마을 안으로 진입. 나는 목책 주위. 예비 오너는 타이탄 따라 마을 안으로.]

소리치며 뛰어가는 스톤 뒤로, 카모르찬과 케니가 각자의 타이탄에 탑승한 채 뛰었다.

쿵쿵쿵!

쿵쿵쿵!

[젠장! 꼭 먼저 간단 말이야.]

[저렇게 빨리 탑승할 수도 있나?]

[급하면 저렇게 하는 거지 뭐, 너는 못하냐?]

카모르찬이 뛰어가며 케니를 놀렸다.

[그럼 너는 가능하냐!]

케니가 탄 타이탄에서 커다란 소리가 울려 퍼졌다.

이미 타이탄의 진동을 느끼고 있던 시저렉들이 커다란 소리에 달려오는 타이탄을 일제히 쳐다보았다.

꾸액.

꾸애액!

푹푹푹푹!

아직 목책 안으로 들어가지 못하고 밖에서 어슬렁대던 시저렉들이, 땅을 꺼뜨리며 새로운 적을 향해 달려들었다.

타이탄 오너에게 시저렉이 편한 몬스터인 이유 중 하나가 바로 그 공격성 때문이었다. 물러나는 법이 없었다.

사람에게는 최악이지만, 타이탄에게는 일일이 쫓지 않아도 되는 정말 편한 몬스터인 것이다. 진액만 튀지 않는다면.

촤악!

제이는 검푸른 빛을 검에 실어 시저렉을 절단하며 앞으로 나아갔다.

앞에서 오는 녀석은 옆으로 스쳐 지나가며 베었다. 진액이 타이탄에 묻지 않도록 하기 위해서였다.

으악!

목책 안에서 비명이 그치지 않았다.

[케니, 카모르찬. 빨리]

제이의 외침을 듣고 케니와 카모르찬도 둘러싼 시저렉을 베며 앞으로 달렸다.

[젠장, 이 아까운 녀석들.]

시저렉은 비싸다.

카모르찬은 푸른 빛을 씌운 검으로 시저렉을 베어나가며 입맛을 다셨다.

쿵쿵쿵!

시저렉을 뚫고 카모르찬은 목책의 뚫린 부분으로 들어가 시저렉을 잡아나갔다.

좌악!

퍽!

케니는 뚫린 목책 부위를 막아서며 달려드는 시저렉을 처리했다.

[제길, 진액이 잔뜩 묻는 일을 맡았군.]

입구를 지키고 서서 달려드는 녀석을 베면 진액이 튈 수밖에 없었다.

제이는 마을 밖에서 목책을 타 넘으려는 녀석들을 베어나갔다.

어느 순간부터 진액이 튀는 건 전혀 신경 쓰지 않게 되었다. 시저렉이 너무 많았기 때문이다. 그저 걸리는 대로 발로 밟아 터뜨리고 베어나갔다.

"영주님 만세! 만세!"

"영주님 만세!"

"만세!"

마을 사람들이 카모르찬의 티쿠마를 보고 만세를 불렀다. 영주가 보낸 기사로 안 것이다.

[젠장. 영주라니.]

카모르찬은 입맛이 썼다. 하지만 해명할 계제가 아니었다.

마을 안으로 들어온 시저렉을 모두 처리한 카모르찬은 밖으로 나가 제이가 돌고 있는 방향과 반대로 돌며 시저렉을 잡아나갔다.

“라테나!”

피리운은 마을 가운데에 모인 사람들 가운데 금방 라테나를 찾아 달려갔다.

“피리운!”

라테나도 피리운에게 달려왔다.

덥썩.

피리운은 라테나를 으스러지게 껴안았다.

“피리운, 흑흑.”

“걱정 마. 이제 다 끝났어.”

“흑흑.”

피리운이 라테나의 등을 쓰다듬고 있을 때, 마을 사람들이 피리운을 알아보고 모여들었다.

“피리운, 자네가 영주님께 부탁을 해서 우리 마을을 구했군. 고맙네.”

굵은 쇠꼬챙이를 든 라테나의 아버지가 자랑스럽다는 표정으로 피리운에게 말했다.

“고맙네.”

“역시 자네뿐이야.”

마을 사람들에게 피리운은 기사가 되어서도 여전히 옛 친구를 잊지 않는 좋은 청년이었다.

포옹을 푼 피리운은 마땅히 할 말을 찾지 못했다.

기사인 자신이 영주가 보낸 타이탄이 아니라고 말하기는 어려웠던 것이다.

“저, 그게⋯⋯.”
피리운은 끝내 말을 꺼내지 못했다.

예비 오너는 오너에 비해 타이탄 조종이 미숙하지만, 반드시 그런 것은 아니다.

전투 시 타이탄 가동 시간은 보통 두 시간. 그렇다고 두 시간 동안만 전투를 하고 쉴 수는 없는 일이다.

그래서 예비 오너가 필요했다. 오너가 마나를 다 소모한 뒤, 교대로 예비 오너가 타이탄에 탑승해 전투를 치르는 것이다.

용병의 경우, 사정은 좀 더 복잡했다.

자기 타이탄이 없으면 타이탄 조종을 아무리 잘 해도 예비 오너가 될 수밖에 없다. 결국 돈 문제였다. 그리고 아무리 실력이 뛰어나도 자신보다 뛰어난 예비 오너를 거느리고 싶은 오너는 없었다. 오너로서 자존심이 상하는 일이기 때문이다.

어쨌든 예비 오너라는 이름을 가진 사람 중에 타이탄 운용에 미숙한 경우는 거의 없었다. 실제 전투에 나설 정도는 되어야 예비 오너가 된다.

카모르찬이나 케니는 상당한 실력자이기 때문에 자존심이 상할 일도 없었고, 두 사람이 데려온 예비 오너들도 몬스터 정도는 능숙하게 처리할 수준은 되었다.

이미 가동 시간이 지나 예비 오너와 교대하고 마을 안으로 들어온 케니와 카모르찬은 곧 마을 사람들의 조심스러운 환영을 받았다.

"젠장, 이거 졸지에 기사가 되어버렸으니……."

카모르찬이 피리운을 째려보았다.

피리운이 기사든 뭐든 상관없었다. 이미 제이의 소유가 아니던가.

"더 이상 오해하지 않게 직접 설명하는 게 낫겠소."

폴카도가 피리운에게 말했다.

"후, 알겠소."

피리운은 마을 사람들에게 걸어갔다.

"그나저나, 저런 괴물이 있었군. 그래."

케니가 흉터가 남아 있는 눈을 씰룩거렸다.

제이를 두고 하는 말이었다.

"하하, 내가 저 녀석 때문에 용병단에 들어왔다니까."

카모르찬이 자못 자랑스럽다는 표정을 지었다.

전투 시 전공을 따지는 일이라면 모를까, 몬스터 퇴치 같은 단순 노동에서 사람들의 셈은 냉정했다.

예비 오너를 거느린 타이탄이 네 시간 일을 하면 다른 타이탄도 네 시간 일을 해야 같은 대우를 받는 것이다.

제이는 그 시간을 혼자 도맡아 해왔다. 그리고 지금도 시저렉을 잡고 있었다.

마나량과 실력은 밀접한 관련이 있지만, 반드시 그렇지는 않기 때문에 간간이 마나량이 많은 오너를 봐도 그러려니 했다. 그러나 이렇게 딱 세 기만 움직이는 곳에서 제이가 탑승한 타이탄의 움직임은 오랜 경력을 지닌 케니의 눈에 확연히 들어왔던 것이다.

"제길, 네놈이 왜 좋아하냐?"

"실력 좋은 놈 옆에 붙어 있으면 살아남을 가능성이 높잖아. 하하하."

카모르찬의 말에 케니의 눈이 다시 씰룩였다. 틀린 말이 아니었다.

"제길. 그래 좋겠다. 오래 살아라. 같은 용병 기체나 해먹는 놈아!"

"하하, 그때는 어쩔 수가 없었다니까. 다 지난 일 갖고 오래 꽁해 있기는. 쯧쯧."

"에잇, 제길."

케니는 애꿎은 돌을 걷어찼다.

더 이상 시저렉의 괴성은 들리지 않았다.

스톤에서 내려 걸어 들어오는 제이에게 피리운과 마을 사람들이 다가왔다.

"정말 고맙소."

피리운이 고개를 깊이 숙여 감사를 표했다.

"고맙습니다."

"정말 고맙습니다."

마을 사람들도 제이에게 허리를 숙였다.

피리운이 마을 사람들에게 뭐라고 말했는지 제이는 알지 못했다. 신경 쓰지도 않았다.

"고마울 것 없소. 오늘로 시저렉 계절이 끝난 것도 아니고, 나는 대가를 받고 일한 것뿐이니까."

냉정한 제이의 말에 마을 사람들이 당황했다.

"대가라면……."

피리운은 핼쑥해진 얼굴로 조심스럽게 물었다.

그때의 상황이 기억나지 않는 것은 아니었다. 하지만 대가 얘기는 마을을 구한다는 얘기에 파묻혀 전혀 신경을 쓸 정신이 없었다.

설사 그렇게 얘기했다 하더라도, 사람이 물에 빠졌으면 구해주는 게 당연한 일 아닌가. 그 사람에게 대가를 바라는 것은 사람의 도리가 아니지 않은가.

사람의 궁박한 처지를 이용해 폭리를 취하는 것과 다름없었다.

"흥, 설마 기억이 나지 않는다고 얘기하는 건가?"

제이의 눈이 날카로워졌다.

"정말 내 생명이 대가라는 말이오?"

피리운의 언성도 높아졌다.

자신은 기사였다. 용병 따위에게 이런 얘기를 듣는다는 것은 있을 수 없는 일이었다.

"결정해라. 순순히 받아들이든지 아니면 다 죽든지. 어차피 내가 아니었으면 다 죽었겠지."

제이의 말은 높지 않았지만, 마을 사람 모두에게 똑똑히 들렸다.

제이도 자신의 말이 상리에 어긋난다는 것은 알고 있었다. 그러나 한 번 뱉은 말을 철회할 생각이 전혀 없었다.

영주와 마찰을 빚을지도 모르는 일을 왜 했겠는가. 저 기사가 쓸 만 해보였기 때문이다.

"이, 이게 말이 되는가!"

피리운은 억울함을 호소하며 다른 용병들을 쳐다보았다.

모두 피리운의 시선을 피했다. 하지만 카모르찬은 오히려 눈을 치켜뜨고 피리운을 노려보았다.

"젠장, 사내자식이 한 번 말을 했으면 지켜야지! 제이 덕분에 마을 사람도 구하고 사랑하는 여자도 구했으면, '앞으로 내 목숨은 당신 것이오.' 해야 할 것 아니야!"

"아아!"

카모르찬의 호통에 피리운은 미칠 지경이었다.

자신도 마을을 구해준 용병들이 너무나 고마웠다. 뭐든지 해주고 싶었다. 하지만 생명을 달라는 게 말이 되는가. 주군에게 충성을 바치는 것도 아니고 생명을 달라니.

마을 사람들이 웅성거렸다.

"우리가 대가를 지불하겠소. 얼마면 되겠소?"

촌장 노인이 앞으로 나왔다.

"나서지 마시오. 나는 저 기사에게 볼 일이 있을 뿐이오."

제이는 여전히 냉랭했다. 자신은 협상을 하려고 하는 것이 아니다.

타이탄 하루 고용비는 200만 두카에서 600만 두카 정도였

다. 이동 거리를 계산해서 추가 비용이 붙기도 한다.

시저렉 계절 동안 앞으로 여러 날을 이 마을에서 시저렉을 퇴치한다면 그 비용은 어마어마하다. 이런 작은 마을에서는 타이탄 고용비를 낼 수도 없고, 낼 수 있다고 해도 받을 생각이 전혀 없었다.

"알겠소. 받아들이겠소."

피리운은 오만 가지 생각이 스쳤지만 모두 지웠다. 어차피 빚을 지기는 졌다. 그것도 수많은 사람의 목숨 빚이었다. 자신 하나의 목숨은 이에 비하면 싸다고 생각하고 체념했다.

"피리운!"

라테나가 피리운의 앞을 가로막고 나섰다.

"안돼요. 피리운을 어쩌려는 거예요!"

표독스럽게 제이를 노려본 라테나는 제이에 이어 다른 용병들도 째려보았다.

제이는 라테나를 무시하고 몸을 돌렸다.

라테나는 제이를 붙잡으려고 달려들었다.

퍽!

제이는 라테나의 손길을 뿌리치고 얼굴을 가격했다. 라테나는 뒤로 벌렁 날아갔다.

"라테나!"

피리운은 물론 마을 사람들까지 라테나에게 달려왔다.

"이, 이게 무슨 짓이냐!"

마을 사람들이 적의를 뿜어냈다.

"나는 저 녀석의 대답을 들었다. 시저렉 큰 무리는 모두 처리해 주지. 싫다면 모두 죽이고 떠날 것이다."

싸늘한 제이의 말에 마을 사람들은 함부로 나서지 못했다.

"그만! 모두 돌아가세요. 돌아가서 얘기해요."

피리운이 나서 사람들을 말렸다.

저 용병은 너무 강했다. 이미 따르기로 한 마당에 마을 사람들이 죽을 필요는 없었다.

피리운의 만류에 사람들은 분노에 찬 눈빛으로 용병들을 훑어보고는 못이기는 척 자리를 떴다.

남아 있는 용병들의 표정도 좋지 않았다.

"자식이 말이야, 당당하지 못하게. 한 번 얘기했으면 지켜야지."

그렇게 말하는 카모르찬의 표정도 어두웠다.

"어느 누가 당당하겠소?"

혼자 중얼거린 제이는 시저렉의 진액을 제거하기 위해 자신의 기체로 걸어갔다.

저 기사가 꼭 필요한 건 아니었다. 그저 쓸 만 해보였을 뿐이다.

마을에 시저렉의 비린내가 진동을 했다.

"어이! 나는 당당하다고!"

카모르찬이 뒤에서 소리쳤다.

피식.

제이는 메마른 미소를 지었다.

같은 일을 하고 같은 결과가 나왔다고 해서, 모두 같은 것은 아니다.

길을 가던 영웅이 위기에 빠진 마을을 구하고, 그 마을의 한 청년이 영웅에게 감복해 충성을 맹세하는 아름다운 얘기는 현실과는 거리가 멀었다.

애초에 제이는 영웅이 될 생각이 없었다.

마을을 구한 영웅의 가혹한 대가 요구에, 피리운도 영웅에게 감복해 충성을 맹세하고픈 마음이 들지 않았다.

게다가 제이의 냉혹한 말투와 라테나를 때린 일로 인해 피리운과 마을 사람들의 마음은 완전히 돌아섰다.

시저렉을 처리해 마을을 구했지만 용병이나 마을 주민 누구 하나 밝은 표정을 짓는 사람이 없었다.

"젠장, 이거 계속 해야 되는 거야? 저것들을 그냥!"

마을 사람들의 적대적인 시선에 카모르찬은 분통을 터뜨렸다.

카모르찬은 십 년 이상 용병으로 일하며 각지를 돌아다니고 다양한 사람을 만나 보았다. 그저 순진한 초원의 전사가 아닌 것이다. 일이 왜 이 지경에 이르렀는지 잘 알고 있었다. 하지만 제이를 탓하고 싶은 마음은 없었다. 자신이 피리운이었다면 두말 않고 따랐을 것이기 때문이다.

"은혜도 모르는 것들!"

용병들은 사람을 구해주고도 욕을 먹는 심정이었다.

"그만해라. 네가 저들 입장이라면 기분 좋겠냐?"

"누가 몰라? 그래도 우리 덕분에 살았잖아!"

사람은 그저 자신의 감정에 따라 산다.

용병들과 마을 주민들의 불편한 동거는 하루 이틀에 끝나지 않았다.

며칠 간 끊이지 않고 내려오던 시저렉의 수가 눈에 띄게 줄어들었다.

타이탄은 시저렉을 잡는 일보다 시저렉을 해체하는 일에 더 많은 시간을 보내야 했다. 마을 주위를 뒤덮은 엄청난 수의 시저렉을 주민들이 처리하는 것은 불가능했기 때문이다.

타이탄이 수레에 운반할 수 있는 크기로 시저렉을 해체하면 사람들이 마을에서 상당히 떨어진 계곡까지 싣고 가서 계곡 아래로 던지는 작업이 오랫동안 계속되었다.

타이탄도 세 기 뿐이고, 예비 오너를 모두 데려온 것도 아니라서 용병들은 녹초가 되었지만, 이 작업을 소홀히 할 수는 없었다.

밤이 되면 함부로 돌아다닐 수 없기 때문에 시저렉 운반 작업을 할 수 없었다.

그래서 밤에는 불을 환히 밝힌 채, 마을 사람들은 부서진 목책을 보수하거나 불에 탄 집을 헐고 새로 집 짓는 일을 했고, 용병들은 타이탄에 묻은 진액을 닦아냈다.

정비요원도 없고 도구도 없어 세밀하게 닦아내지는 못했지만, 이대로 두면 진액이 굳어서 나중에 더 고생하기 때문에 보이는 곳이라도 우선 닦아내야 했다.

스톤에는 세 사람이 달라붙어 있었다.

"그렇게 하면 안 돼."

가느다란 쇠꼬챙이를 몸체와 장갑 사이의 미세한 틈 사이로 집어넣어 진액을 훑으려는 피리운을 폴카도가 말렸다.

"쉽게 손상되지는 않겠지만 혹시라도 몸체에 새겨진 마법진이 훼손되면 곤란하단 말이야. 그쪽은 전문가에게 맡기라고."

"알겠습니다."

마음이 복잡한 피리운은 폴카도의 지시에 따라 스톤에 묻은 진액을 닦아내고 있었다.

마을을 구해준 데 대한 고마움은 여전히 남아 있었다. 은혜를 모르지는 않았다. 하지만 그런 급박한 상황에서 누군들 목숨을 내놓는다고 하지 않을 것인가. 그렇다고 실제로 목숨을 갖겠다는 사람이 정상은 아닐 것이다. 게다가 라테나를 때린 것은 도저히 용서할 수 없었다.

그러나 이미 일은 이렇게 흘러왔고 돌이킬 수 없었다.

피리운은 말이라는 게 얼마나 무서운 것인가를 뼈저리게 느꼈다.

'어쨌든 마을을 구해준 은인이기는 하지.'

"휴우!"

앞날이 너무나 불투명했다.

가족과 라테나는 어쩌란 말인가.

예비 오너 둘이 투발루 일행에게 가서 일의 경과를 보고 돌아왔다.

투발루 일행은 이곳 영지에서의 일이 이미 끝나서 다음 영지로 이동한다고 했다.

제이 일행도 다음 영지에서 합류하기로 했다.

몬스터에게 죽은 것처럼 보이도록 피리운이 입고 있던 옷을 심하게 훼손시킨 뒤, 나중에 이 옷가지와 피리운이 갖고 있던 물건들을 영주 성에 가져가 보고하라고 마을 사람들에게 일렀다.

시저렉 계절에는 다른 몬스터와 맹수들 또한 극성이라 고향 마을 걱정에 무단으로 이탈한 피리운이 마을 어귀에서 몬스터에게 잡혀 죽은 것으로 처리될 것이다.

마을 사람들도 살아남기 위해서는 알아서 없는 말도 지어가며 영주성에 보고하리라 생각하고, 일행은 마을을 떠났다.

울며불며 피리운을 따라가겠다는 라테나는 돌아가는 길에 데려가겠다고 하고 떨어뜨렸다.

"가족들은 걱정 말게. 하란에서는 돈만 있으면 안되는 게 없다네. 마을 사람 모두 데려오는 것도 가능할 거야. 안심하게."

폴카도가 피리운을 달랬다.

어차피 같은 배를 타게 된 것 앙금은 떨쳐 버리는 게 좋았다.

카모르찬만 피리운을 마뜩치 않게 쳐다볼 뿐, 다른 용병들

은 피리운을 동정했기 때문에 피리운도 이들과 함께 있는 시
간이 힘들지는 않았다. 오히려 동료 기사들과 있을 때보다도
마음이 편했다.

제이는 피리운에게 아무런 이야기도 하지 않았다.

오히려 제이가 피리운을 예비 오너로 키우리라 짐작한 폴카
도가 나서 제이가 싫어하는 것, 예비 오너가 할 일, 타이탄 각
기종에 대한 정보, 처음 타이탄에 탑승할 때 유의할 점, 하란
시, 용병으로서의 삶을 일러 주었다.

피리운도 기사로 살아오면서 타이탄에 대한 지식이 적지 않
았지만, 타이탄 운용 체계는 기사와 용병이 같지 않았다. 그리
고 직접 탑승한 적이 없기 때문에 모르는 게 훨씬 많았다.

"정말 내가 타이탄을 탄단 말입니까?"

피리운의 목소리가 약간 떨렸다.

사람은 관성에 의해 살아가고 이익이나 욕심에 따라 움직이
는 게 보통이다. 그러나 그것과는 다른, 가끔은 그것을 초월하
는 것이 있다. 동경, 희망, 꿈이 바로 그것이다.

타이탄 오너는 모든 기사의 꿈이다. 영주와 다른 기사들의
눈 밖에 나 오너의 꿈은 진즉 접었지만, 거대한 강철 거인에 탑
승한다는 상상만으로도 피리운은 가슴이 떨렸다.

피리운의 눈빛이 달라지는 것을 본 폴카도는 만족스러운 웃
음을 지었다.

"확실한 것은 아니네. 제이 님이 뭘 시켜도 따라야 할 처지가
아닌가? 혹시나 타이탄에 타지 못하더라도 실망하지는 말게.

그렇지만 미리 대비하는 게 좋겠지."

그러나 피리운은 이 말이 귀에 들어오지 않았다.

'타이탄. 타이탄.'

*   *   *

붉은 산맥 아래에 사는 사람들에게는 한없이 길지만 바쁜 용병들에게는 짧기만 한 시저렉 계절도 막바지에 접어들었다.

"영주가 모든 오너들을 만찬에 초대한다고 합니다."

"영주가?"

용병들은 의외라는 듯 서로를 쳐다보았다.

귀족과 용병 오너는 소 닭 보듯 하는 사이였다. 용병 오너는 어디 가서도 험한 대우를 받지 않을 만한 실력자인데다 자유롭기 때문에 귀족을 만나도 필요에 의한 경의를 표할 뿐 귀족이 원하는 극공(極恭)의 예를 올리지 않았다.

귀족들도 이런 용병 오너들이 기꺼울 리 없었다. 그저 필요에 의한 계약 관계일 뿐인 것이다.

해마다 오는 붉은 산맥이지만 영주가 식사에 초대한 경우를 기억하는 용병은 아무도 없었다.

"영주가 바뀌었다더니 별일이 다 있군."

노(老) 영주가 죽고 수도에서 일하던 아들이 새로이 영주가 되었다는 얘기는 성의 경비병에게서도 들을 수 있었다.

붉은 산맥의 왼쪽 끝자락에 위치한 이곳이 시저렉 계절에

용병들의 마지막 일터였다. 거대한 붉은 산맥 몸통에서 가지가 하나 뻗어 나온 지세(地勢)라 다른 곳에 비해 몸살을 덜 앓기는 했지만, 이곳도 시저렉 출몰 지역인 사실에는 변함이 없었다.

산에서 내려온 시저렉 큰 무리도 모두 정리한 상태. 볼일이 끝난 용병들은 이제 돌아갈 일만 남아 있었다.

"보유한 타이탄 수가 적어 우리보고 자잘한 무리까지 잡아달라는 부탁을 하려는 건 아니겠지?"

만찬까지 대접할 정도라면 뭔가 아쉬운 소리를 할 것 같았다.

"타이탄 수가 다른 곳에 비해 크게 적지는 않은 것 같던데……."

"무슨 일인지 알 수는 없지만 어서 준비들 하자고."

명색이 영주의 초대인데 이대로 갈 수는 없었다. 덥수룩한 수염도 밀고, 냄새나는 옷도 갈아입어야 했다.

"그럼 영주가 차려주는 밥이나 먹어볼까."

걱정 반 기대 반으로 오너들은 나름 예의를 갖추기 위해 각자의 숙소로 들어갔다.

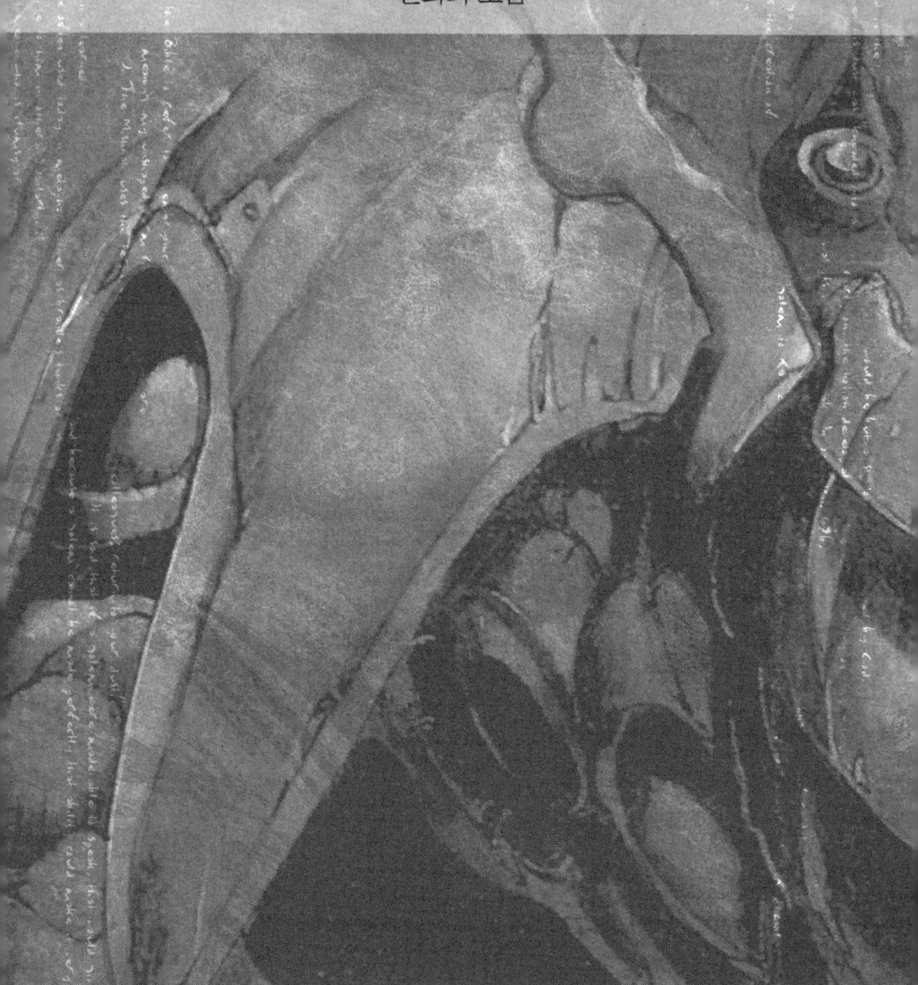

CHAPTER 6

[스펠라토 시나페]

변화의 조짐

“건진 게 없단 말이야?”

퍽!

“크윽. 죄송합니다, 보스. 하지만 접근하기가 너무 힘듭니다.”

“뭐?”

부하의 말에 발레타의 인상이 와락 구겨졌다.

“다른 용병단도 아니고, 타이탄 용병단을 어떻게 조사하란 말입니까?”

“이런 병신.”

퍽!

“우욱!”

“그럼 용병단 캠프에 잠입하려고 했어? 너는 목숨이 여러 개냐? 이 바닥에서 하루 이틀 산 것도 아니고, 조사의 기본이 뭔지 정말 몰라? 이런 것들을 믿고…….”

발레타는 속이 바짝 타들어갔다.

보름 전에 찾아온 사람의 의뢰는 평소 같으면 절대 받지 않았을 것이다.

하란 용병단이 제국에서 무슨 일을 했는지, 제국으로 갔다가 몇 명이나 사상(死傷)했는지, 제국에서 돌아오는 길에 무슨 특별한 일은 없었는지, 하란 용병단에서 최근에 흘러나온 물건이 무엇인지 알아내라는 의뢰였다.

동부지구에서는 가장 큰 조직이라지만, 타이탄 용병단을 들쑤시는 일을 할 생각은 전혀 없었다. 상대를 가리지 않고 덤비는 건 삼류 건달들이나 하는 짓이다.

거스트 윈드는 그런 삼류 조직이 아니었다.

건달이 아무리 싸움을 밥 먹듯이 하고 악에 받쳐 죽을 때까지 물고 늘어진다 해도 오너급 실력자에게 댈 수는 없는 일이다.

특히 용병 오너는 더했다.

기사는 꺼리는 게 많고 고지식한 면이 있어 함정을 잘 파놓으면 잡을 수도 있다. 하지만 용병들은 뒷 세계에 대해서도 잘 알고, 험하게 굴러왔기 때문에 수단과 방법을 가리지 않는다.

어떤 면에서는 자신들보다 더한 악종인 것이다.

그러나 발레타는 의뢰를 거부하지 못했다. 상자 가득 들어 있는 금화 때문은 아니었다.

그 사내의 뒤에 늘어선 다섯 명의 자세는 자신과 사내가 이야기를 나누는 동안 전혀 흐트러짐이 없었다.

이 세계에서 바닥부터 생활한 지 30년. 발레타는 다섯 명이 기사임을 직감했다.

사내는 능력이 없어서 직접 하지 못하는 게 아니라 드러내기를 꺼려 의뢰를 맡긴다는 뉘앙스를 풍기며 시종일관 발레타를 압도했다.

어르고 뺨치는 솜씨가 한두 번 이런 일을 해본 게 아닌 듯했다.

타이탄 용병단을 조사하는 일은 절대 하고 싶지 않았지만, 저울추는 이 사내가 더 위험하다는 쪽으로 기울었다.

"주변부터, 가장 아래부터 조사하란 말이야! 네가 뭔 수로 캠프에 잠입해? 청소하는 사람, 식당에서 일하는 사람부터 맡으란 말이야! 작은 것 하나, 자잘한 이야기 하나부터 주워들어! 당연히 캠프가 아닌 캠프 옆 마을로 갔어야지, 이런 병신들. 자연스럽게 접근해서 의심 살 만한 행동은 하지 말고! 어휴, 하나부터 일일이 가르쳐야 한단 말이냐!"

펙!

"커억."

실력 있는 부하들은 인상이 너무 험상궂어 일부러 순해 보이는 녀석들로 보냈는데, 이놈들은 능력이 부족했다.

“이 일을 제대로 해내지 못하면 다 죽는다.”

발레타는 음산한 목소리를 낮게 깔았다.

정체를 알 수 없는 사내가 다시 오기로 한 기한이 한 달 남았다.

＊　　　＊　　　＊

사람은 모여서 산다.

모여서 살기 때문에 다툼이 끊이지 않는다.

그러나 다투기만 해서는 살아갈 수가 없다.

끊임없는 다툼 끝에 힘 있는 사람이 나타났다.

힘 있는 사람은 다른 사람들을 다스려 나갔다.

때로는 맹수처럼 잔인하게, 때로는 아버지처럼 자애롭게, 다른 사람들의 위에 선 자들은 스스로 혹은 보호받는 사람들의 떠받듦에 의해 존귀한 종족이 되었다.

귀족이다.

강한 힘과 피지배자들에 대한 거리 유지로 권위가 섰고, 권위는 또 다른 힘이 되었다.

귀족의 힘은 점점 더 강해졌다.

아버지처럼 자애로운 다스림은 몹시 번거로운 일이었다. 자애롭게 대하면 피지배자들이 만만한 것으로 착각하고 덤벼들기도 한다.

피지배자들은 자식이 아닌 그저 낮고 하찮은 종족으로 대하는 게 편했다.

　대부분의 귀족들은 그렇게 살아왔고, 그런 사실은 너무나 당연한 것이 되었다.

　"도련님, 아니 영주님. 다시 생각해 주십시오."

　노(老) 기사가 걱정이 가득한 어조로 말했다.

　"키프로 경. 너무 염려 마세요."

　30대 전후로 보이는 젊은 영주는 담담한 미소를 잃지 않았다.

　"하지만 시저렉을 소탕한다는 게 가능한 일입니까? 타이탄은 산악 지형에서 기동하기가 어렵습니다. 기사들도 모두 반대하지 않습니까? 설령 가능한 일이더라도 시저렉 수입으로 유지되는 게 영지의 재정인데, 그 공백을 어떻게 메우려고 그러십니까? 모두가 반대하는 일입니다."

　"영지의 재정이야 거의 대부분 기사단과 타이탄 때문에 들어가는 것이니, 기사단을 없애면 되는 일 아닙니까? 하하하."

　"영주님! 농담하실 때가 아닙니다."

　키프로가 철없는 영주의 말에 화가 나 버럭 소리를 질렀다.

　영주는 키프로의 눈을 직시했다.

　"키프로 경, 내가 농담하는 것 같습니까?"

　영주의 눈은 너무나 고요했다.

　키프로는 영주의 눈에서 아무것도 읽을 수가 없었다.

　"내 영지도 중요하지만 좀 더 넓게 세상을 보세요. 타이탄?

당연히 중요합니다. 하지만 지방 영지까지 타이탄을 보유할 필요는 전혀 없습니다. 붉은 산맥에서 몬스터만 소탕하면 우리 바밀 왕국은 몬스터 없는 정말 살기 좋은 나라가 될 겁니다. 시저렉 오일이 아니더라도 대체품이 없는 건 아니잖습니까?"

키프로는 대꾸할 말이 많았지만 일단 듣기로 했다.

"3국은 너무 강합니다. 3국 모두 성난 젊은 사자입니다. 토끼도 있고, 여우도 있고, 사자도 있어야 안정되게 살아가는 겁니다. 언젠가 부딪치게 되면 세 마리 사자 모두 크게 상하게 되겠지요. 지금이야 서로 눈치를 보며 힘을 기르느라 불안한 평온이 유지되고는 있지만, 나중에 크게 탈이 날 겁니다. 그런데 키프로 경, 이 얘기하고 우리 영지에서 타이탄을 없앤다는 얘기하고 무슨 상관이 있는지 모르겠지요?"

영주는 키프로를 보며 한 번 빙긋 웃고는 다시 담담함을 유지했다.

"내 생각에는 3국이 부딪치기 전에 내부에서 탈이 날 게 분명합니다. 3국의 힘겨루기로 그동안 군비 지출이 너무나 심했어요. 300여 년 전 타이탄이 본격적으로 3국의 전력으로 등장한 이후와 그 이전을 비교해 보면 차이는 극명합니다. 병력은 대폭 줄었지만, 군비 지출은 세 배가 넘습니다. 온통 타이탄 관련 분야만 발전해 왔고, 다른 분야는 여전히 정체되어 있습니다. 세 배가 넘는 군비가 어디에서 나왔겠습니까? 영주나 귀족들이 사비를 털었을까요? 하하, 그럴 리가 없지요. 모두 평민

들을 쥐어짜 만든 겁니다. 300년 동안 말이지요. 평민들은 어리석고 무지합니다. 그렇다고 언제까지나 쥐어짤 수 있다고 생각하면 큰 오산입니다."

담담한 영주의 얘기는 너무나 무서운 것이었다.

키프로는 엄청난 이야기에 정신을 차리지 못했다.

"세 마리 젊은 사자는 강하지만, 속으로 중병을 앓고 있어요. 고치지 않으면 죽습니다. 실질 전력인 중앙군을 강화하고, 어차피 예비 전력에 불과한 영지의 타이탄은 모두 없애야 합니다. 군비를 줄여야 해요. 영주들이 자존심 경쟁을 포기해야 합니다. 그러기 위해서는 그 전에 몬스터를 모두 없애야 하지 않겠습니까?"

키프로는 오랫동안 생각에 잠겼다.

영주는 그런 키프로를 잠시 바라보다가 고개를 돌리고 창밖을 바라보았다.

붉은 산맥이 잎사귀를 떨어뜨리고 점점 맨몸을 드러내고 있었다.

"하지만 영주님, 붉은 산맥에서 겨우 한 줄기 뻗어 나온 우리 영지에서 시저렉을 소탕한다고 해도 소용이 없을 겁니다. 하려면 붉은 산맥 아래 모든 영지에서 함께 해야지요. 타이탄 수를 줄이더라도 몬스터가 사라진 뒤에 줄여나가야 하지 않겠습니까? 지금 타이탄 수를 줄이면 오히려 다른 영주들이 군침만 삼킬 겁니다."

바밀 왕국은 영지전을 부추기지는 않았지만 그렇다고 말리

지도 않았다.

영주는 키프로의 반응에 고개를 끄덕였다.

"나는 이상주의자가 아닙니다. 무턱대고 타이탄 수를 줄이겠다는 게 아닙니다. 그리고 영지전은 걱정하지 마세요."

"영주님, 그동안 시저렉 수입이 대부분 타이탄 기사단 유지비에 들어간 건 사실이지만, 그렇다고 해도 시저렉이 없으면 붉은 산맥 아래 영지는 평야 지대에 비해 너무나 뒤처질 것입니다."

여전히 걱정이 가시지 않은 키프로를 영주는 따뜻한 눈으로 쳐다보았다.

"키프로 경, 나는 어린 시절부터 건강하지 않아 기사 수업을 받지 못했습니다. 힘을 숭상하는 우리 왕국에서 나 같은 귀족은 그저 경멸과 동정의 대상이지요. 어릴 때부터 묵묵히 나를 지켜준 경에 대한 고마움은 어떤 말로도 다 표현할 수 없습니다. 이번에도 나를 믿고 묵묵히 지켜봐 주세요. 이 중병은 빨리 치료를 시작하지 않으면 안 됩니다. 이는 나의 의지이자…… 이왕자님의 뜻이기도 합니다."

"영주님!"

뜻밖의 말에 키프로는 깜짝 놀랐다.

"경만 알고 계세요. 절대 비밀입니다. 이제 식당으로 갑시다. 사람을 불러놓고 너무 기다리게 해서는 안 되지요."

영주는 앞장서 방을 나갔다.

키프로의 얼굴은 펴지지 않았다. 하지만 이내 영주를 따라

나섰다.

"영주님 드십니다."

시종이 큰소리로 외치자, 오너들은 모두 자리에서 일어났다.

온화한 인상의 젊은 영주가 기사 한 명을 대동하고 넓은 식당으로 들어왔다.

긴 식탁의 끝, 상석에 선 영주는 엷은 미소를 짓고 용병 오너들을 죽 둘러보았다.

"반갑습니다. 나는 이곳의 영주, 스펠라토 시나페 남작입니다. 모두 앉읍시다."

어떤 영주도 이처럼 정중한 말로 용병에게 먼저 소개를 하는 법이 없었다. 오너들은 당황해서 서로를 쳐다보았다.

"크흠!"

투발루의 헛기침에 실태를 깨달은 용병들은 고개를 숙여 예를 표한 뒤, 영주가 먼저 앉기를 기다렸다가 자리에 앉았다.

영주 오른편에는 하란 용병단의 오너들이, 반대편에는 바밀 왕국의 용병 오너들이 자리해 있었다.

"이렇게 초대해 주셔서 영광입니다."

한 박자 늦었다. 그러나 하지 않을 수 없었다. 영주와 가장 가까운 곳에 앉은 투발루가 대표로 인사했다.

영주는 투발루에게 고개를 살짝 끄덕여 답례했다.

"듭시다."

진수성찬이라고 할 수는 없지만 식탁 위에는 정갈한 음식이 풍성하게 차려져 있었다.

영주가 함부로 대했다면 용병들도 왁자지껄 멋대로 먹었을지도 모른다. 하지만 정중하게 대하니 오히려 조심스러워 마음대로 먹을 수가 없었다.

달그락거리는 소리만 나는 조용한 만찬이 한동안 계속되었다.

이 어색함을 영주가 먼저 깼다.

가까이 앉은 투발루와 바밀 왕국 용병에게 일상적인 이야기를 건넨 것이다.

자연스럽게 이어지는 영주와 두 오너의 대화를 들으며 용병 오너들은 좀 더 편하게 식사를 할 수 있었다.

식사를 마치고 나자 차가 나왔다.

"매번 여러분의 노고 덕에 우리 영지가 무탈할 수 있었습니다. 진즉 이런 자리를 마련했어야 하는데, 그래도 늦게나마 여러분을 대접할 수 있어 다행입니다."

영주의 훈훈한 미소는 보는 사람의 마음까지 편하게 했다.

"의당 할 일을 한 것뿐입니다. 오히려 이런 과분한 대접에 저희가 감사할 따름입니다."

좋은 말이 오면 좋은 말이 가는 것이다.

"금년 시저렉 계절도 이렇게 끝이 났으니, 이제 어떻게 할 것이오?"

누구에게랄 것도 없이 영주가 물었다.

"눈이 내리기 전에 각자 본거지로 돌아갑니다."

눈은 타이탄 기동에 상당한 제약을 가져왔다.

미끄러짐은 말할 것도 없고, 몸체와 장갑 사이 또는 관절 부위에 눈 녹은 물이 스며들어 얼게 되면 이물감이 상당했다. 무엇보다, 얼면 팽창하기 때문에 부품이 약해지거나 깨질 가능성이 높았다.

"그렇군요. 그럼 눈이 내리기 전에 한 가지 의뢰를 더 하고 싶은데, 어떻습니까?"

"무슨 의뢰인지요?"

이런 영주의 부탁이라면, 돈은 적지만 자잘한 시저렉 무리를 처리하는 정도는 받아들일 의향이 있었다.

"눈이 내리려면 한 달 정도는 더 있어야 할 것이오. 그사이에 우리 영지와 인접한 붉은 산맥 지류에 대한 조사를 의뢰하고 싶소."

수백 년간 방치해 둔 붉은 산맥에 무작정 들어갈 수는 없었다. 그 사전 조사를 용병들에게 맡긴다는 얘기였다.

영주의 뜻밖의 말에 용병들은 어안이 벙벙했다. 옳게 들은 건지 의심스러웠다.

"붉은 산맥에 들어가 조사하라는 겁니까?"

"그렇소. 금년은 늦었고 내년에 대대적인 몬스터 소탕을 계획하고 있는데, 아무 것도 모른 채 무작정 병력을 투입할 수는 없지 않겠소? 용병의 타이탄 운용은 정찰, 수색에 대한 체계가 잘 잡혀 있고, 또 용병들 대부분 몬스터의 습성에 대해 잘 안다고 들었소. 지형, 병력 이동이 가능한 길, 대략적인 몬스터 분포 등을 나타내는 지도를 작성해 주시오.”

시종일관 평온함을 유지하는 영주의 얼굴에는 변함이 없었다.

하지만 듣는 용병들의 얼굴은 시시각각 변했다.

몬스터 소탕이라는 말을 붉은 산맥에서 듣게 될 줄이야. 그것도 영주의 입을 통해.

쉬이 믿기지가 않았다.

믿는다고 하더라도, 붉은 산맥에 진입하는 것은 보통 일이 아니다.

간간이 사냥꾼이나 몇몇 들어가 봤을까, 인간의 발길이 미치지 않은 지 벌써 수백 년이 흘렀다. 수풀이 얼마나 무성할지, 길은 얼마나 험할지, 시저렉보다 더 위험한 몬스터는 없는지, 아는 게 아무것도 없었다.

“흐음.”

용병들은 침음을 내뱉을 뿐 아무런 말도 하지 못했다.

영주는 그럴 줄 알았다는 듯 그저 빙긋이 웃으며 용병들을 바라보기만 했다.

“너무 어려운 일입니다. 눈이 내리려면 한 달은 더 있어야 한다지만 산에서는 또 다릅니다. 눈이 언제 내릴지 모릅니다. 시간도 촉박할 뿐더러, 산악지형에 타이탄을 동원하는 것도 쉽지 않습니다. 그리고 이 정도의 인원으로 원시림을 정찰해 지도를 작성할 수 있을 것 같지도 않고 말입니다.”

투발루가 공손한 어조로 거절했다. 바밀 왕국의 용병들도 고개를 끄덕였다.

"이해합니다. 하지만 모든 일이 그렇듯이 쉬운 일에는 작은 대가가, 어려운 일에는 큰 대가가 따르는 법 아니겠소? 세 배를 제시하겠소. 그리고 몬스터 소탕은 한두 해에 끝날 일이 아니오. 이번 일에 참여한다면 앞으로 계속 좋은 조건으로 계약을 맺겠소."

조건은 괜찮았다. 아니, 상당히 좋았다.

"영지의 병력은 전혀 동원되지 않고 용병들만 참여하는 건지, 세 배의 의뢰비 지급 방식은 어떻게 할 것인지, 그리고 다른 목적이 아닌 진정 몬스터 토벌을 위한 의뢰인지 말씀해 주시겠습니까?"

무미건조한 어투로 제이가 물었다.

얼마 전에 미끼로 이용당한 경험이 있기 때문에 묻지 않을 수 없었다. 시저렉 수입을 없애가면서 몬스터 소탕을 하겠다는 영주의 말을 믿을 수가 없었던 것이다. 게다가 세 배의 의뢰비를 지급할 만큼 이 영지가 특출해 보이지도 않았다.

투발루를 쳐다보던 영주의 눈길이 제이를 향했다.

냉정하지만 불길이 타오르는 제이의 눈과 고요하기만 한 영주의 눈이 부딪쳤다.

두 사람의 눈이 허공에서 잠시 얽혔다가 떨어졌다.

"의뢰비 지급 방식은 달라지지 않소. 시작하기 전에 반, 일을 마치고 난 뒤 반을 지급하겠소. 두 번째는, 이미 영지의 예산은 정해져 있는 것이고 영지의 살림이 뻔해 보이는 상황에서 평상시 지급하는 용병 의뢰비의 세 배를 지급할 능력이 되느냐는 질문 같은데, 나는 의뢰비를 떼먹는 몰염치한 사람이 아닙니다.”

영주는 희미한 미소를 지었다.

“다른 목적이 없느냐는 질문에는 다른 목적이 있다 하더라도 내가 숨기면 그만 아니오? 내가 영지민을 위해 몬스터를 소탕하려한다고 하면 믿겠소? 몬스터 소탕의 동기나 목적은 중요한 게 아니오. 단언하건데, 그대들과 관련해서는 몬스터 소탕을 위한 사전 조사를 맡기는 외에 다른 목적은 없소. 믿고 안 믿고는 그대들의 몫이지.”

“그리고 첫 번째 질문에는, 흐음……. 기사들이 하지 않겠다고 하지 뭐요, 하하.”

영주는 멋쩍은 표정을 지었다.

“영주님!”

영주의 뒤에 시립해 있던 키프로가 놀라 영주를 말렸다. 영주의 말에 거역하는 기사가 있다는 사실은 영주에게는 크나큰 수치인 것이다.

“키프로 경, 그럴 것 없습니다. 이 사람들도 궁금하지 않겠소? 어차피 일하게 되면 다 알 텐데 숨겨봐야 소용없습니다. 자, 이제 궁금증은 모두 풀렸습니까?”

화술에 말린 건지, 아니면 스펠라토 시나페라는 사람에게 말린 건지는 알 수 없지만 용병 오너들은 결국 의뢰를 받아들

였다.

뭐, 조건은 그리 나쁘지 않다고 생각했다.

＊　　　＊　　　＊

변장(變裝)은 어려운 것이 아니다.

수염만 좀 기르고, 머리 길이만 좀 바꾸고, 옷만 좀 바꿔 입으면 사람은 확 달라 보인다. 자세히 뜯어보지 않으면 알 수 없다.

피리운이 기사로 있던 영지에서 그리 멀지 않은 곳이지만, 이곳에서 피리운을 알아보는 사람은 아무도 없었다.

움츠려 있던 피리운도 어느새 평상시처럼 행동했다.

"피리운, 제이 님이 부르시네."

폴카도가 피리운을 찾아왔다.

"알았습니다."

얼마 지나지 않았지만 피리운은 자신을 동료로 대하는 용병들에게 금방 익숙해졌다. 게다가 좀 있으면 오너가 될 자신이 아닌가. 대하기 껄끄러운 제이가 불러도 마음에서 별다른 거부감이 일지 않았다.

"무슨 일이 있습니까?"

폴카도와 함께 제이의 숙소로 가는 길에 용병들이 바쁘게 움직이고 있었던 것이다.

"일단 가보자고."

폴카도는 피리운과 달랐다. 자신이 알아야 할 일이면 제이가 말해줄 것이다.

제이의 방에는 두 사람 외에 제이의 팀원 전체가 모여 있었다.

두 사람이 자리를 잡고 앉자 제이가 입을 열었다.

"새로운 의뢰를 맡았습니다. 내년에 이곳 영주가 몬스터 토벌을 한다고 합니다. 내일부터 사전 조사로 붉은 산맥 지형 작성을 우리가 하게 됩니다. 정비요원들은 내일 새벽까지 타이탄 점검을 마친 뒤, 이곳에서 대기합니다. 스카우터들은 오늘 일찍 쉬고 내일 새벽에 출발합니다. 이상."

"알겠습니다."

궁금한 게 많았지만, 제이는 용건만 말한다는 것을 너무나 잘 알기 때문에 팀원들은 대답하고 자리에서 일어났다. 나가서 다른 용병들에게 궁금증을 풀면 된다.

피리운은 나가지도 못하고 어색하게 서 있었다. 폴카도도 그런 피리운을 보고 방에 남았다.

"저, 저, 저는 어떻게 합니까?"

떨어지지 않는 입을 억지로 떼며 피리운이 물었다.

나이는 자신이 더 많았지만 그것과는 상관없었다. 생명을 맡긴 상대에게 반말을 할 수는 없는 일이었다.

"앞으로 너는 견습 스카우터다. 잘 배우도록!"

쿵.

심장이 떨어지는 소리가 들렸다.

"스. 카. 우. 터. 라는 말입니까?"
피리운은 억울함에 눈물이 흐를 것만 같았다.
포기한 가운데 다시 잡은 희망의 끈이 끊어졌다.
"스카우터가 아니다. 견습 스카우터다."
제이가 다시 절망을 확인시켜줬다.
"나는 기사요. 어떻게 스카우터를 시킨단 말이오?"
피리운은 부르짖었다.
퍽!
"커억!"
"까불지 마라. 기사도 아니다. 사람도 아니다. 너는 내 것일 뿐이다. 너는 한 번 말을 어겼다. 다시 한 번 반항하면 너뿐 아니라 마을 사람 모두 죽이겠다."

폴카도가 피리운을 부축해 일으켰다.

피리운은 너무나 절망적이었지만 제이의 말을 거부할 염치가 없었다. 말을 어긴 건 사실이기 때문이다.

폴카도의 부축을 거부한 피리운은 터덕터덕 제이의 방을 나섰다.

"제대로 된 스카우터가 되지 못한다면 필요없다. 실력도 없는 것."

등 뒤에서 들려온 제이의 말에 피리운은 비참함과 함께 오기가 치솟았다.

'뭐가 제대로 된 스카우터인지는 몰라도, 까짓 돼주마!'
불끈 쥔 주먹이 부르르 떨렸다.

후루루루.

새인지 짐승인지 모를 소리가 밤의 적막을 흔들었다.

시든 풀잎을 스치는 바람이 겨울이나 다름없는 붉은 산맥에서 야영하고 있는 용병들의 마음을 더욱 시리게 했다.

타닥타닥 타들어가는 모닥불은 따뜻했지만 차가웠다.

"이제 반쯤 했나?"

예전 같으면 집으로 돌아가는 중이었을 것이다. 모닥불 가에 앉아 있는 카모르찬의 목소리에는 피곤함이 잔뜩 묻어 있었다.

"올라온 높이만 반이지, 해야 할 일은 훨씬 더 남았을 걸."

카모르찬 얼굴도 안 보려 하던 케니 역시 그저 맥없이 대꾸했다.

용병들은 모두 지쳐 있었다.

영주가 설득을 했는지 아니면 다른 무슨 일이 있었는지는 몰라도, 기사단까지 참여한 이 작전에 총 29기의 타이탄이 동원되었다. 엄청난 수의 타이탄이지만, 산에 들어가면 흔적도 보이지 않았다.

몬스터와 싸우기 위함이 아닌, 어차피 사전 조사이기 때문에 두세 기씩 짝을 지어 섹터를 나눠 맡았다.

제이, 카모르찬, 케니의 조는 A형 타이탄이라는 이유로 가장 험난한 일을 담당했다. 물론, 보수는 더 받는다. 등성이를 타고 산 전체를 조망하는 일과 진입하기 힘든 곳에 자리 잡은

몬스터를 조사하는 일을 맡은 것이다.

험한 지형에는 왜 험한 몬스터가 사는 것인지 일행은 도통 이해할 수가 없었다.

"힘 있으면 살기 좋은 물가에서 살 것이지 말이야."

골짜기에는 또 나름 무서운 녀석이 살고 있을 테지만, 일행에게는 모든 게 불만이었다.

"제이, 정말 저 녀석을 스카우터로 삼을 거야?"

이미 곯아떨어진 피리운을 보고 새삼 떠올랐다는 듯, 카모르찬이 물었다.

스카우터에게는 스카우터의 일이 있는 것이다. 기사로서 아무리 실력이 출중하다 해도 몬스터에게 들키지 않고 정찰하고, 소음을 내지 않으며 조심스럽게 그러나 신속하게 이동하는 스카우터 특유의 움직임은 하루아침에 이룰 수 있는 게 아니었다.

제이는 묵묵히 모닥불의 불꽃 변화를 관찰하고 있었다. 밖에서 하는 수련 가운데 하나였지만, 다른 사람들은 제이가 그저 모닥불을 바라보고 있는 것으로 알았다.

"몇 년 훈련시키면 쓸만한 오너가 될지도 모르는데, 이제 스카우터로 만들어 어쩌려고?"

카모르찬이 재차 묻자, 제이는 불꽃에서 시선을 떼고 카모르찬을 바라보았다.

"마나량을 늘리는 데는 기사 수련법이 낫지만, 감각을 깨우는 데는 스카우터가 더 낫소. 하기 나름이지만."

그러고는 다시 불꽃으로 시선을 돌렸다.

"뭐, 뭐라고?"

카모르찬은 물론 케니도 제이를 쳐다보았다.

사람은 누구나 자신보다 낮은 지위에 있는 사람을 낮잡아 본다. 오너들도 마찬가지다.

오너에게 있어 스카우터는 일반인 중 강한 사람일 뿐이었다. 오너는 일반인이 아니다. 폴카도 같은 예외를 제외한다면, 스카우터에게 지는 오너는 없었다.

오랫동안 사람 사이에서 살아오며 자연스럽게 생각의 틀이 만들어진다. 그렇게 만들어진 틀을 깨는 것은 쉽지 않은 일이다.

오너에게 감각은 무척 중요했다. 훈련할 때도 감각 수련에 상당한 시간을 할애한다. 하지만, 스카우터의 일이 감각 수련에 더 낫다는 생각은 해보지 않았다. 스카우터는 약하기 때문이다.

만약 어떤 스카우터가 제이가 한 말과 똑같은 말을 했다면, 오너들은 코웃음을 쳤을 것이다.

말은 누가 하느냐에 따라 무게가 달라진다.

다른 사람도 아닌 제이가 한 말이었다.

"그게 정말인가?"

케니도 눈을 동그랗게 떴다.

"절대적인 건 없소. 하기 나름이고, 사람 나름이오. 경험 상 그렇소."

“경험 상이라니? 스카우터 생활을 해봤나?”

카모르찬은 제이가 용병단에서 사들인 노예라는 것만 알 뿐, 그 이전의 일은 몰랐다.

제이는 입을 굳게 닫고 불꽃만 바라보았다.

제이가 더 이상 말을 할 것 같지 않자, 카모르찬은 입맛을 다셨다.

“감각을 키우려고 스카우터로 삼았다? 그럼 나도 스카우터나 해볼까?”

농담이었다. 이미 오너인 자신이 스카우터를 할 수는 없는 일이었다.

사회에 속한 사람의 지위는 쉽게 바꿀 수 없다.

스카우터가 된다고 하면 주위 사람들이 비웃을 것이다. 그것보다도 스카우터의 위치로 내려간다는 것을 견뎌낼 오너는 없을 것이다.

“여하튼, 저 녀석을 키우긴 키울 모양이구만.”

자기 얘기를 하고 있는 것을 아는지 모르는지, 피리운은 차가운 바람 속에서도 잘만 잤다.

후루루루.

후루루루.

날짐승인지 들짐승인지 모를 짐승이 밤새도록 울었다.

*   *   *

아모란은 달리고 또 달렸다.

이제 제법 살이 붙어 건강해 보였지만, 표정은 어두웠다.

무서운 아빠가 없었다.

몇 밤 자면 돌아온다고 샌디 아줌마가 말했지만, 아빠는 아직도 오지 않았다.

아빠 없이 혼자 자야 하는 아모란은 너무 무서웠다.

아모란은 친구도 없었다.

이제 제법 말을 하지만, 아직도 어눌했다.

생김새도 다르고, 말도 어눌하여 또래 아이들이 때리고 놀렸다.

하지만 아모란이 제이와 무슨 사이인지 아는 어른들은 아이들을 혼냈고, 그 이후에 아이들은 아예 아모란을 피했다.

디톨레닌이 가끔 놀아주고 말과 글자를 가르쳐 주었지만, 뭘 그리 배우러 다니는지 디톨레닌은 바빴다.

밤에는 무섭고 낮에는 심심했다.

아빠도 없고, 친구도 없는 아모란이 할 수 있는 것은 달리기뿐이었다.

스와더피 아줌마가 달리기를 너무 많이 하면 몸이 상한다고 말렸지만, 아모란은 달리기 말고는 할 게 없었다.

하루에도 몇 번씩 달렸다.

"후우우우, 하아아아."

마을 뒷산까지 뛰어 헐떡이는 숨을 팔을 벌리고 오므리기를 반복하여 골랐다.

평소 같으면 아모란이 달릴 때 스와더피가 같이 뛰며 지켜보았겠지만, 오늘은 아들이 아파 간호하느라 스와더피가 없었다. 아모란 혼자였다.

숨을 다 골랐으니 이제 다시 집까지 뛸 차례다. 좀 있으면 저녁 식사 시간이다. 샌디 아줌마가 기다릴 것이다.

"쟤 또 왔네."

"그러게."

이곳 출신이 아니란 것을 한눈에 알아볼 수 있을 만큼 생김새가 다른 꼬마가, 어디에 사는지, 누구 딸인지 알고 있었다.

며칠 동안 마을에 하나뿐인 술집에서 여행객이라고 둘러대며 마을 사람들과 술을 마셨지만, 알아낸 것은 영 신통치 않았다.

마이네 제국에 가서 많이 죽었다는 것까지는 알았다. 몇 명이 죽었는지도 알 수 있었다. 어떤 사람이 사막이라는 말도 했다. 하지만 그것으로 끝이었다.

사막이라는 말도 지금 보이는 저 어린 여자애 때문에 나온 말이었지, 용병단의 작전에 대한 얘기는 아니었다.

마을 사람들에게 더 이상의 정보를 들을 수가 없었다. 더 이상 아는 것도 없어 보였을 뿐더러, 뭘 그리 궁금해하느냐는 눈빛으로 쳐다봤기 때문에 더 물어볼 수도 없었다.

여행객이라면서 한 마을에 너무 오래 머무는 것도 이상하다 싶어 마을을 나와 뒷산에 숨어 지내며 머리를 짜냈다. 하지만 도저히 방법이 떠오르지 않았다.

실력은 없지만, 눈치는 있었다.

뭔가 대단한 사람의 의뢰를 받았기 때문에 보스가 저리 발광을 하는 것이다. 그렇지 않다면 감히 타이탄 용병단을 조사할 리가 없었다.

이대로 돌아가면, 아마 보스에게 맞아 죽을 것이다.

"저 애한테 물어볼까?"

"뭘?"

"어디서 왔는지, 아빠가 뭘 했는지 말이야. 쟤는 알지 않을까? 돌아올 때 같이 왔다면서?"

"미친놈. 너 저 꼬마를 누가 키우는지 알고 하는 소리냐?"

"그래도 방법이 없잖아. 그리고 지금 집에 없고 말이야. 누가 어떻게 한대? 그냥 물어본다는 거지."

"에라! 나는 모르겠다. 네 마음대로 해라."

"지켜만 보라고. 이래 뵈도 내가 아이들 다루는 솜씨가 좀 있다니까."

그렇게 말하고 수풀에서 천천히 걸어 나갔다.

큰 기대는 하지 않았지만, 뭐든 해야 할 형편이었다.

"꼬마야, 안녕!"

마을로 뛰어가려던 아모란은 뒤에서 나는 사람 소리에 흠칫 놀랐다.

고개를 돌려 숲에서 나온 사람을 보고, 아모란은 절로 뒷걸음질쳤다.

해거름에 갑자기 수풀에서 뛰어나온 사람을 반가워할 사람
은 없다. 게다가 아모란은 어린 아이였다.

뒷걸음질을 치던 아모란은 돌부리에 걸려 넘어졌다.

"아야!"

"괜찮아?"

넘어진 걸 보고 서둘러 아이에게 달려갔다.

하지만 그렇게 달려오는 것이 아모란에게는 더 무서웠다.

"으앙!"

"울지 마. 나쁜 사람 아니야."

숲에서 나온 건달은 쩔쩔맸다.

"으앙!"

아빠도 없고, 친구도 없고, 엉덩방아 찧어 아프기도 해서 아
모란은 계속 울었다.

마을에서 멀리 떨어지지 않았기 때문에 아모란의 울음소리
는 마을까지 퍼졌다.

좀 있으면 마을에서 사람들이 올라올지도 모른다.

건달은 마음이 급해졌다.

"울지 마! 계속 울면 화낼 거야!"

무섭게 인상을 쓰고 아모란을 노려보았지만, 이미 제이를
겪은 아모란은 그 정도로는 울음을 그치지 않았다.

"야, 이 자식아! 애를 울리면 어떻게 해?"

숲에서 다른 동료가 튀어나왔다.

"마을 사람들 오겠다. 일단 튀자."

건달은 아모란을 안아들고 손으로 입을 막았다.

"어쩌려고?"

"울음소리는 막아야지."

"그렇다고 애를 데려가 어쩌자는 말이야? 미쳤어?"

"울음소리가 계속 나게 할 수는 없잖아. 일단 튀고 보자."

그렇게 건달들은 아모란을 데리고 숲 안쪽으로 달아났다.

＊　　　＊　　　＊

"발자국이 저쪽으로 나 있습니다."

뒷산에는 횃불을 든 마을 사람들이 잔뜩 모여 있었다.

산 아래에 사는 사람이 울음소리를 듣고 올라왔지만, 아무것도 발견할 수 없자 마을에 소식을 전한 것이다.

소식을 듣자마자 스와더피는 놀라 뒷산으로 뛰어와 현장의 발자국을 확인하고 혼자서 곧장 숲으로 들어갔다.

"자네는 단장님께 이 일을 전하고, 나머지 사람들은 조를 짜서 수색을 하게."

촌장이 나서서 사람들에게 지시를 내렸다.

용병단이 들어선 후로 이 주변에 몬스터가 출몰한 적은 없었다. 맹수 울음소리도 들리지 않았다. 훈련을 겸해 모두 때려잡았기 때문이다.

산 깊숙이 들어가면 혹시나 무서운 녀석이 살고 있을지도 모르지만, 이번 일은 분명히 사람의 소행이었다.

어른 발자국이 뚜렷이 남아 있었다.

없어진 아이는 아모란.

보통 일이 아니었다.

"아무 일도 없어야 할 텐데."

일렁이는 횃불에 비친 촌장의 얼굴에는 근심이 가득했다.

별빛도 나무에 가려 의지가 되지 않았다.

마음은 이미 달리고 있지만, 그럴 수 없었다.

전혀 보이지 않았다.

'아! 내 잘못이다.'

혼자 가지 못하게 말렸어야 했다.

아이들이 놀아주지 않는다는 것은 알고 있었지만, 아이들 일에 참견할 수 없어 내버려두었다. 시간이 해결해 주리라고 생각했다.

다 늦은 저녁에도 달려야 할 만큼 외롭다는 것은 생각지도 않았다.

일이 터져야 비로소 생각하고 깨닫는다.

온갖 자책을 퍼부으며 스와더피는 눈에 힘을 주고 보이지 않는 흔적을 손으로 더듬어 나갔다.

아모란을 소리쳐 부르고 싶었지만, 그러지 않았다.

추적자가 가까이 온 것을 알면 놈들이 무슨 짓을 할지 모르기 때문이다.

하란 용병단에서 일하지는 않았지만, 스와더피는 스카우터

급 용병이었다. 급한 마음을 애써 억누르며 조심스럽게 흔적
을 따라갔다.

녀석들은 전문가가 아니었다.

발자국이며 부러진 나뭇가지와 풀잎이 녀석들이 산에 익숙
하지 않다는 것을 말해주었다.

어두워서 늦어질 뿐, 흔적을 찾기는 어렵지 않았다.

"아. 모. 란!"

"아모란, 어디 있니?"

여기저기서 아모란을 부르는 소리가 들렸다.

스와더피는 흔적을 쫓는 시선을 돌려 소리 나는 곳을 쳐다
보았다.

곳곳에서 횃불이 움직이고 있었다.

'저러면 안 되는데……'

스와더피는 입술을 깨물었다.

흔적을 더듬는 손길이 더욱 바빠졌다.

"헉, 헉."

깜깜한 밤에 아이를 안고 산을 탄다는 것은 너무도 어려웠
다. 돌부리, 나무뿌리에 걸려 넘어진 게 벌써 몇 번인지 모른
다. 나뭇가지에 찢겨 피가 흘렀지만, 아프다는 것도 느끼지 못
했다.

울다 지친 아이는 넘어질 때 같이 내동댕이쳐지기를 여러
차례, 이미 정신을 잃었다.

“야, 헉헉, 이대로는 못 가겠다. 아이를 버리자.”

“하악 하악, 아직 물어보지도 못했는데…….”

“야, 이 새끼야! 지금 그게 문제냐? 산을 벗어나지 못하면 잡힌단 말이야! 헉헉.”

“그래도…….”

“이게 아직도 정신을 못 차렸네, 헉헉. 용병단에 아이가 없어졌다는 소식이 전해지면, 그땐 끝장이란 말이야!”

시저렉 계절에는 모든 오너와 지원팀이 빠져나간다. 그러나 용병단에는 경비를 담당하는 용병과 지원팀에 속하지 않은 용병들이 많이 남아 있었다. 게다가 마법사까지 있다.

더 서둘러야 했다.

“아. 모. 란!”

“아모란, 어디 있니?”

뒤에서 불빛이 점점 다가오고 있었다.

“빨리 버려!”

주저하던 녀석도, 불빛이 다가오고 아이를 찾는 목소리가 가까워지자 갈등을 끝냈다.

차마 던질 수는 없어서 그나마 푹신해 보이는 풀 위에 아이를 내려놓고 서둘러 그 자리를 벗어났다.

아모란이 놓인 자리는 풀이 무성해 겉보기에는 알 수 없으나 제법 경사가 져 있었다.

아모란이 놓이자 풀이 푹 꺼지고, 정신을 잃은 아모란은 경사 때문에 몸이 천천히 옆으로 굴렀다.

높이 매달려 있는 것은 언젠가는 떨어지게 마련이다.

말라비틀어진 나뭇가지도 나무를 붙잡는 힘이 다하면 땅에 떨어진다.

자잘한 가지들을 많이 달고 있는 어른 키만 한 나뭇가지 하나가 아모란이 구르는 쪽에 떨어져 있었다.

아모란은 몸이 옆으로 설 때까지는 천천히 구르다가, 다시 엎어질 때는 빠르게 굴렀다.

큰 가지에서 뻗어 나온 말라붙은 작은 가지 하나가, 엎어지는 아모란의 오른쪽 눈을 찔렀다.

"꺄아아아아아아아!"

잃은 정신을 깨울 만큼 엄청난 고통에 아모란은 비명을 지르고, 다시 정신을 잃었다.

눈에서 피가 철철 흘러 마른 풀과 땅을 적셨다.

"아모란!"

비명을 들은 스와더피는 나뭇가지에 살이 찢기는 것도 개의치 않고 달렸다.

넘어지는 것도 몰랐다. 손을 벅벅 긁으며 일어나 달렸다.

소리가 들린 곳까지 온 스와더피는 눈을 가느다랗게 뜨고 아모란을 찾아 두리번거렸다.

그렇게 찾기를 한참 만에, 엎어져 있는 작은 몸뚱어리를 발견했다.

"아모란!"

한걸음에 달려간 스와더피는 아모란을 바로 뉘어 들어 올리

려 했다. 그러나 아모란의 몸이 돌려지지가 않았다.

극심한 통증에, 아모란은 몸을 뒤틀었다.

그제야 뭔가 이상하다는 것을 깨달은 스와더피는 축축한 바닥과 젖은 아모란의 뺨을 느끼고, 눈을 찌른 나뭇가지를 발견했다.

가슴이 철렁 내려앉았다.

벌벌 떨리는 손으로 단검을 꺼내 조심스럽게 눈을 찌른 조그만 나뭇가지를 잘랐다.

아모란을 안아 든 스와더피의 몸이 한없이 떨렸다. 눈물이 쉼없이 흘러내렸다.

"여기야!"

서둘러야 했다. 하지만 스와더피에게는 횃불이 없었다.

"빨리 와! 여기란 말이야! 빨리 오란 말이야! 빨리 와아아아아아!"

애절한 스와더피의 목소리가 온 산을 흔들었다.

단장은 살이 떨렸다.

용병단에서 누구보다 제이를 잘 아는 사람이 단장이었다.

지금의 제이는 냉정하지만 사람이다.

다른 사람과 대화도 하고, 대부분 나쁜 쪽이지만 간혹 감정을 드러내기도 한다. 자기 팀에게는 상당히 신경도 써준다.

하지만 단장이 처음 봤을 때의 제이는 사람이 아니었다.

분노도 증오도 드러나지 않았다. 그저 무(無)였다. 아무렇지 않게 상대를 베고 찔렀다. 아무런 감정도 없었다. 찔려도 표정 하나 변하지 않았다. 태연하게 말도 하고 정상처럼 보였지만, 소름이 끼쳤다.

사람이 아니었다.

제이가 사람이 된 것은 억지로나마 마호른이 제이의 벽을 허물었기 때문이라고 어렴풋이 짐작하고 있었다. 그때 제이가 비로소 '말'을 했다. 고통스러워했다.

이제 아모란의 일을 알게 되면 제이가 어떻게 행동할지 알 수 없었다.

아주 끔찍한 일이 벌어질 수도 있었다.

"아모란은 어떤가?"

"후, 여기저기 부딪쳐 멍이 많이 들었지만, 그런 타박상은 아무것도 아닙니다. 오른쪽 눈을 잃었습니다. 그 고통을 어린 아이가 무사히 넘길 수 있을지 모르겠습니다. 좀 더 지켜봐야 겠습니다."

치료사는 한숨을 내쉬었다.

"놈들은?"

단장은 용병단 경비대장에게 물었다.

"아직 찾지 못했습니다. 하지만 조만간 찾을 수 있을 겁니다."

"꼭 찾아야 해! 반드시 찾아야 해!"

이 일을 제이의 손에 넘기면 안 된다. 제이가 오기 전에 처리를 해야 한다.

시저렉 계절은 끝났다. 곧 있으면 돌아올 것이다.

"모두 애써주게. 아모란은 반드시 살려야 하네. 놈들도 꼭 산 채로 잡아야 해. 나가 보게."

"예."

사람들이 나가고 단장은 홀로 방을 서성였다.

가슴이 먹먹했다.

"안 되겠군."

가만히 있을 수가 없었다.

단장은 방을 나와 산으로 올라갔다.

*　　　　*　　　　*

뚜둑.

피리운이 나뭇가지를 밟았다.

꿰액.

시저렉 한 마리가 이쪽을 바라보았다.

"이런! 도망쳐!"

꾸액!

꿰애액!

시저렉들이 날카로운 다리를 쓰다듬으며 빠른 속도로 정찰조를 쫓아왔다.

이곳은 타이탄을 소환하기에는 너무 협소했다. 타이탄을 소환하려면 아예 시저렉이 사는 곳까지 더 들어가거나, 밖으로 나와야 했다.

이제 들켜서 들어갈 수 없으니 밖에서 대기하고 있는 카모르찬과 케니가 있는 곳까지 달아나야 했다.

다리의 감각을 되살릴 겸, 정찰조가 위험하면 타이탄을 소환해 구할 겸, 오랜만에 정찰조와 함께한 제이는 땅에 박힌 돌을 디디며 사뿐사뿐 뛰었다.

다른 스카우터들도 제이처럼 돌을 밟고 뛰었다.

하지만 피리운은 그러지 못했다.

돌을 밟아야 한다고 배웠지만 쉽지 않았다. 피리운이 밟은 맨땅은 푹푹 들어갔다.

다른 사람보다 뒤처진 데다가 시저렉이 쫓아온다고 생각하니 피리운의 발은 더욱 어지러워졌다.

"으헉!"

위태위태하던 피리운이 기어이 돌부리에 걸려 넘어졌다.

피리운의 목소리를 들은 제이는 뛰던 걸음을 멈추고 돌아보았다.

넘어진 피리운 뒤로 시저렉 무리가 날카로운 다리를 번뜩이며 다가오고 있었다.

"그냥 가!"

인상을 찌푸린 제이는 스쳐가는 스카우터들에게 명령하고 나서 피리운이 있는 곳으로 달렸다.

시저렉보다 먼저 피리운에게 다가간 제이는 일어나 다시 뛰려는 피리운을 들쳐 멨다.

풀썩.

다시 일행이 있는 곳으로 뛰려는 순간, 누군가가 심장을 쥐어짜는 듯한 느낌을 받으며 제이는 균형을 잃고 피리운과 함께 쓰러졌다.

그때, 가장 먼저 도달한 시저렉이 제이를 향해 날카로운 낫을 휘둘렀다.

심장의 느낌은 아주 짧은 순간이었지만, 충분히 위험했다.

제이는 피리운을 집어던지고 옆으로 몸을 굴렸다.

스걱!

하지만 온전히 피하지 못해 왼쪽 어깨부터 등까지 길게 베어졌다.

핏물이 좍 흘러나왔지만, 신경 쓸 겨를이 없었다.

시저렉의 다리 공격은 계속되었다.

씨웅!

씨웅!

제이의 위기를 본 스카우터들이 시저렉을 향해 화살을 날렸다.

몸에 꽂히지는 않았지만 충분히 자극이 됐는지, 제이를 노리던 시저렉은 화살을 날린 먹잇감을 향해 뛰어갔다.

피리운은 자신을 구하려고 되돌아온 제이를 두고 차마 혼자 도망칠 수 없어 발만 동동 구르고 있었다.

몸을 일으킨 제이는 그런 피리운을 한심하게 쳐다보고 나서 다시 피리운을 들쳐 메고 뛰었다.

다른 녀석들이 계속 쫓아오고 있었던 것이다.

"힘 빼."

뛸 때마다 제이의 등에서는 핏물이 튀었다.

제이의 어깨에 걸쳐진 피리운은 어쩔 수 없이 제이의 피 냄새를 맡아야 했고, 얼굴에 제이의 피를 묻혀야 했다.

만감이 교차했다.

협소한 지형을 벗어난 곳에서 카모르찬과 케니가 시저렉들을 막았고, 정찰조는 안도의 한숨을 내쉬었다.

제이까지 나설 필요는 없었다.

제이는 너덜너덜한 옷을 벗어 던지고, 폴카도의 도움을 받아 상처 부위에 약을 바른 뒤 붕대를 감았다.

'제길.'

상처를 치료하는 제이를 지켜본 피리운은 울컥했다.

자잘한 상처는 눈에 들어오지도 않았다. 울퉁불퉁한 제이의 등판은 흡사 타이탄 장갑의 요철 같았다.그 위에 새겨진 진한 붉은색 마법진과 마법진을 길게 가른 오늘 입은 상처가 피리운의 가슴을 헤집어놓았다.

저게 사람의 등일 리가 없다.

'제기랄!'

어디다 풀지 않고는 견딜 수가 없었다.

그때, 아무렇지도 않게 상처를 치료하고 옷을 입은 제이가 피리운에게 다가왔다.

픽!

“헉!”

퍽!

“커억!”

“네가 나뭇가지를 밟아 모두 죽을 뻔했다. 동료를 위험에 빠뜨리는 녀석은 필요없다.”

퍽!

“큭!”

제이는 쓰러진 피리운을 짓밟았다.

‘하하하!’

계속되는 제이의 구타에도 맞을 때만 찡그릴 뿐 피리운은 웃고 있었다.

시원했다.

이제 더 이상 기사가 아니다.

*   *   *

“키프로 경, 고맙습니다.”

시나페는 조용히 감사를 표했다.

아무리 전대 영주의 아들이라지만 젊은 나이의 새로운 영주에게 가신들이 굳건한 믿음을 보낼 수는 없는 일이다.

키프로가 나서 가신들과 기사들을 설득했음을 모르지 않았다.

“영주님, 저는 칼을 휘두르는 것밖에 모릅니다. 영주님의 깊은 뜻은 감히 헤아릴 수 없습니다. 영주님 뜻대로 될 것입니다."

반백의 키프로가 고개를 숙였다.

시나페는 따뜻한 미소를 지으며 키프로의 손을 잡았다.

"모든 것을 경과 함께할 것입니다."

어릴 때부터 이어온 신뢰는 너무나 소중했다.

"기사들을 잘 다독여야 합니다. 아니다 싶으면 쳐내세요. 정말 중요한 시기입니다. 무조건 따를 수 있는 사람만 남아야 합니다."

"하지만 영주님, 영주는 모든 것을 포용해야 할 자리입니다. 재고해 보심이 어떤지요?"

단호한 시나페의 말에 키프로는 걱정이 앞섰다.

"압니다. 그러나 반드시 그렇게 해야 해요. 앞으로 몇 년간은 힘든 시기가 될 것입니다. 하나로 똘똘 뭉쳐도 이겨내기 쉽지 않을 시간이 옵니다. 분란을 일으킬 소지는 모두 없애야 해요. 모두 쳐내도 상관없습니다. 절대 복종만이 필요합니다."

시나페는 의미심장한 눈빛을 보냈다.

키프로는 따르지 않을 수 없었다.

어릴 때부터 지켜본 이 젊은 영주는 현명한 사람이었다.

"후, 대체 무슨 일이 일어나는 것입니까?"

"키프로 경, 아는 게 병이 되기도 합니다. 경의 짐을 덜기 위함이니 이해하세요. 때가 되면 경이 듣기 싫다고 해도 얘기할 겁니다. 하하하."

시나페의 웃음은 깨끗했다.

그러나 키프로는 같이 웃을 수가 없었다. 아무리 현명한 영주라지만, 어릴 때부터 키우다시피 지켜 온 자신이 보기에는 여전히 물가에 내놓은 아이 같았다.

그저 모든 일이 영주가 생각한 대로 풀리기를 바라는 수밖에 없었다.

아무리 어려운 일이라도, 적절한 시간을 주고 필요한 인력을 투입하면 해결된다.

산에서 내려온 사람들은 덥수룩한 수염과 지저분한 옷차림, 피곤함에 찌든 얼굴을 하고서 영주 성으로 들어갔다.

수백 년간 인간의 발길이 미치지 않은 산에는 몬스터나 맹수만 사는 게 아니었다. 발 없는 동물, 이름 모를 벌레, 움직이는 식물 등 온갖 생명체들이 살고 있었다. 이것들이 오히려 몬스터보다 더 귀찮고 위험했다.

몬스터나 이런 귀찮은 것들은 한 방이면 해결된다.

불을 지르면 따로 소탕할 필요도 없는 것이다.

하지만, 귀찮다고 그런 대재앙을 가져올 미친 짓을 감행한 사람은 다행히 없었다.

물론 깡그리 불을 질러야 한다고 투덜댄 사람은 있었다.

기사단의 타이탄 여덟 기가 참여한 덕에 조사 기간도 많이 단축되었다.

남작 가(家)에서 타이탄 여덟 기를 보유하고 있다면 상당한 것이지만, 이곳 붉은 산맥 부근에서는 이 정도가 보통이었다.

"고생 많았소."

시나페가 성 입구에 서서 용병들에게 치하했다.

"감사합니다."

영주의 파격적인 모습에 산적 같은 몰골을 한 용병들은 얼른 예를 갖추어 인사했다.

과한 대접에는 그 이유가 있기 마련이지만, 영주에게 이런 대접을 받는 게 싫지는 않았다.

"지난번에 보니까 나와 식사하는 것을 불편해하는 것 같아 이번에는 식사 초대는 하지 않았소. 대신 식당에 푸짐하게 차려 놓았으니 편하게들 드시기 바라오. 일단 차나 한 잔 합시다."

시나페는 용병 오너들과 함께 영주 성 입구에 설치한 막사로 들어갔다.

막사 안에 놓인 의자에 모두 앉자, 차가 들어왔다.

"의뢰비는 좀 있다가 담당 관리가 지급할 것이오. 좀 성급한 감이 있으나 그대들도 얼른 쉬어야 하겠기에 용건만 간단히 말하리다."

시나페는 차를 한 모금 마시고 나서 말을 이었다.

"내년 봄에 몬스터 토벌 건을 의뢰하고 싶소."

이 얘기는 사전 조사를 의뢰할 때부터 짐작하고 있었다.

"하란 용병단은 받아들이겠습니다."

투발루가 하란 용병단을 대표해서 말했다.

바밀 왕국의 용병들은 개인 자격이라 각자 알아서 할 테지만, 거부할 이유가 없었다.

"받아들이겠습니다."

용병들의 대답에 만족한 웃음을 지은 시나페는 고개를 끄덕였다.

"몬스터 토벌이야 한두 해에 마무리 지을 수 있는 게 아니니까 아마도 장기 계약이 될 것이오. 내년 일은 이 자리에서 정할 수 있지만, 그 이후의 일은 내년에 또 얘기해 봅시다."

"알겠습니다."

"세부적인 계약은 담당자와 하면 될 것이고……. 이건 만약의 경우를 대비해 하는 말인데, 혹시나 내 영지에서 몬스터 토벌을 벌여 이웃 영지와 분쟁이 생기면 당연히 내 편을 들어 참전하겠지요?"

시나페는 별것 아니라는 투로 슬쩍 물었다.

몬스터 토벌은 이웃 영지와 상의해서 하는 게 일반적으로 굳어진 관행이었다. 한쪽에서만 몬스터를 토벌하면 몬스터가 반대쪽으로 달아나 이웃 영지에 해를 끼칠 수 있기 때문이다.

하지만 이곳 붉은 산맥 일대는 수백 년간 몬스터 토벌을 한 적이 없는 지역이라 뭐라 말할 수가 없었다.

게다가 영지전은 몬스터 토벌과는 차원이 다른 문제였다.

3대 강국은 무법 국가가 아니었다. 무분별한 영지전은 허용하지 않았다.

영지전은 분쟁 당사자 사이에서 법적인 해결이 나지 않을 때에 비로소 국가의 승인을 받아 치러졌다. 물론 이 또한 사람이 하는 일이라 원칙대로만 지켜지지는 않았다. 그러나 공식적으로는 그러했다.

몬스터 토벌과 영지전을 함께 놓고 생각해 본 적이 없는 용병들은 쉬이 답하지 못했다.

이미 영지전이 확정된 경우가 아닌, 일어날지도 모르는 영지전이라는 것은 겪어보지 못했던 것이다.

"불법적인 영지전에는 참전할 수 없습니다."

투발루가 조심스럽게 입을 뗐다.

바밀 왕국 같은 강국에서 허용되지 않은 영지전에 참전한다는 것은 목숨을 내놓는 행위나 마찬가지였다.

"당연히 불법적인 일을 강요할 수는 없지 않겠소? 혹시나 분쟁이 발생하더라도 모두 합법적인 절차를 밟을 것이오. 그저 만약을 대비한 것으로 생각하시오."

시나페는 여전히 여유를 잃지 않았다.

"그럼, 그렇게 하지요."

합법적인 영지전 의뢰를 거부할 이유는 없었다.

타이탄을 전리품으로 챙길 수 있는 영지전이야말로 용병 오너가 가장 큰 수입을 올릴 기회였다. 물론 몬스터 소탕과는 달리 죽을 수도 있었지만.

"좋소. 계약서에 이 조건을 넣는 것으로 합시다."

그렇게 말하고 시나페는 자리에서 일어났다.

용병들도 영주가 일어나자, 따라 일어났다.

“잘 쉬었다가 가시오. 무사히 돌아가기를 빌겠소. 그럼, 내년에 봅시다.”

*   *   *

며칠 간 계속된 고문 때문에 부모도 알아보지 못할 정도로 망가진 두 사람이 쇠사슬에 묶여 매달려 있었다.

“더 나올 것이 없겠군.”

단장은 허탈함을 지우지 못했다.

사람의 일이라는 게 이토록 공교로울 수가 없었다.

아모란의 눈을 멀게 한 건 이 건달들이 아니었다. 사람의 힘이 아니었다.

물론 납치하고 버려둔 책임은 당연히 건달들이 져야겠지만, 이 녀석들은 나름 순진한 구석이 있어 딴에는 폭신한 풀밭에 아모란을 뉘였던 것이다.

이미 아모란이 눈을 잃은 장소에 직접 가보았기 때문에 이 녀석들의 말이 사실임을 알 수 있었다.

“후유!”

절로 한숨이 나왔다.

운명이라는 단어는 너무나 가혹한 것이었다.

하지만 원인 제공을 한 이 녀석들을 용서할 마음은 없었다.

그보다 거스트 윈드가 문제였다.

이 녀석들의 말에 의하면, 마을에 들어온 놈들은 이 둘만이 아니었다. 장사꾼으로, 여행자로, 마을에 왔다 간 녀석들이 10여 명에 달했다.

그리고 거스트 윈드의 보스가 위험을 무릅쓰고 하란 용병단을 캘 만큼 두려워하는 상대가 뒤에 있었다. 확신할 수는 없지만, 그럴 만한 사람이 누구인지 짐작이 갔다.

일단, 거스트 윈드를 처리해야 했다.

건달 따위는 하란 용병단의 상대가 될 수 없다.

"경비대장!"

"예!"

"두목이라는 놈을 잡아 오게."

"알겠습니다."

CHAPTER 7

[붉은 토끼]

생존의 방식

Jay
Koplanit

큰 뱀은 강한 힘으로 죈다. 작은 뱀은 독이 있다.

맹수는 날카로운 이빨과 억센 발톱을 지녔다. 작은 짐승은 무리 지어 생존의 가능성을 높인다.

저마다 살아남기 위한 나름의 수단을 갖고 있었다.

쾅!

용병들은 거칠게 문을 열고 들어갔다.

"없나?"

경비대장은 어지러뜨려진 텅 빈 방 안을 둘러보며 인상을 썼다.

입구를 지키고 있던 잔챙이 몇 놈 빼고는 모두 놓쳐 버린 것이다.

"후유, 그놈들 데리고 와봐."

경비대장의 말에 용병들이 쓰러진 건달들을 질질 끌고 들어왔다.

"문 닫아."

그리 좋은 소리가 나지 않을 것이다.

경비대장은 눈두덩이 찢어진 한 녀석의 턱을 들어 올렸다.

"너희 두목, 어디로 갔느냐?"

피식.

녀석은 피 묻은 입술로 슬쩍 비웃음을 지으며 경비대장을 노려보았다.

"어쭈, 그래도 한솥밥 먹은 처지라 이거냐? 의리를 지키시겠다? 그래, 제발 끝까지 버텨라."

경비대장은 가소롭다는 표정을 짓고, 널브러져 있는 탁자 다리를 거칠게 발로 밟아 부서뜨려 몽둥이 하나를 만들었다.

"칼보다는 그래도 피가 덜 나거든. 피비린내는 이제 지겹다."

경비대장은 몽둥이를 손바닥에 툭툭 치며 녀석에게 다가갔다. 녀석의 눈동자가 흔들렸다.

"재갈 물려."

다른 용병이 녀석의 옷을 찢어 입에 쑤셔 넣었다. 비명 때문이 아니었다. 혀를 깨물면 귀찮아진다.

턱! 턱! 턱! 턱!

둔탁한 몽둥이찜질이 시작되었다.

"흐음!"

녀석은 막힌 입으로는 소리를 지르지 못하고 코로 비명을
토했다.

딱! 딱! 딱! 딱!

경비대장의 몽둥이질은 계속되었다.

녀석은 온몸을 꼬아댔지만, 몽둥이를 피할 수는 없었다.

경비대장은 관절 부위, 뼈가 바로 만져 지는 곳을 골라 무작
스럽게 두들겼다.

이런 쓰레기, 죽어도 상관없었다. 시체 처리가 곤란할 뿐이다.

"컥!"

매타작을 견디지 못한 녀석이 눈을 뒤집고 기절했다.

"깨워!"

다른 녀석들이 아직 남아 있었지만, 일부러 혼절한 녀석을
깨워 다시 팼다.

딱! 딱! 딱!

"흐으!"

뼈와 몽둥이 부딪치는 소리가 오랫동안 방 안을 울렸다.

깨우고 다시 때리기를 수차례, 이제 때려도 신음조차 흘리
지 못했다.

"이건 너무 약골인데…… 너희는 좀 더 버티겠지?"

경비대장은 축 늘어진 녀석을 물끄러미 쳐다보다가 다른 녀

석들에게 고개를 돌렸다.

건달들은 몸을 부들부들 떨며 애써 시선을 피했다.

다른 많은 고문 방법이 있음에도 굳이 몽둥이질을 한 이유는 지켜보는 사람의 시각과 청각을 자극하는 데에 이만한 게 없기 때문이다.

어느새 피에 절어 축축해진 몽둥이를 들고 건달들에게 다가간 경비대장은 한 녀석 앞에 멈춰 섰다.

"이놈 재갈 물려!"

지목된 녀석은 핏기가 싹 가셨다.

"마, 마, 말하겠습니다! 제, 제, 제가 압니다!"

"말 안 해도 돼."

경비대장은 잔인한 미소를 지었다.

"말한다니까요! 말해요!"

어차피 자신은 피라미에 불과했다. 다른 녀석이 맞는 것을 지켜보는 동안 의리와 저 살인적인 몽둥이찜질의 무게는 금세 역전했다.

"부, 부두 가에 있는 갈매기라는 술집이 비밀 거점입니다. 그, 그곳이 아니라면 정부(情婦)에게 갔을 겁니다. 거기도 아니면……."

녀석은 거스트 윈드의 보스가 도주했을 만한 곳을 계속 늘어놓았다.

"그만! 잘은 모른다는 얘기로군."

하지만 녀석이 얘기한 장소로 가보지 않을 수 없었다.

경비대장은 용병들을 나눠 녀석이 말한 장소로 보냈다.

"그곳 말고 다른 곳 아는 놈은 없나?"

지목되지 않은 건달들은 아직도 의리와 매타작 사이에서 고민하느라, 쭈뼛거리기만 할 뿐 입을 열지 않았다.

"그래, 명색이 동부지구를 잡고 있다는 거스트 윈드가 매질 몇 번에 입을 열면 실망스럽지. 후후."

경비대장은 우두둑 몸을 한 번 풀고 다시 몽둥이를 휘둘렀다.

탁!

"으으."

턱!

"흐음!"

밤새 매타작이 계속되었다.

용병들은 건달들이 새로 털어놓은 장소로 달려갔지만, 끝내 거스트 윈드의 보스를 찾지 못했다.

*　　　*　　　*

"이 시간에 웬일인가?"

잠자리에 들었다가 깬 레넨저는 짜증을 내려다 참았다.

가끔 사람들 눈을 피해 묵직한 뭔가를 들고 찾아오는 경우가 있었기 때문이다.

"형님, 도와주십시오."

용병들이 쳐들어온 것을 눈치 챈 발레타는 심복 몇 명을 데리고 재빨리 도주했다.

동부지구는 자신의 세상이었다. 적의를 품고 달려오는 것을 모른다면 진즉 죽었을 것이다. 조직 간의 싸움도 적잖이 겪었다. 비밀 통로 몇 개쯤은 준비되어 있었다.

도주한 발레타는 하란 시 치안대장 레넨저를 찾아왔다.

이럴 때 쓰고자 다져 놓은 사이가 아닌가. 그동안 레넨저에게 들어간 돈이 한두 푼이 아니었다.

"뭘 도와달라는 말인가?"

묵직한 뭔가를 건넬 것 같지 않아 인상을 썼지만, 이내 풀었다. 그동안 받은 게 있으니 일단 들어주기는 해야 할 것 같았다.

"우리 영업장에 못된 놈들이 쳐들어왔습니다."

"허! 자네, 농담하려고 이 시간에 찾아왔나?"

레넨저의 목소리가 약간 높아졌다.

거스트 윈드는 동부지구 최고 조직이었다. 조직도 탄탄하고, 발레타도 보통 놈이 아니었다. 그리고 치안대에 거스트 윈드를 누를 만한 신흥 조직이 생겼다는 정보도 없었다.

"농담이 아닙니다. 하란 용병단이 느닷없이 쳐들어왔습니다. 도와주십시오, 형님!"

"하란 용병단이라…… 하란 용병단, 하란 용병단. 뭐! 하란 용병단?"

"예. 하란 용병단입니다."

"그들이 뭣 때문에 건달, 아니 자네 사업장을 친단 말인가?"

레넨저는 이해가 되지 않았다.

"후유, 저도 그걸 모르겠습니다."

발레타는 부하들이 아모란을 납치했다는 사실은 아직 모르고 있었다. 그저 서투른 녀석들이 잘못 들쑤셔 용병단에 발각되었다고 생각하고 있었다.

하지만 레넨저에게 하란 용병단을 조사하려다 들켰다고 말할 수는 없었다.

"흠, 뭔가 오해가 있나 보군. 말로 못 풀 게 없다네. 가서 사과하고 오해를 풀게나."

레넨저는 하란 용병단과 얽히고 싶지 않았다.

하란 용병단은 하란 시 치안대의 관할이 아니었다. 하란 시내에 위치하지도 않았다. 엄밀히 말하자면, 보유한 무력 때문에 시장과 하란 시 서부 주둔군이 직접 챙기는 특별 관리 대상이었다.

그렇다고 평소에 특별한 감시나 처우를 하는 것은 아니었다. 전시에나 특별 관리 대상이라는 말이 의미가 있게 된다.

권한과 관할을 떠나서 타이탄 용병단과 얽히고 싶지 않은 게 치안대장의 솔직한 마음이었다.

뒷 세계 조직의 편을 들어 하란 용병단과 분란이 일어나면 자기만 손해다.

"형님! 어찌 그러실 수 있단 말입니까? 어려운 일이 있으면 언제든 찾아오라고 하지 않으셨습니까?"

발레타는 언성을 높였다.

관리는 믿지 않았지만, 돈의 힘은 굳게 믿고 있었다.

"형님이라니? 감히, 어디서 건달 따위가 치안대장에게 형님이라고 부른단 말이냐!"

레넨저는 찔끔했지만, 일부러 큰소리를 쳤다.

"그러지 마시고 도와주십시오. 어디 저 하나 살자고 그런답니까? 좋은 게 좋은 거 아닙니까?"

발레타는 목소리를 낮추고 치안대장을 구슬렸다. 치안대장도 얽히기 싫어서 그런 것이지, 자신이 동부지구를 쥐는 게 낫다는 것을 모를 리가 없었다.

"끙, 그동안의 정리를 봐서 한번 나가보기는 하지."

거스트 윈드가 무너지면 뒷 세계에는 한동안 피바람이 불 것이다. 이는 절대 치안대에서 바라는 바가 아니었다. 게다가 발레타는 눈치가 빨라 알아서 행동했다. 새로운 녀석을 발레타만큼 길들이는 것은 몹시 피곤한 일이 될 것이다.

"고맙습니다."

발레타는 허리를 꾸뻑 숙였다.

레넨저는 발레타를 마뜩찮게 쳐다보고서, 옷을 입으려고 방으로 들어가며 입맛을 다셨다.

머리가 복잡했다. 타이탄 용병단과 분란을 일으키는 녀석의 뒷배를 계속 봐줄 수는 없기 때문이다.

'에잇, 퉤. 다른 줄을 잡아야겠군.'

치안대장을 설득해 일단 한숨 돌렸다. 그동안 들어간 돈값은 할 것이다.

하지만 이번 일로 레넨저와의 관계는 예전 같지 않을 것이다. 그만한 눈치는 있었기에 큰 조직을 여태껏 유지할 수 있었다.

최악의 상황도 대비해야 했다.

발레타의 작은 눈이 번뜩였다.

"무슨 일로 이렇게 큰 소란을 일으키는가!"

레넨저는 목에 잔뜩 힘을 주고 고함쳤다.

경계를 서던 용병이 하란 시 경비병들이 들이닥친 것을 알렸지만 너무나 급작스러워 현장을 수습할 시간이 없었다.

바닥에는 형체를 알아보기 어려운 건달들이 널브러져 있었고, 녀석들이 흘린 피가 흥건했다.

빼도 박도 못하게 생겼다.

누가 봐도 현행범이었다.

기식엄엄(氣息奄奄)한 몇 놈이 죽기라도 하다면 살인죄로 들어갈 판이다.

하지만 이곳은 뒷 세계.

환한 세상의 규칙이 그대로 통용되지 않는다는 것은 달려온 경비병들도 알고 여기 있는 용병들도 안다.

물론 레넨저도 알았다.

규칙대로 하자면 못할 것도 없지만, 그래 봐야 일만 더 복잡해질 뿐이다. 아주 미운털이 박히지 않는 한, 건달패는 치안대가 용납하는 선까지만 일을 벌이고, 치안대는 그 일에 대해서는 손을 대지 않는 게 이 세계의 상식이었다.

문제는 하란 용병단은 뒷 세계에 속해 있지 않다는 데에 있다.

"한밤중에 이런 수고를 끼치게 되어 죄송합니다. 저는 하란 용병단의 경비를 책임지는 타노피스라고 합니다."

갑작스럽게 방해자가 등장하여 순간 놀랐지만, 타노피스는 얼른 감정을 추슬러 정중히 인사를 건넸다.

너무나 태연한 타노피스의 모습에 오히려 레넨저가 당황했다.

"나는 하란 시 치안대장이다. 하란 용병단에서 무슨 일로 이런 사단을 일으키는가?"

당황한 것을 감추려고 레넨저는 짐짓 호통을 쳤다.

치안대장이 직접 경비병을 이끌고 왔으리라고는 상상도 못한 타노피스는 뒤통수를 얻어맞은 기분이었다.

'후유, 이런 배경을 두었단 말이지?

치안대장씩이나 되는 인물이 오밤중에 직접 건달 구역에 나타날 리가 없다.

그림이 그려졌다.

하란 시의 모든 경비병을 통솔하는 치안대장은 일반인이 감히 쳐다보지도 못할 높은 지위에 있는 사람이다. 하지만, 치안대장도 하란 용병단을 함부로 대하지는 못할 것이다.

타노피스는 일단 상황을 설명하고 치안대장의 반응을 보기로 했다.

"거스트 윈드 조직원이 용병단 캠프 마을로 들어와 아이를

납치했습니다. 아이는 지금 중태에 빠졌습니다. 놈들을 붙잡아 심문해 보니, 거스트 윈드의 보스가 지시했다고 합니다."

자세히 얘기할 필요는 없었다. 타노피스는 유리하도록 적당히 각색(脚色)했다.

"뭐라고? 납치?"

잘못 들은 게 아닌가 싶었다.

'미치지 않고서야……'

어찌 하란 용병단을 건드릴 생각을 한다는 말인가?

레넨저는 잠시 멍해 있다가 이내 고개를 저었다.

제정신으로 그런 짓을 벌일 리가 없다. 그리고 자신이 아는 발레타는 그렇게 무모한 놈이 아니었다.

그렇다고 하란 용병단이 일없이 한밤중에 동부지구까지 찾아와 피바람을 일으킬 리도 없었다.

"그럴 리가 없다. 발레타라는 놈은 내가 좀 알지. 약기는 해도 미친놈은 아니야. 아마도 건달 몇 놈이 사고를 치고 자기 두목 핑계를 댄 모양이군."

결국 발레타의 손을 들어 주었다.

"그러면 직접 대질하게 해 주십시오."

이대로 치안대장이 발레타를 감싸면 곤란해진다. 타노피스는 마음이 급해졌다.

"그래, 그래야 확실하지. 그런데 놈이 어디에 있는지 모르겠군."

그렇게 말하고, 레넨저는 새삼 방 안을 둘러보았다.

처참했다.

발레타가 어디 있는지 모른다는 말은 거짓이 아니었다.

오해를 풀어줄 테니 같이 가자고 했지만, 발레타는 다른 볼일이 있다며 따르지 않았다.

피범벅이 된 방 안을 보니, 자신이 발레타였더라도 오지 않겠다고 했을 것 같았다.

"어쨌든 용병단 입장에서는 발레타가 조직 관리를 못 해서 피해를 당했고, 대신 녀석들을 이렇게 묵사발을 만들었으니, 이 정도로 마무리를 짓지. 나중에 발레타더러 꼭 찾아가 사과하게 시킬 테니."

그저 권유하는 게 아니었다. 그만 하라는 압력이었다.

치안대장의 말을 정면으로 거부하는 것은 현명한 태도가 아니다. 여기서 더 버티면 좋지 않을 것 같았다.

"그럼, 오늘은 이만 물러가겠습니다."

타노피스는 확답을 하지는 않고, 쓴웃음을 지으며 고개를 숙였다.

다음을 기약하는 듯한 타노피스의 말에 레넨저는 내심 불쾌했으나 타이탄 용병단의 자존심을 살리느라 그런 것으로 이해했다.

"세상 일이 말로 풀지 못할 게 없어."

결국 자신의 뜻대로 하란 용병단이 물러나고, 일이 잘 해결되었다고 생각했다.

'그나저나 발레타 이놈, 그냥 둬서는 안 되겠군.'

이 정도 선에서 끝난 게 천만다행이었다. 타이탄 용병단과의 마찰이라니, 다시는 겪고 싶지 않았다.

그저 오래오래 치안대장 자리를 지키며 편하게 살고 싶었다.

"보스, 붉은 토끼 데려왔습니다."

심복 하나가 꺼림칙하다는 표정으로 들어왔다.

부하 뒤로 아직 코 밑 솜털도 채 나지 않은 소년 하나가 따라 들어왔다.

"오랜만이다, 붉은 토끼."

"안녕하세요."

소년은 천진한 얼굴로 공손하게 발레타에게 인사했다.

발레타는 소년의 얼굴에 속지 않았다.

발레타는 하란 용병단도 치안대도 두렵지 않았다.

그들은 돈과 권력으로 조율하면 충분히 상대할 수 있다고 생각했다. 까짓 안 되면 몇 년이라도 숨어 지내면 된다.

그러나 붉은 토끼는 두려웠다. 마땅히 상대할 방법이 없었다.

붉은 토끼는 이 소년을 가리키는 말이다. 동시에 이 소년을 따르는 아이들을 묶어 이르는 말이기도 했다.

붉은 토끼는 어린 아이들로 이루어져 있었다.

아이의 실력이 아무리 뛰어나도 어른의 상대가 될 리 없다. 그러나 천진난만한 표정을 한 아이들은 어느새 가슴에 비수를 꽂았다.

정상적인 사람이라면 아이를 경계하지 않는다. 그러다 칼에

찔려 죽었다.

아이가 칼을 꺼내 들었다고 어른도 칼로 아이를 상대할 수는 없는 일이다. 그러다 죽었다.

소년은 붉은 토끼를 이끌고 뒷 세계에 사는 많은 소매치기, 거지 아이들을 휘어잡았다. 이 소매치기, 거지 아이들이 다시 붉은 토끼가 되었다.

이 소년이 만든 조직은 이제 이 소년이 없어도 굴러간다. 사람의 학습 능력은 동물보다 뛰어나다.

정말 치가 떨리는 조직이었다.

발레타는 하란 용병단이 치안대장의 중재를 거부하고 기어이 자신을 잡으려 한다면 붉은 토끼로 상대하리라 마음먹었다.

오너 한 명만 와도 자신과 부하들은 모두 죽은 목숨이다. 그러나 오너가 아이들을 죽일 수는 없다.

사람 사는 세상은 단순하지 않다. 자신을 해치려는 적을 죽이고도 손가락질을 당하는 경우가 생긴다.

끝까지 자신을 잡으려 한다면 하란 용병단은 온갖 오명을 뒤집어쓰고 하란을 떠나야 할 것이다.

"붉은 토끼, 부탁이 있다."

*　　　　*　　　　*

"흐음."

단장은 침음을 흘렸다.

“면목없습니다.”

경비대장은 단장 앞에 서서 고개를 조아렸다.

“그게 어디 자네 탓인가. 너무 쉽게 생각했어.”

단장은 생각에 잠겼다.

뒷 세계를 오랫동안 쥐고 흔들어온 놈이 제 살 궁리를 하지 않았다는 게 오히려 이상한 일이다. 도망갈 구멍을 파도 여러 개를 파놓았을 것이다.

“치안대와 마찰을 빚지 않는 선에서 녀석의 영업장과 갈 만한 곳에 한 명씩 감시를 붙여놓게. 스카우터 몇 명을 중간에 대기시켜서 놈이 나타났다는 연락을 듣자마자 잡을 수 있도록 조치하고.”

거스트 윈드의 영업장은 수십 개에 달한다. 게다가 도망갈 만한 장소까지 감시하려면 수십 명을 동원해도 부족할 것이다. 하지만, 어쩔 수 없었다. 꼭 잡아야 했다.

아모란과 제이 때문이 아니더라도, 하란 용병단을 조사하려던 놈이다. 배후를 정확히 알아야 대처할 수 있다.

“알겠습니다.”

타이탄 격투가 있는 날이면 거리는 사람들로 넘쳐 났다.

하란 용병단 소속 스카우터 두 명이 사람들의 물결을 헤치고 걸었다. 영업장을 감시하는 용병들을 돌아보는 중이었다.

며칠째 계속된 소득 없는 행동에 마음이 편치 않았지만, 단장의 지시를 어길 수는 없었다.

슥!

"조심해!"

한 스카우터가 동료를 밀쳤다.

워낙 사람이 빽빽이 들어차 있어 누가 찔러도 알기 어려운 상황이었다. 다른 사람들 때문에 몸을 피하기도 마땅치 않았다.

급한 김에 팔을 들어 단검을 막았다.

"윽!"

단검을 찌르는 힘이 세지 않아 상처가 그리 깊지 않았지만, 상처보다도 사람 많은 대로에서 공격받았다는 사실이 더 충격이었다.

"부모님의 원수! 죽어라!"

단번에 죽이지 못한 게 분하다는 듯 다시 단검을 찔러 들어오는 녀석은 열 살이 겨우 넘었을까 말까 한 꼬맹이였다.

처음에는 생각도 못해 당했지만, 이런 어린 아이한테 두 번 당할 수는 없는 일. 팔뚝을 살짝 찔린 스카우터는 아이의 손목을 낚아챘다.

화가 나기보다는 어이가 없었다.

"이익, 놔라! 이 원수야! 부모님의 원수를 갚을 테다!"

녀석은 원독에 찬 표정으로 고래고래 소리를 질렀다.

칼부림에, 녀석의 고함에, 사람들이 순식간에 세 사람 주변에서 떨어져 둥글게 에워쌌다.

"하란 용병단이 아이를 죽인다!"

사람들 틈에서 누군가가 소리쳤다.

어린아이의 목소리였지만, 그걸 신경 쓰는 사람은 없었다.

"이 부모님의 원수! 나까지 죽일 참이냐! 그래, 죽여라! 죽여!"

손목을 잡힌 어린아이는 발로 스카우터를 걷어차며 몸을 흔들고 소리쳤다.

"저 무서운 사람들이 저 아이의 부모를 죽였나 봐."

"에구, 불쌍해라. 누가 저 아이를 구해줬으면 좋겠는데."

스카우터들이 칼을 차고 있었기 때문에 사람들은 차마 나서지는 못하고 수군댔다. 아이를 보며 안타까워했고 스카우터들을 노려보았다.

아이가 발로 투닥거리는 것은 전혀 아프지 않았다.

하지만 아이의 말과 사람들이 웅성대고 노려보는 것에는 신경이 쓰이지 않을 수 없었다.

"야, 이 녀석아! 네 부모가 대체 누구냐?

스카우터는 녀석을 다그쳤다.

용병 생활만 수십 년, 원한이 없을 수가 없었다. 그렇다고 이렇게 많은 사람에 둘러싸여 나쁜 놈 취급을 받는 게 당연한 것은 아니다. 억울했다. 아니, 화가 치밀었다. 속이 터져 미칠 지경이었다.

"모르는 척할 셈이냐! 그때 억울하게 돌아가신 부모님이 아직 눈을 감지 못하고 계신다. 이 더러운 놈들아!"

아이는 원독에 찬 눈으로 거칠게 반항했다.

“허! 뻔뻔한 놈들이구나. 하긴 저런 놈들이 다 그렇지.”

“에잇, 내가 십 년만 젊었어도 저런 놈들은 해치울 수 있는데 말이야.”

사람들은 다수의 힘을 믿고 스카우터에게 들으라는 듯 중얼거렸다.

사람들에게 빙 둘러싸여 졸지에 못된 놈이 된 스카우터들은 환장할 노릇이었다.

“그냥 가세.”

한 스카우터가 눈살을 찌푸리고 동료에게 말했다.

“꼬마야, 함부로 나대지 마라.”

아이를 잡고 있던 스카우터가 아이를 휙 던졌다.

“으악!”

그렇게 세게 넘어지지도 않았는데 아이는 비명을 질렀다.

“오빠!”

사람들 틈에서 작은 여자 아이가 넘어진 아이에게 달려갔다.

“오빠! 그만 해! 오빠까지 저 사람들한테 죽으면 나는 어떻게 살아. 흑흑.”

“저리 비켜! 부모님의 원수를 저렇게 보낼 수 없어!”

아이는 여자 애를 밀치고 다시 용병들에게 달려가 다리를 붙들고 늘어졌다.

“어딜 가느냐! 이 원수들아!”

“오빠! 제발 우리 오빠를 죽이지 마세요. 제발!”

여덟아홉 살쯤 되었을 것 같은 여자애가 흐느끼며 스카우터
의 바짓가랑이를 붙들었다.

"이 더러운 하란 용병단!"

누군가가 또 소리쳤다.

스카우터들은 답답한 가슴이 터질 것만 같았다.

"꼬마야, 안 죽인다니까! 얼른 가라!"

"제발 오빠를 죽이지 마세요!"

이 광경을 보고 있던 사람들의 분노가 피부까지 느껴질 정
도로 솟아올랐다.

그때, 누군가가 나섰다.

"이 못된 놈들! 아이를 괴롭히다니!"

한 기사가 양쪽에 화류계 여성으로 보이는 여자들을 끌어안
고 있다가 앞으로 나섰다.

각국의 귀족들이 관광 오는 하란 시에서 흔히 볼 수 있는 모
습이었다.

"소슬 왕국의 오르가니 룸베르가 너희를 징치하리라!"

젊은 기사가 정의의 사자를 자처했다.

"기사님, 뭔가 오해가 있어 이런 것이니 그냥 물러서 주십시
오."

스카우터는 입술을 깨물고 치밀어 오르는 분을 삭이며 공손
히 말했다.

"오해는 무슨 오해? 내 지금까지 지켜봤거늘. 너도 검을 찼
으니, 더 말하지 않겠다. 검을 뽑아라!"

룸베르는 거만한 몸짓으로 검을 뽑아 까딱거렸다.

"에잇, 도저히 못 참겠다."

한 스카우터가 가슴까지 차오른 분을 더는 견딜 수 없어, 검을 뽑아 들고 기사에게 달려들었다.

"안 돼!"

동료를 미처 만류하지 못한 스카우터는 비명을 질렀지만, 이미 늦었다.

기사는 능숙한 솜씨로 스카우터를 놀리듯 검을 몇 차례 교환하더니 검에 빛을 씌워 순식간에 스카우터의 오른팔을 잘랐다.

"으윽!"

"다음부터는 나쁜 짓 하지 말거라."

잘린 팔을 쥐고 있는 스카우터에게 자못 엄숙하게 훈계를 한 기사는 다른 스카우터를 쳐다보았다.

도시에서 많은 사람이 지켜보는 가운데 사람을 죽이는 것은 정의의 사도를 자처하는 일치고는 일을 너무 크게 벌이는 짓이라 팔만 자른 것이다.

"덤벼라!"

입술을 깨문 스카우터는 검을 뽑아 들었다. 이미 돌이킬 수 없었다.

"그, 그만! 그 일은 나 혼자 한 것이오. 저, 저 사람은 상관없소."

팔을 잘린 스카우터가 피와 땀을 줄줄 흘리며 동료를 구하려고 알지 못하는 죄를 뒤집어썼다.

"그래? 좋다. 하지만 동료의 악행을 막지 못한 죄도 큰 법."

기사는 순식간에 다가가 칼을 꺼내 든 스카우터의 명치를 가격하고, 배를 맞아 허리를 숙인 스카우터의 입을 쳤다.

"커억!"

뒤로 넘어가는 스카우터의 입에서 이빨이 우수수 떨어졌다.

"좋은 일 하며 살거라."

다시 한 번 당당한 자세로 훈계를 한 기사는 주위를 둘러보았지만, 어느새 아이들은 사라지고 없었다.

"역시 기사님!"

"정말 멋진데!"

사람들이 환호성을 질렀다.

"이 여린 것들이 어디로 갔을까?"

의문이 들었지만 기사도를 지켜 뿌듯한 마음으로 사람들의 환호를 받으며 같이 온 여인들에게 다가갔다.

"기사님, 다친 곳은 없나요?"

"정말 걱정했어요."

여인들은 호들갑을 떨며 기사를 맞았다.

"저런 녀석들쯤이야 문제도 아니지, 하하하."

기사와 두 여인은 그렇게 제 갈 길을 갔다.

"나 같으면 죽여 버렸을 텐데."

"그래도 기사님이 계셔서 다행이지 뭐야."

사람들도 망연자실한 표정을 한 스카우터들을 바라보고 침을 한 번 뱉고 나서 이내 가던 길을 갔다.

"으아아아아아!"

분을 풀지 못한 스카우터는 소리 지르는 것 외에는 할 수 있는 게 없었다.

"정말이지, 대장?"

"그렇다니까. 내가 약속 어기는 것 봤어? 네가 그렇게만 한다면 리자는 이 일도 안 하고 구걸도 소매치기도 안 시키고 나중에 학교에도 보내준다니까."

"대장 말이야 당연히 믿지."

그러나 아이의 눈빛은 여전히 흔들렸다.

"리자를 생각해."

태어나기를 심장이 좋지 않게 태어났다.

부모 얼굴은 생각나지도 않았다.

기억에 남아 있는 것은 젖먹이 어린 동생을 안고 구걸하던 모습뿐이었다.

뛰지도 못하고 남들처럼 힘쓰지도 못해서 구걸로 연명해야 했지만, 리자가 있었기에 행복했다.

'리자만 행복할 수 있다면……'

"알았어. 할 게."

"아함!"

시장에서 가까운 전당포 앞을 감시하고 있던 용병은 크게

기지개를 켜며 하품했다.

벌써 며칠 째인지 모른다.

발레타뿐 아니라 거스트 윈드 녀석들은 아무도 나타나지 않았다.

“야, 이 새끼야!”

용병은 고개를 돌렸다.

파리한 얼굴을 한 웬 꼬마 아이가 쳐다보고 있었다.

“꼬마야, 지금 나한테 한 소리냐?”

“여기 너 말고 누가 있어?”

어처구니가 없었다.

용병은 화를 내려다 심심하던 차에 잘됐다 싶어 아이를 데리고 놀기로 했다.

“무슨 일인데 그러냐?”

용병이 화내고 자신을 때려야 하는데 그러지 않자, 아이는 당황했다. 그러나 이왕 결심한 일이었다.

“이 병신아! 뭐 먹을 게 있다고 여기서 계속 기웃거려? 꺼져, 병신아!”

“허허. 여기가 네 구역이구나. 미안하다. 며칠만 더 있으면 안 되겠니?”

용병은 빙긋거렸다.

아이는 입술을 깨물었다.

“너 없을 때마다 네 마누라가 옆집 새끼랑 붙어먹는 것 알고 이 지랄이냐?”

들을 말이 있고 도저히 듣지 못할 말이 있는 법이다.

"이 쪼끄만 녀석이 어른한테 못하는 말이 없구나! 혼나볼 테냐!"

용병은 아이에게 가까이 다가갔다.

됐다 싶었다.

"네가 이렇게 밖으로만 싸돌아다니니까 네 마누라가 옆집 새끼랑 그 지랄이잖아. 하긴, 집에 있어도 서야 말이지. 안 그래?"

어린 아이에게 이런 말을 듣고 화내지 않는 사람은 없을 것이다.

화가 치민 용병은 아이의 멱살을 쥐고 흔들었다.

"이 어린놈의 새끼가 못하는 말이 없구나. 잘 걸렸다. 이 자식."

"컥, 컥, 지랄. 마, 마, 마누라 간수도 모, 못하는 새끼가."

그 와중에도 아이는 애써 비웃음을 던졌다.

단매에 때려죽이고 싶었지만, 차마 그럴 수는 없었다.

"꺼져 이 새끼야. 어린 새끼라 살려주는 줄 알아."

용병은 쥐고 있던 멱살을 들어 올리고 나서 아이를 휙 던져버렸다.

쿵!

땅바닥에 내던져 진 아이는 일어나지를 못했다.

"하란 용병단이 아이를 죽였다. 아이를 죽였다. 하란 용병단이 아이를 죽였다."

누군가가 동네방네 소리를 질렀다.

소리를 듣고 시장 사람들이 하나둘 모여들었다.

그때, 어린 여자애가 달려왔다.

"오빠!"

여자애는 쓰러진 아이를 붙들고 엎드렸다.

"오빠! 흑흑."

쓰러진 아이는 심각한 상태였다.

"리자."

미약한 소리로 동생의 이름을 부른 아이는 애써 웃음 지으려 했지만 뜻대로 되지 않았다.

"오빠!"

여자애는 쓰러진 아이의 몸을 잡고 흐느꼈다.

"리자, 행복해야……."

아이는 마지막 힘을 짜내 미소를 지었다.

대장은 약속을 지킬 것이다.

"사기가 말이 아닙니다. 애들 때문에 다치고 치안대에 붙들려가고, 물론 다 데려오기는 했습니다만 골치가 아픕니다."

단장은 곤혹스럽다는 표정으로 털어놓았다.

마호른은 다른 사람에게는 좀처럼 드러내지 않는 잔잔한 미소를 지을 뿐이었다.

"이 어린 것들을 다 잡아 죽일 수도 없고, 어찌해야 합니까?"

단장은 한숨을 쉬었다.

"단장, 자네는 전쟁터에서 자네한테 칼을 빼 든 아이를 죽일 수 있나?"

마호른이 여전히 미소를 띤 채 나직이 물었다.

"그런 질문은 전장에 처음 서 본 녀석들에게나 하는 것 아닙니까? 머뭇거리다가는 내가 먼저 죽습니다."

어린 제자를 가르치는 자상한 스승의 태도였지만, 단장은 개의치 않고 대답했다.

"그럼 사람들이 많이 모여 있는 광장 한복판에서 아이가 칼을 빼 들면, 죽일 텐가?"

"후, 그러니까 고민 아닙니까? 상대도 안 되는 아이를 어떻게 죽일 수 있겠습니까? 흠씬 두들겨 패고, 여차하면 병신을 만들어놓겠지만 죽일 수는 없지요. 아무도 없는 뒷골목이라면 또 모를까."

"그래, 사람 많은 데서 다른 사람을 함부로 죽일 수는 없지. 더군다나 아이라면 말이야. 그리고 이 문제의 어려움은 자네도 다 알고 있을 거야. 체면이라 불러도 좋고 자존심이라 불러도 좋아. 사람은 이걸 떼어놓고 살지 못하지. 다른 짐승들이 모두 지켜보고 있는데, 조그만 개미가 코를 문다고 해서 사자가 개미하고 드잡이할 수는 없는 것이네. 남들의 비웃음 이전에 자신이 견디지 못할 거야."

"그렇다고 그냥 내버려두는 것도 평판이 나빠집니다."

"단장, 사람들은 자기가 보려는 것만 보네. 사정이 어찌 됐든 연약한 아이를 때리는 힘센 어른이 나쁜 놈이야. 다른 사람

을 일일이 설득하러 다닐 수도 없고, 그럴 필요도 없어. 평판을 무시할 수는 없지만, 거짓된 평판은 오래가지 못해. 사자는 뭐든 할 수 있을 것 같지만, 이래저래 답답하고 외로운 법이지.”

“그럼 어떻게 합니까?”

“개미를 전문으로 잡아먹는 짐승을 쓰면 되는 것이네. 사자는 그저 명령만 내릴 뿐이야. 아니면…… 다른 짐승들이 비웃든 욕하든 신경 쓰지 않는 미친 사자가 되어 개미를 잡든가.”

용병들이 모두 철수하고 경비대장과 몇 명의 스카우터만 남아 하란 시 동부지구의 밤을 헤매고 있었다.

아이들의 행동 패턴은 확실했다. 낮에 사람이 많이 있는 곳에서만 귀찮게 굴었다.

“술 한 잔 하지.”

경비대장은 답답한 마음을 풀려고 스카우터들을 데리고 가까운 술집으로 들어갔다.

왁자지껄하며 떠들어 대는 사람들의 소음과 땀 냄새, 오래된 술집의 퀴퀴한 냄새가 술집에 가득했다.

술집에는 빈자리가 없었다.

다시 나가려는 일행을 누군가가 불렀다.

“여어, 타노피스!”

경비대장은 부르는 사람을 돌아보았다.

“여기야. 이리 오게.”

일행은 그 사람이 있는 자리로 다가갔다.

"앉게. 어이! 저리 좀 비켜봐. 여기! 의자 좀 더 갖다 줘."

혼자서 자리 정리를 해가며 반갑게 일행을 반긴 사람은 격투장에서 주로 활동하는 용병 오너였다.

같은 분야에서 일했기 때문에 모두 안면이 있었다.

"오랜만입니다, 라미파이 씨."

"그래, 여러 해 동안 못 봤지? 뭐, 사람 사는 게 다 그렇지. 일단 한 잔 하자고."

자리에 앉은 다른 사람들은 라미파이의 팀원들이었다.

"요새, 하란 용병단 이름이 유명하더군. 모르는 사람이 없어. 애들하고 엮여 고생 좀 한다고?"

놀리려는 의도는 없어 보였다.

"뭐, 그리 됐습니다."

경비대장은 씁쓸하게 웃었다.

"그러게, 뭐 하러 진탕에 발을 담그나? 용병들은 그저 아무 생각 없이 전장에서 깔끔하게 적의 목이나 베야지, 도시 뒷골목은 전쟁터보다 더 지저분해."

"후, 그러게 말입니다."

"내가 격투장에서 일한 지도 꽤 오래되었지. 나는 타이탄에 대해서 모르는 게 없다고 생각했네. 한번은 정비사 녀석이 공금을 빼돌린 적이 있어. 아주 혼쭐을 내줬지. 그런데 그 녀석이 앙심을 품고 부품에 장난을 치지 않았겠나? 타이탄 운용 기본 동작으로 걸리지도 않더군. 죽을 뻔했지. 그때 깨달았네.

'아! 내가 아무리 타이탄에 대해 잘 알아도 정비요원만큼 잘 알 수는 없구나! 하고 말이야."

경비대장을 비롯한 다른 용병들은 묵묵히 듣고만 있었다.

"용병들이 아무리 뒷 세계 생리를 잘 안다고 해도, 그곳에서 사는 녀석들만큼 잘 알 수는 없지. 녀석들이 까불어봐야 당연히 상대도 안 되지만, 녀석들도 살아남으려고 필사적이지. 나름의 수단을 갖고 있는 거야. 막말로 지금 자네를 괴롭히고 있는 아이들을 길거리에서 다 죽일 텐가? 못하지. 그 작은 악마들을 잡자고 뒷골목을 헤맬 텐가? 비웃음만 살 뿐이네."

답답한 마음에 경비대장은 술을 벌컥 들이켰다.

"그리고 그 작은 악마 두목, 보통내기가 아니야."

라미파이는 진중한 어조로 말했다.

"거스트 윈드가 조종하는 것 아닙니까?"

"참 나, 이래서 사람은 도시에 살아야 한다니까. 하란 용병단처럼 밖에서 살면 이렇게 소식이 느려요. 하긴, 안에 산다고 해서 다 아는 것도 아니지. 알다가 죽은 놈도 많고."

라미파이는 뭔가를 떠올리는 듯 미간을 찌푸렸다.

"작년인가, 재작년인가? 하여튼 우리 팀 스카우터 하나가 배에 칼을 맞고 돌아온 적이 있어. 하도 어이가 없어 어찌 된 일이냐고 물었더니 말을 못하더군. 창피했던 거야. 술집에서 나오는데 어떤 녀석이 어린 여자애가 있는데 관심 있느냐고 하더래. 따라갔지. 술은 취했지, 여자애는 있지, 제정신이 아니었겠지. 한참 일을 치르는데 뭔가 따끔하더라는 거야. 정신이 번쩍 들어 애를 다그치고 있는데, 열댓 살은 되어 보이는 애들이 칼을 들고 들어와 그냥 찌르더래. 스카우터가 애들한테 당할 리야 없지. 그런데 옷은 홀딱 벗었지, 갑자기 정신은 핑 돌지, 결국 한 칼 맞고 그냥 죽어라 뛰어 도망쳐 나왔다더군."

라미파이는 술을 벌컥 들이켰다.

"애들한테 당한 게 얼마나 창피하고 분통이 터지겠나? 나중에 다시 찾아갔지, 다 죽여 버리겠다고. 하지만 돌아오지 못했다네."

라미파이는 한숨을 내쉬었다.

"그래서 내가 좀 알아봤다네. 뒷골목 애들 영악하고 잔인한 거야 뭐, 다 아는 사실이니 말할 것도 없고. 근데 다르더란 말이야. 별로 아는 사람도 없고, 아는 사람들도 말하기 꺼리더군. 상대가 약하다 싶으면 열대여섯 살짜리들이 죽어라 덤벼들고, 강하다 싶으면 사람 많은 데서 상대를 아주 바보로 만들지. 아주 지능적이야. 오너인 내가 애들을 때려죽일 수도 없고, 또 길거리에서 망신당하면 고개를 들고 다닐 수도 없지. 혹시나 나한테 걸리면 그땐 쓸어버리겠지만, 하여튼 영 꺼림칙하더군. 그래서 잊고 있었는데, 이번에 자네들 때문에 다시 기억이 났네. 그놈들 붉은 토끼라고 불리더군."

"붉은 토끼……."

"약한 척하며 피를 부르는 놈들이지."

*   *   *

Jay Koplanit

“집이라는 데서 오랜만에 자보겠군.”

티마이라의 얼굴이 활짝 폈다.

다른 용병들의 표정도 티마이라와 다르지 않았다.

올해에는 다른 해에 비해 유독 늦었다. 생각지도 않은 의뢰 때문이었다.

항구에 도착해 하란 시 외곽을 돌아 용병단 캠프로 들어서는 용병단 일행의 발걸음은 무척 가벼웠다. 어쨌든 주머니는 두둑하고 집은 가까워지니 절로 웃음꽃이 피었다.

피리운과 라테나도 새로운 곳에 대한 기대와 두려움으로 살짝 들떠 있었다.

이제 겨울이지만, 바닷가에 위치해서인지 아직 눈은 내리지 않았다.

용병 가족들이 캠프 입구에서 돌아오는 용병들을 반갑게 맞아 분위기는 더욱 화기애애했다.

그러나 캠프는 그대로인데, 분위기가 왠지 좀 달랐다.

“무슨 일이 있나?”

투발루가 의아한 듯 중얼거렸다.

“우리가 다른 때보다 좀 늦어서 그렇겠지요. 이제 우리가 온 걸 알았으니 뭐 잔치나 한 번 하면 될 겁니다.”

“뭐, 그러면 다행이고…….”

캠프 정문을 지키는 경비들이나 허드렛일을 하는 일꾼들도 들어오는 용병들을 반갑게 맞았다. 그러나 뭔가 그늘이 져 있었다.

“무슨 일이 있긴 한 모양인데.”

오너들은 서둘러 단장실로 향했다.

용병들이 돌아온다는 연락을 받은 단장은 방에서 기다리지 않고 밖에 나와 있었다.

“수고들 했네. 금년에는 많이 늦었군.”

“일이 좀 있었습니다. 들어가서 말씀드리지요.”

“그러지. 참, 폴카도도 들어오게. 그리고 제이는 잠깐 기다리게.”

오너가 하는 결과 보고에 폴카도가 들어간 경우는 없었다. 제이가 빠지는 일도 없었다.

“알겠습니다.”

의아했으나, 말하면 시간만 늘어진다. 모두 보고를 마치고 빨리 쉬고 싶었다.

오너들과 폴카도가 단장실로 들어가고 혼자 밖에서 기다리는 제이는 오랜만에 캠프가 들어선 산 주위를 의미없이 한 번 빙 둘러보았다.

다른 용병 가족들처럼 아모란이 입구에서 기다렸으면 좋았을 거라는 생각이 스쳤다.

피식.

자신도 어이없다는 생각에 입 꼬리가 살짝 올라갔다.

‘웃는 거야?’

갈 곳이 없어 라테나와 함께 쭈뼛거리며 서 있던 피리운이 그런 제이를 보았다.

'그럴 리가?'

저 괴물이 웃을 리가 없다.

등이 쩍 벌어진 큰 상처를 입고서도 표정 하나 바뀌지 않는 몬스터가 웃을 리가 없었다.

"피리운, 우리 이제 어떻게 해요?"

용병들은 가족을 찾아 뿔뿔이 흩어지고, 남아 있는 사람이라고는 예비 오너들과 스카우터 몇 명뿐이었다. 타지에 덩그러니 남은 것이다.

"걱정하지 마. 잘 될 거야."

자신도 불안한 마음이 없지는 않았지만, 피리운은 라테나의 어깨를 감아 위로했다.

설마 길바닥에 내버리지는 않을 것이다.

"피리운, 눈이 와요."

눈이 내렸다.

하늘에서 하나둘씩 떨어지는 눈송이가 라테나가 뻗은 손바닥에 닿자마자 녹아내렸다.

"그렇네."

피리운은 하늘을 올려다보았다.

다른 때 같으면 하얀색 눈송이를 마음에 담았겠지만, 지금은 눈을 쏟아내는 잿빛 하늘이 유독 눈에 들어왔다.

'눈.'

제이에게 지금 내리는 눈은 의미가 좀 달랐다.

사막 출신인 아모란은 눈을 처음 보리라는 생각이 먼저 들었다.

'아모란.'

하얀색 조그만 눈송이가 바람에 흩날려 제이의 얼굴에 부딪혀 녹았다.

이 차가운 감촉은 아모란이 찍은 뜨거운 낙인과는 정반대였지만, 그래도 제이는 아모란이 가장 먼저 생각났다.

'많이 자랐겠지.'

아이를 키워본 적은 없지만, 하루가 다르게 쑥쑥 자란다는 말은 많이 들었다.

"제이 님."

그때, 폴카도가 굳은 얼굴로 단장실을 열고 나와 제이를 불렀다.

제이는 고개를 끄덕이고 단장실로 들어갔다.

『제이코플래닛』 2권에서 계속.

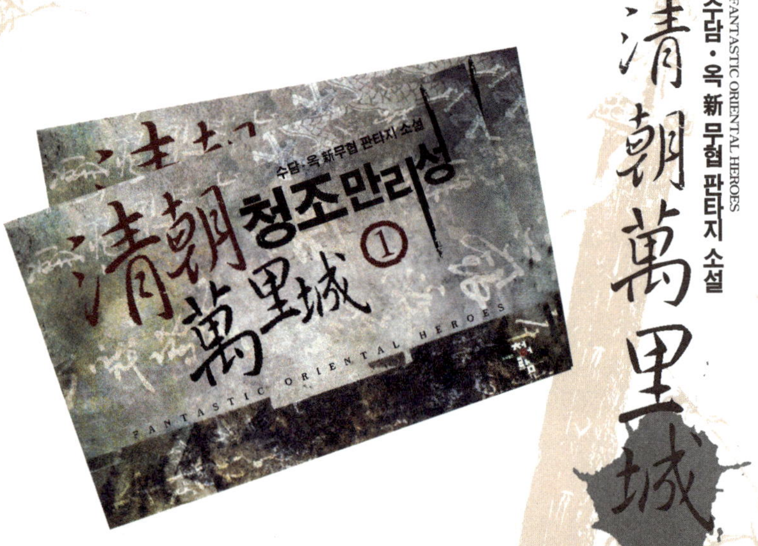